潮汕文库·研究系列

曾習經詩詞注評

黄挺題

陳 偉 陳 彪 注評

暨南大學出版社
JINAN UNIVERSITY PRESS

中国·广州

圖書在版編目（CIP）數據

曾習經詩詞注評/陳偉，陳彪注評. —廣州：暨南大學出版社，2019. 3
（潮汕文庫. 研究系列）
ISBN 978 – 7 – 5668 – 2578 – 0

Ⅰ. ①曾…　Ⅱ. ①陳…②陳…　Ⅲ. ①古典詩歌—注釋—中國—清後期
Ⅳ. ①I207. 22

中國版本圖書館 CIP 數據核字（2019）第 040725 號

曾習經詩詞注評
ZENGXIJING SHICI ZHUPING
注評者：陳　偉　陳　彪

出 版 人：徐義雄
項目統籌：黃聖英
責任編輯：黃佳娜
責任校對：黃曉佳　鄧麗藤
責任印製：湯慧君　周一丹

出版發行：暨南大學出版社（510630）
電　　話：總編室（8620）85221601
營銷部（8620）85225284　85228291　85228292（郵購）
傳　　真：（8620）85221583（辦公室）　85223774（營銷部）
網　　址：http：//www. jnupress. com
排　　版：廣州市天河星辰文化發展部照排中心
印　　刷：廣州家聯印刷有限公司
開　　本：787mm × 1092mm　1/16
印　　張：17. 5
字　　數：345 千
版　　次：2019 年 3 月第 1 版
印　　次：2019 年 3 月第 1 次
定　　價：60. 00 圓

曾習經

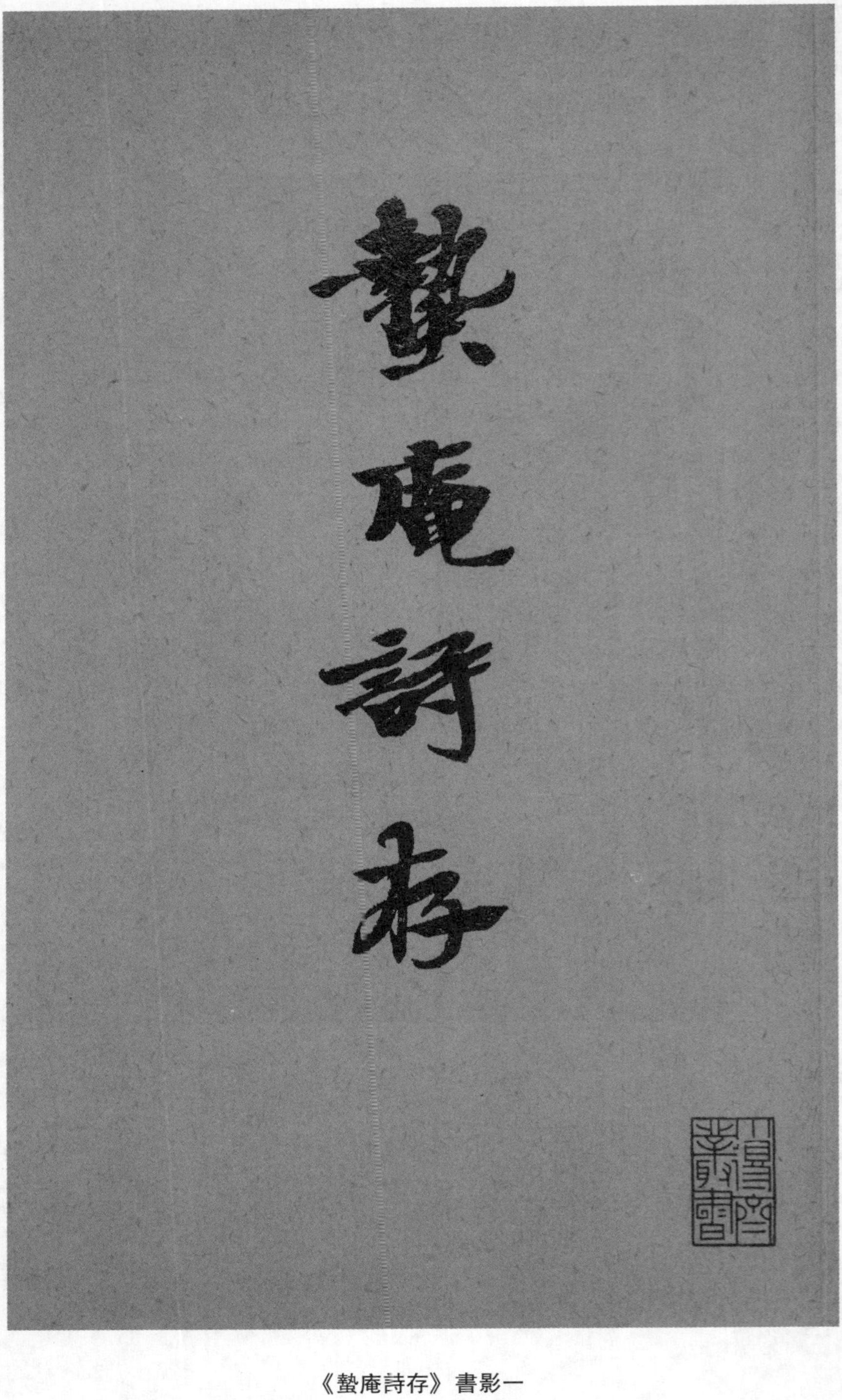

《蟄庵詩存》書影一

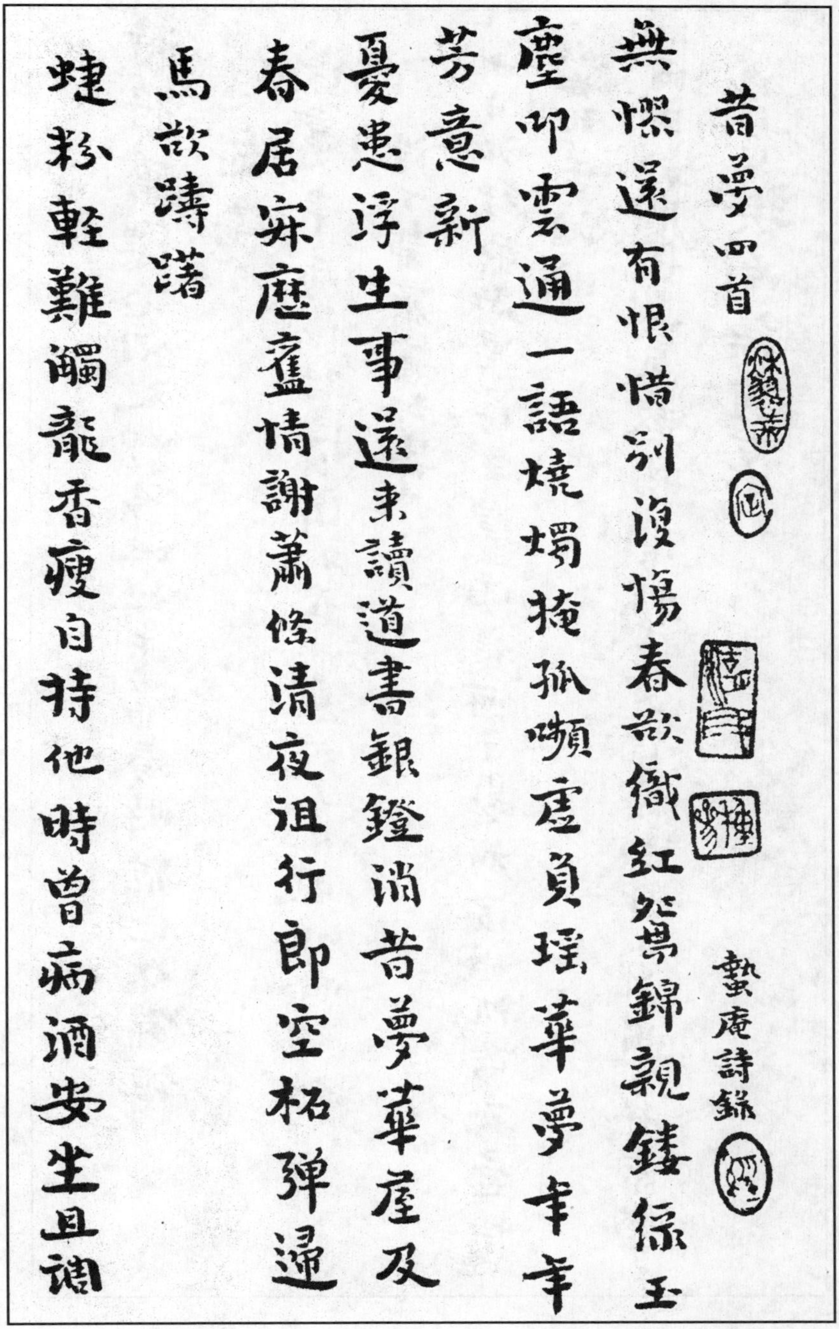

蟄庵詩錄

昔夢四首

無憀還有恨惜别復傷春欲織紅鴛錦親鏤綠玉
塵叩雲通一語燒燭掩孤嚬虛負瑶華夢年年
芳意新
憂患浮生事還來讀道書銀鐙消昔夢華屋及
春居寐歷盡情謝蕭條清夜徂行郎空梠彈還
馬欲躊躇
蜨粉輕難屬龍香瘦自持他時曾病酒安生且謂

《蟄庵詩存》書影二

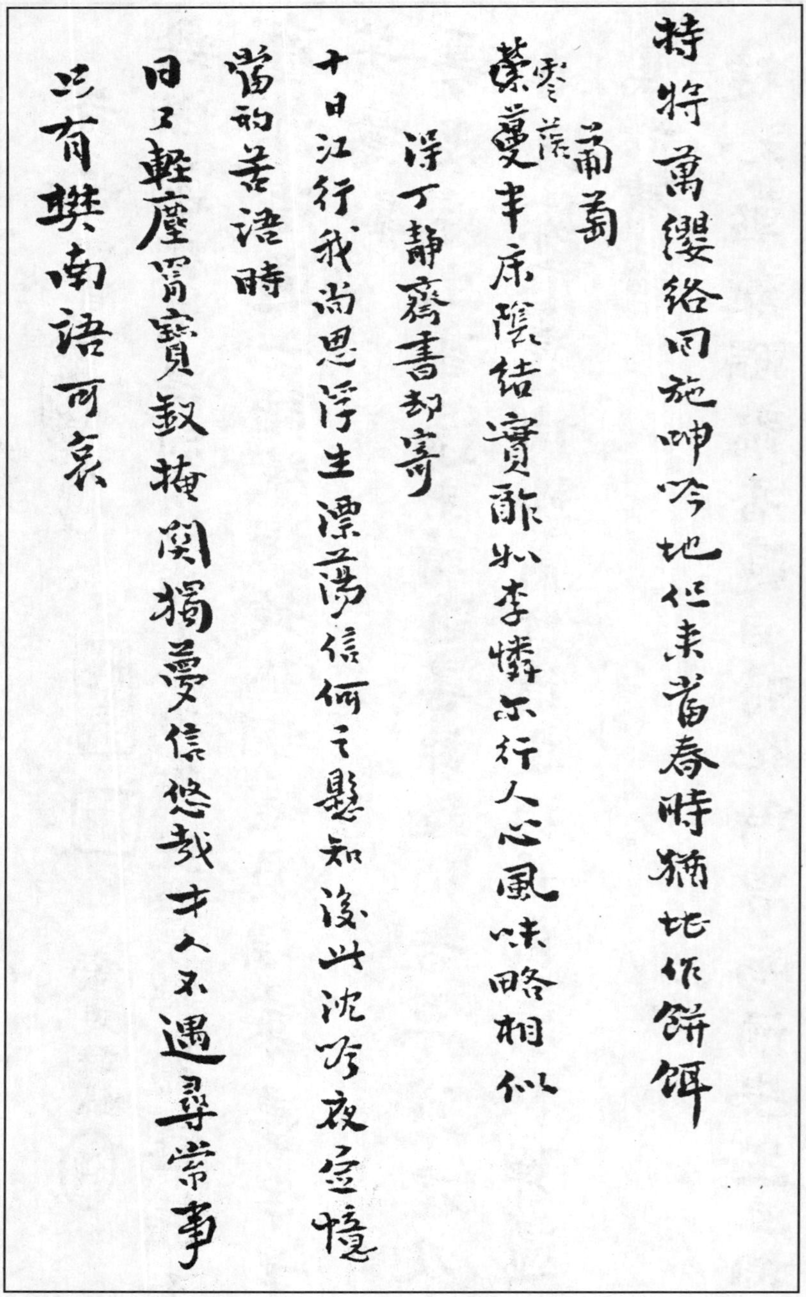

特
將萬纓絡同施呻吟地任來當春時猶地作餅餌
蒲萄
蘩蔓（零落）半床璣結寶酥如李憐示行人心風味略相似
得丁靜齋書卻寄
十日江行我尚思浮生漂蕩信何之懸知後此沈吟夜定憶
當初苦語時
日日輕塵胃寶釵梅閣獨夢信悠哉古人不遇尋常事
況有樊南語可哀

《蟄庵詩存》書影三

總序

潮汕文化歷千年久遠，底蘊淵深，泱泱廣袤，又伴隨着潮人的遷播而兼收並蓄，獨樹一幟，是中華文明中的重要一脉。

秦漢之前，潮汕囿於海角一隅，與中原殆少來往；自韓愈治潮，興學重教，風氣日開，人文漸著。宋朝文教興盛，前七賢垂範鄉邦；明朝人才輩出，后八賢稱顯於時。明清以來，粵東地區借毗鄰大海的地理優勢，與域外商貿頻仍，以陶朱端木之業，成中西交匯之勢，造就多元開放的文化格局。饒宗頤等學界巨匠引領風騷，李嘉誠等商海翹楚造福民生，俊采星馳，鬱鬱稱盛。

而今國家穩步發展，蓬勃興盛，潮汕地區憑借深厚的歷史積澱，務實進取，努力發展傳統文化及其産業，如潮劇、潮樂、潮菜、工夫茶、陶瓷、木雕、刺綉等，保持並革新精巧特色，在世界各地廣泛傳播，備受青睞。更有海外潮人遍布全球，為經濟文化交流引橋導路，探索共贏模式，拓寬發展空間。

為促進潮汕文化的傳承與創新，進一步推動潮汕文化“走出去”，在廣東省委宣傳部的大力支持下，海內外學者編寫《潮汕文庫》大型叢書。本叢書包括文獻系列和研究系列，涉及歷史、文學、方言、民俗、曲藝、建築、工藝美術等多方面，囊括影印、箋注、點校、碑銘、圖文集、口述史等多種形式，始終秉承整理、搶救傳統文化的原則，尊重潮汕地區的家學淵源和治學傳統。以一腔丹心，在歷史沿襲中爲文化存證，修舊如舊，求新而不媚俗於新；以一筆質樸，在字斟句酌中爲品質立言，就事論事，求全而不迷失於全；以一紙懇切，在紛擾喧囂中爲細節加冕，群策群力，求深而不盲目於深。惟願以此叢書，提升潮汕文化品位，凝聚海內外潮人，齊心發展，助力騰飛。

在成書過程中，廣東省委宣傳部高度重視，協調汕頭、潮州、揭陽、汕尾市委宣傳部，委託潮汕歷史文化研究中心、韓山師範學院、暨南大學出版社組織編寫與出版。海內外潮學研究專家傾注筆墨，潮汕歷史文獻收藏機構及熱心人士鼎力襄助，在此一並致謝！

《潮汕文庫》大型叢書編委會

2016年7月

《曾習經詩詞注評》序

余治漢語方言之學，於文學之道，知者無多。然於鄉村人文之文獻資料，則多有搜集和學習。前輩鄉賢資料，尤為珍視，因為想弄懂潮人之移民路綫及其文化淵源，更好地解釋潮汕方言之源流及其特點形成之原因。[①] 曾習經先生有關之文獻資料，我接觸較晚，因其讀書交往及後半生之軌跡，多盤桓於省城及京津，於鄉邦文獻，建樹不夥故也。後因搜羅地方文獻，主編《潮汕俗文化》叢書及《潮汕文化大觀》（與吳勤生先生合作），拜訪和結識揭陽著名文化學者孫淑彥先生。淑彥兄時正在遍搜文獻，編著《丁日昌年譜》及《曾習經年譜》，初稿甫成而惠示與余。丁日昌在中國近代史上之鼎鼎大名，早已如雷貫耳；而曾習經先生如此大之文學成就，余卻是初聞，真是孤陋寡聞如我，慚愧得緊！

另一次受教的機會，是20世紀的90年代中期，恩師李新魁教授親率中山大學中文系黃家教、曾憲通、陳煒湛、陳永正、張桂光教授等一行到揭陽、潮州和汕頭考察潮汕歷史文化，余執鞭隨蹬，為老師們做些聯通和服務工作。揭陽道中，不止一次聽陳永正教授講，曾習經詩詞水準之高，於廣東詩人中，堪稱一流。陳永正教授編著《嶺南歷代詩選》《嶺南歷代詞選》[②] 和《嶺南文學史》[③] 時都有所選錄。陳教授時為中山大學古文獻所研究員、副所長，是著名的古體詩

① 參閱《試論潮汕方言形成的歷史過程》，《汕頭大學學報》1988年第1－2期合刊；《全國高校文科學報文摘》1989年第3期。

② 兩種著作廣東人民出版社分別於1985年和1987年出版。

③ 陳永正主編：《嶺南文學史》，廣州：廣東高等教育出版社，1993年。

詞創作和研究專家。這樣的學術大家所作的評價，更加深了我對曾習經詩詞成就及其在嶺南文化發展中的重要價值的認識。後來又拜讀了陳永正教授關於曾習經詩詞的專論大作《曾習經和近代詩壇》[①]，文章云："以黄遵憲、康有為為代表的維新派詩人，高舉'詩界革命'的旗幟，在詩歌創作上取得了很大的成就。與此同時，廣東詩壇上還有一批以傳統功力見長的詩人，如號稱'嶺南近代四家'的梁鼎芬、曾習經、羅惇㬊、黄節。他們對詩藝孜孜以求，刻意專精，其中曾習經的詩尤以'精警'見稱於世。"如此高之評價，可見曾習經在陳永正教授等專門研究人員心中的位置之重。

然而，如此重要的先賢詩詞作品，卻至今未有注釋和評論的全本出現。直到陳偉、陳彪這兩位韓師的優秀校友把他們的《曾習經詩詞注評》書稿和參考資料發給我的時候，我意識到，這個缺憾就要被彌補了。

陳偉是韓師畢業的優秀校友，先在潮州饒宗頤學術館工作，致力於饒宗頤教授詩詞的注評，這幾年已經先後出版了《饒宗頤絕句選注》《饒宗頤辭賦駢文箋注》等著作，發表了關於饒學研究的《論饒宗頤的七言絕句》等論文。其對饒宗頤教授詩詞所作的注評，得到了饒公本人的較高評價，視陳偉為詩詞創作與研究之青年才俊，數次向韓山師範學院的領導力薦其進入韓師文學院的詩詞創作和研究中心工作。後來韓師成立了饒學研究所，並編輯出版《饒學研究》論文集刊，陳偉老師都是骨幹力量，工作勤勤懇懇，功夫扎實細緻，深得同行好評。陳彪也是畢業於韓師中文系的青年才俊，對於古典詩詞也頗有研究。

我想，由這樣的在詩詞創作和研究上都有所成就並對注釋評論詩詞已有豐富實踐經驗的青年才俊所作的《曾習經詩詞注評》，品質是一定靠得住的。至於蟄庵之詩詞，除了上述陳永正教授之評價，尚有梁啓超、葉恭綽、饒宗頤等前輩超級學者作評，無餘這門外漢置喙之處，就留待讀者自己細細賞讀吧。

是為序。

林倫倫

己亥春節前夕於廣州南村

---

① 參閱《嶺南文史》1997 年第 9 期。

自　序

夫文字之道，關乎世運，故一代有一代之詩，其間雖錯綜變化，衆緒紛如，然揆其旨歸，溯其正變，蓋有一定之數也。當季清民元之世，際亘古未有之局，國家不幸，而詩家獨鳴。蓋亡國之音哀以思，非詩不能表此生死存亡之憂也。蟄庵少壯仕清，忠厚貞正，家國之念，一心繫之。挂冠清帝遜位之前，屢拒項城羅致於後，終其身不食民國之祿，世稱遜清第一完人。蓋其出處如此，世但以遺老目之，而予獨以貞夫敬之。若夫易代之際，人爭叛舊從新，取媚當道，而蟄庵歸隱楊漕，躬耕隴畝，得全其真，微示種瓜東陵、採菊南山之意，知此而後可以讀蟄庵之詩矣。故其作斟酌陶謝，托體晉宋，運古茂之筆，寫內籀之工，非惟文字功深，更藉情志養正。至於植體義山，得其悱惻，時能返少陵之忠厚。詩至於溫厚之境，難矣哉！晚歲復參以柳州之淵潔，宋人之瘦折，煉意煉骨，又臻一境。蟄庵詩與梁鼎芬、羅惇曧、黃節並稱“嶺南近代四家”。李漁叔曰：“綜觀剛父諸篇，雖刻意鍛煉，而英華四溢，表裏澄瑩，絕去雕鏤之跡。至其寓意玄冥，吐詞淒斷，有微風度簫之妙，非維瘦公所不能至，即節庵、晦聞亦尚隔一塵也。”是則以蟄庵冠四家之首矣，吾無間然焉。其詞一卷，寢饋於《花間》、北宋，朱彊村刊於《滄海遺音集》，狄平子謂為“婉約善言情，直如萬縷晴絲，嫋空無盡。”鄉人溫丹銘曰：“吾潮自昔有詩人而無詞人，自清季曾君剛甫始以其詩之緒餘衍而為詞，忠愛懇摯，與彊村諸老並峙，為海內大宗。”此亦公論，誠非私好之諛也。子曰：“人能弘道，非道弘人”，於詩則亦然亦不然，必也詩以人傳，人以詩傳，二而為一，乃稱合璧。蟄庵其庶幾乎，其人其詩，並足千古。

己亥新正鄉後學陳偉渺之敬識於嶺東停雲居

凡　例

《曾習經詩詞注評》旨在點校注釋蟄庵詩詞。偶有評說，聊供參考。

《曾習經詩詞注評》分為《蟄庵詩存》《蟄庵集外詩》與《蟄庵詞》三部分。

《蟄庵詩存》錄自蟄庵手稿影印本（藝苑出版社，二〇〇九年）。其他途徑收集之詩作另編為《蟄庵集外詩》。

《蟄庵詞》錄自《彊村叢書·滄海遺音·蟄庵詞》頁七六六五至七六八九，凡六十四首。

箋注以方便讀者為旨，注文力求詳備而不至繁冗。

文中多次出現而注文簡短者皆逐次注出；注文較長者則只注第一次出現者，後標注為"見某處注"。

《蟄庵詞》之注依蟄庵詩之旨而較簡要。常見語辭只注一次。

引文作者首次出現者皆注朝代，後則不復。

箋者偶有評說闡揚或需特別說明之處，隨文附說。

本書注文、評說語言以淺近文言為主，以方便故。

個別異體字保留並作注。

有脫漏則用□表示。

曾習經簡介

曾習經（一八六七年六月至一九二六年十月），字剛甫（剛父），號蟄庵居士。廣東揭陽棉湖（今揭陽市揭西縣棉湖鎮）人。

少從兄述經學，光緒十四年戊子（一八八八年）入廣雅書院，遊於梁鼎芬之門。後轉廣州學海堂就讀，與梁啓超、麥孟華交深。

光緒十五年己丑（一八八九年）中舉人。光緒十六年庚寅（一八九〇年）中進士。光緒十八年壬辰（一八九二年）殿試，分曹户部主事，後任户部員外郎。

而後清廷行新政，易户部為度支部，蟄庵歷任左參議、右丞，兼法律館協修、大清銀行監督、稅務處提調、印刷局總辦、憲政編查館學部諮詢官等職。度支部部務新創，修訂稅務及錢幣制度，創辦稅務學堂，設紙廠，開印局，蟄庵擘劃尤精，所定章程多出其手。綜核名實，以善理財稱。

一九一一年十月辛亥革命爆發，次年初，蟄庵度清必亡，於清帝溥儀遜位前一日（一九一二年二月十一日）挂冠辭官。後袁世凱復辟帝制，屢欲羅致而不得。後民國政府三致財政部長、廣東省長之聘，蟄庵皆固辭不受。終其身不食民國之祿。

蟄庵晚歲隱於天津楊漕，躬耕隴畝，自號“蟄庵居士”。

一九二六年十月四日，蟄庵以疽疾卒於北京宣南潮州會館，終年六十。世稱“遜清第一完人”。

蟄庵精詩詞書畫，尤以詩冠，與梁鼎芬、羅惇曧、黃節並稱“嶺南近代四家”。

蟄庵一生屢遭世難，歷中法戰爭、甲午喪師、戊戌變法、庚子事變、辛亥革命、洪憲稱帝、張勳復辟諸變。一冊詩存，亦其憂國憫世、傷時念亂之心史也。

目錄

蟄庵詩存

曾剛父[1]詩集序

剛父之詩凡三變。蚤年近體宗玉谿[2]，古體宗大謝[3]，峻潔遒麗，芳馨悱惻，時作幽咽悽斷之聲，使讀者醰醰[4]如醉。中年以降[5]，取徑宛陵[6]，摩壘後山[7]，斲彫為樸[8]，能皺能折[9]，能瘦能澀[10]；然而腴思中含[11]，勁氣潛注[12]，異乎貌襲江西[13]，以獰態向人者矣。及其晚歲，直湊淵微[14]，妙契自然，神與境會，所得往往入陶、柳聖處[15]。生平於詩不苟作，作必備極[16]錘鍊，鍊辭之功什二三[17]，鍊意之功什八九[18]。洗伐[19]糟魄，至於無復可洗伐而猶若未饜[20]。所存者則光晶炯炯，驚心動魄，一字而千金[21]也。故為詩數十年而手自寫定者僅此。

孟子曰："誦其詩，不知其人可乎？"[22]善讀剛父詩者，蓋可以想其為人；抑得其為人，然後其所以為詩者乃益可見也。剛父與物無競[23]，而律己最嚴，自出處[24]大節，乃至一話一言之細，靡不以先民為之法程[25]；從不肯藉口於俗人所即安者，降格焉以自恕。其於事有所不為也。於其所當為者及其所可為者，則為之不厭，且常精力彌滿以赴之，以求其事之止於至善[26]。不屑不潔，其天性也。顧未嘗立厓岸焉以翹異於衆[27]，而世俗之穢累[28]自不足以入之。其擇友至嚴峻，非心所期許者弗與親也；其所親者則摯愛久敬，如其處父母昆弟[29]之間者然，一以真性情相見。當其盛年，鞅掌度支[30]，起曹郎[31]，迄卿貳[32]，歷二紀餘[33]，綜理密微，一部之事皆取辦[34]。蓋在清之季[35]，諳悉食貨[36]掌故，能究極其利病癥結者，舍剛父無第二人。及清鼎潛移[37]，則於遜位詔書[38]未下之前一日，毅然致其仕[39]而去，蓋稍一濡滯[40]，忽已處於致無可致之地。燭先幾[41]以自潔，如彼其明決[42]也。鼎革[43]之際，神奸張轂[44]以弄一世才智之士，彼固夙知[45]剛父，則百計思所以縻[46]之，剛父不惡而嚴[47]，巽詞自免[48]，而凛然示之以不可辱。[49]自剛父之在官也，俸入外既一介不取[50]，且常以儉蓄者周恤姻族[51]，急朋友之難，故去官則無復餘財以自活。剛父泊然[52]安之，斥賣[53]其所藏圖籍、畫書、陶瓦之屬以易米，往往不得宿飽[54]。而斗室[55]高歌，不怨不尤[56]，不歆不畔[57]者十五年。嗚呼！剛父之所蘊蓄以發而為詩者，其本原略如此。昔太史公之序屈子也，曰："其志潔，故其稱物芳，蟬蛻於污穢，以浮遊塵埃之外。"[58]喻此志[59]也，可以讀剛父之詩矣。

剛父長余六歲，其舉鄉試於余為同年[60]。余計偕[61]京師，日與剛父遊，時或就其所居之潮州館[62]共住。每瀹茗譚藝，達夜分[63]為常。春秋佳日，輒策蹇並轡[64]出郊外，攬翠微、潭柘[65]之勝，謂此樂非褦襶子[66]所能曉也。甲午喪師[67]後，各憂傷憔悴。一夕[68]，對月坐碧雲寺[69]門之石橋，語國事，相抱慟哭。既而余南歸，剛父送以詩曰："前路殘春亦可惜，柳條藤蔓有嚦鶯。"又曰："他年獨自親調馬，愁見山花故故紅。"念亂傷離，惻然若不能為懷[70]也。

余亡命十餘年而歸[71]，歸後屢值世難[72]，不數數[73]相見。剛父雖謝客[74]，顧以余未汩於世俗[75]也，視之日益親。去歲六月，剛父六十生日，余造[76]焉，甫就坐[77]，則出一卷相屬，曰："手所寫詩，子為我定之。"余新病初起，療於海濱，將以歸後卒讀而有所論列[78]。歸則剛父病已深，不復能相譚笑矣！剛父既沒，余與葉玉虎[79]暨二三故舊襄治其喪，玉虎曰："此一卷者，剛父精神寓焉。且手澤[80]也，宜景印[81]以傳後。子宜為序。"乃序如上。

剛父諱習經，亦號蟄庵居士。潮之揭陽人。光緒己丑[82]舉人，庚寅[83]進士。起家户部主事[84]，歷官至度支部右丞[85]。卒年六十。

其卒後一年，歲在丁卯三月之望[86]，新會梁啓超[87]序。

【注】

[1]曾剛父：曾習經，字剛甫，又稱剛父。

[2]蚤年：早年。近體：近者，唐也。近體指唐代形成之格律體。玉谿：唐·李商隱，號玉谿生。

[3]大謝：南朝·宋·謝靈運。

[4]醰醰：醇濃；醇厚。醰，《韻會》：徒南切。

[5]以降：以後。

[6]取徑：選取經由之道路，指向其學習。宛陵：宋·梅堯臣。

[7]摩壘：迫近敵壘，謂挑戰。後山：宋·陳師道。

[8]斲彫為樸：去掉雕飾使之返璞歸真。斲同"斫"。彫同"雕"。元·劉壎《隱居通議·文章五》："已而回瀾障川，斲雕反樸，崇議論，尚風節。"

[9]能皺能折：指能皴皺錯綜、曲折頓挫。相對於平直而言。

[10]能瘦能澀："瘦"與"澀"皆江西詩派所追求之藝術效果。"瘦"指峻峭，"澀"乃與"滑"相對，"滑"謂取巧浮滑或俗白淺近，江西所避。

[11]腴思中含：謂蟄庵詩表面是"瘦"，然中間自有一種"腴"質，"腴"與"瘦"相對，強調一種豐腴充實之美感、藝術效果。思包括意思、情思、思想等。

[12]勁氣潛注：勁氣深藏於詩中。

[13]江西：指江西詩派。北宋後期，黄庭堅在詩壇上影響巨大，追隨效法之詩人頗多，逐漸形成以黄庭堅為中心之詩歌流派。

[14]直湊淵微：直進乎深沈精微之境。

[15]陶、柳聖處：晉·陶淵明、唐·柳宗元詩之佳境。

[16]備極：猶言十分，形容程度極深。

[17]鍊辭：鍛煉辭藻。鍊同"煉"。什二三：十分之二三。

[18]鍊意：鍛煉意境。什八九：十分之八九。

[19]洗伐：清除。

[20]未饜：未滿足。

[21]一字而千金：即一字千金。秦相呂不韋使門客著《呂氏春秋》，書成，公布於咸陽城門，聲言有能增刪一字者，賞予千金。見《史記·呂不韋列傳》。又漢·劉安著《淮南子》，亦懸賞千金，徵求士人意見。見漢·桓譚《新論·本造》。後因以"一字千金"極言文章價值之高貴。

[22]見《孟子·萬章下》。

[23]無競：無爭。

[24]出處：謂出仕和隱退。

[25]靡不：無不。法程：法則；程式。

[26]止於至善：《大學》："大學之道，在明明德，在親民，在止於至善。"

[27]謂未嘗自標孤高以求異於衆人。

[28]穢累：謂俗事牽累。

[29]昆弟：兄弟。

[30]鞅掌：謂職事紛擾煩忙。《詩·小雅·北山》："或棲遲偃仰，或王事鞅掌。"鄭玄箋："鞅猶何也，掌謂捧之也。負何捧持以趨走，言促遽也。"鞅音央。度支：蟄庵曾任度支部右丞。度支部掌管全國財政收支。

[31]曹郎：蟄庵庚寅（一八九〇年）中進士，壬辰（一八九二年）殿試，分曹户部。

[32]卿貳：副職。

[33]二紀餘：二十四年有餘。一紀為十二年。

[34]取辦：指辦理。

[35]清之季：清朝末年。

[36]食貨：財政經濟等事。

[37]清鼎潛移：指清帝退位，清朝滅亡。

[38]遜位詔書：一九一二年二月十二日，清帝宣統下退位詔書。

[39]致其仕：辭去其官職。

[40]濡滯：停留；遲滯。

[41]燭先幾：洞察先機。

[42]明決：明達有決斷。

[43]鼎革：改朝換代。

[44]神奸：極其奸詐狡猾之人。此指袁世凱。張彀：張羅牢笼、圈套。

[45]夙知：久知。

[46]縻：繫也。

[47]不惡而嚴：不惡言相對而自具威嚴。

[48]巽詞自免：以謙辭推辭。巽同“遜”

[49]此段指袁世凱屢欲羅致蟄庵而不得。蟄庵堅拒財政部長、廣東省長之聘，終其身不食民國之祿。

[50]一介不取：一絲一毫亦不苟取。語出《孟子·萬章上》：“一介不以與人，一介不以取諸人。”

[51]周恤：周濟，接濟。姻族：有姻親關係之各家族或其成員。

[52]泊然：恬淡無欲貌。

[53]斥賣：出賣。

[54]宿飽：常飽。《史記·淮陰侯列傳》：“臣聞千里餽糧，士有飢色，樵蘇後爨，師不宿飽。”

[55]斗室：狹小之房間。

[56]不怨不尤：《論語·憲問》：“子曰：不怨天，不尤人，下學而上達，知我者其天乎？”

[57]不歆不畔：不歆羡他人，不背叛自己。

[58]見《史記·屈原賈生列傳》。

[59]喻此志：理解此種志向。

[60]鄉試：科舉考試名。明清每三年一次在各省省城舉行鄉試。中式者稱“舉人”。同年：科舉考試同科中式者之互稱。唐代同榜進士稱“同年”，明清鄉試、會試同榜登科者皆稱“同年”。

[61]計偕：《史記·儒林列傳序》：“郡國縣道邑有好文學、敬長上、肅政教、順鄉里、出入不悖所聞者，令相長丞上屬所二千石，二千石謹察可者，當與計偕，詣太常，得受業如弟子。”司馬貞索隱：“計，計吏也。偕，俱也。謂令與計吏俱詣太常也。”後遂用“計偕”稱舉人赴京會試。

[62]潮州館：潮州會館。

[63]瀹茗譚藝：煮茶談藝。譚同“談”。夜分：夜半。

[64]策蹇：即策蹇驢，乘跛足驢。喻交通工具不利，行動遲慢。並轡：兩馬並馳。

[65]翠微：翠微山，舊稱平坡山，位於北京市石景山區。潭柘：潭柘寺，位於北京西郊門頭溝區東南部之潭柘山麓。

[66]褦襶子：愚蠢無能，不懂事之輩。褦襶音耐戴。

[67]甲午喪師：指甲午（一八九四年）中日之戰，清朝戰敗，北洋水師盡喪，次年（一八九五年）簽訂《馬關條約》，清向日賠償軍費庫平銀兩億兩；將遼東半島、臺灣島、澎湖列島割與日本；對日開放七處通商口岸等。

[68]一夕：一天晚上。

[69]碧雲寺：北京名刹，位於海淀區香山東麓。始建於元至順二年（一三三一年）。

[70]惻然：哀憐貌；悲傷貌。不能為懷：不能釋懷。

[71]梁啓超自一八九八年戊戌變法失敗後，流亡日本十三年，一九一一年始歸國。

[72]世難：當世之災難、禍亂。

[73]數數：常常。

[74]謝客：謝絕會客。

[75]汨於世俗：沈沒於世俗。

[76]造：拜訪。

[77]甫就坐：剛入座。

[78]卒讀：通讀，讀完。論列：一一論述。

[79]葉玉虎：葉恭綽。

[80]手澤：猶手汗。此指蟄庵手書之遺墨。

[81]景印：影印。景為"影"之古字。

[82]光緒己丑：一八八九年。

[83]庚寅：一八九〇年。

[84]起家：謂從家中徵召出來，授以官職。户部主事：户部掌管國家土地、人民、錢穀之政，貢賦之差。其屬有四：户部、度支部、金部、倉部，各設郎中、員外郎、主事等官。

[85]度支部右丞：度支部，清末設此官署，掌管銀行貨幣、稅收、庫藏、官祿、軍餉等，類今財政部。部官有大臣、副大臣各一人，左右丞各一人。

[86]歲在丁卯三月之望：一九二七年陰曆三月十五日。

[87]梁啓超（一八七三年至一九二九年），字卓如，號任公，又號飲冰室主人、飲冰子、哀時客、中國之新民、自由齋主人等。廣東新會人。中國近代維新派代表人物，學者。戊戌變法（百日維新）領袖之一。曾宣導文體改良運動——"詩界革命"與"小說界革命"。其著作合編為《飲冰室合集》。

《蟄庵詩存》序

余校刊亡友曾剛甫遺詩竟[1]，為之敍曰：余讀剛甫詩，蓋不勝友朋死生聚散之感也。始余光緒壬寅歲[2]來京師，入大學，時年方二十，頗不為當世賢豪所棄，引為忘年交，其時即識剛甫。厥後[3]屢有江海及國外之行，第[4]居京師時為多。今忽忽廿餘年，余鬢且斑。中經世局人事之變遷，柴棘[5]盈胸，求如昔者朋儕聚首[6]，琴尊跌宕[7]之樂，蓋渺如天上，而剛甫且以貧病死矣！顧念昔時游侶，如梁節庵[8]、陳簡持[9]兩丈，李亦元[10]、丁叔雅[11]、黃孝覺[12]、羅癭公[13]先後逝；趙堯生[14]歸蜀，久不通問；楊昀谷[15]則窮居京師，知交落落，如晨星一睽[16]，殆不可復合。而余流轉人海，志業一無所就，求附於數公之末，以文學名世，殆亦無能為役，其懷抱之何若，蓋可知也。亦元《雁影齋詩》久已付刊；節庵詩為余越園集刊[17]，尚非其全；癭公詩近經其弟敷庵[18]編定，不日刊刻；簡持遺著，則殆已散佚；叔雅所作，余聞在剛甫許[19]，乃求之剛甫家，不可得；孝覺詩則益不可問。文人一生心血所聚，區區數簡冊，求其不即湮沒，蓋尚如是之難也！余往者病居癭公所寓順德會館，孑身無僕，促卧榻上不能起，室中寂若僧寮。剛甫每日斜下值[20]，則來館中，冠四品冠，衣袍褂，躞蹀[21]廚下，為余烹藥。情境宛在心目。而宣統庚戌[22]，余以病南下，剛甫輒為詩送別，今集中"琨玉秋霜絕世姿"一首是也[23]。日月易得，遂成隔世，思舊之懷，其何可任！剛甫於友朋風義[24]至篤，叔雅、節庵、癭公之逝，傷今懷往，一著之篇章。其為詩，回曲隱軫[25]，芬芳雅逸，蓋自詩、騷、曹、陸、陶、謝、李、杜、王、韋、韓、孟、溫、李[26]，迄宋明歐、梅、蘇、黃、楊、姜、何、李、鍾、譚[27]之徒，暨[28]夫釋家[29]偈句、儒宗語录，悉歸融洗，而一出以溫厚清遠，蓋庶幾古之所謂風人[30]之言。尚論近三百年詩者，吾知必將有所舉似[31]也。剛甫手訂[32]詩，自寫為二冊，綿惙[33]中以授余，屬為刊印。今得蕆事[34]，庶不負死友之託。而簡持、叔雅諸君名具在集中，溯念昔遊，風流如昨，而前塵夢影，渺不可追。循誦茲編，益不禁思之連犿而無極[35]也。丁卯[36]三月，番禺葉恭綽[37]。

【注】

[1]竟：畢也。

[2]光緒壬寅歲：一九〇二年。

[3]厥後：此後，之後。

[4]第：但、只。

[5]柴棘：荊棘。比喻心計。南朝·宋·劉義慶《世說新語·輕詆》："深公

云：‘人謂庚元規名士，胸中柴棘三斗許。’”

[6]朋儕：朋友。聚首：聚会。

[7]琴尊：指彈琴飲酒。尊同“樽”。跌宕：縱情；放蕩。

[8]梁節庵：梁鼎芬（一八五九年至一九一九年），字星海，號節庵，廣東番禺人。清光緒六年（一八八〇年）進士，授編修。一八八四年上書彈劾李鴻章，名震朝野。一八八五年辭官歸鄉。中法戰爭前後，加入張之洞幕府，成為張之洞宦海生涯中最得力之僚屬。

[9]陳簡持：陳昭常（一八六八年至一九一四年），字簡持（棲、墀、池），一字平叔，廣東新會人。清光緒十五年（一八八九年）舉人，二十年（一八九四年）進士，授翰林院庶吉士、散館一等編修等職，後改任刑部主事，官至吉林巡撫。著有《廿四花風館詩詞鈔》《廿四花風館文集》。

[10]李亦元：李希聖（一八六四年至一九〇五年），字亦元，號卧公，湖南湘鄉人。清光緒十八年（一八九二年）進士。官刑部主事，薦舉經濟特科。初治訓詁，通古今治法，嘗纂《光緒會計錄》以總綜財賦，又草《律例損益議》，張百熙等極重之。百熙奉詔管學，引以為助。亦元通籍後始學為詩，有作必七律，以玉谿生自許，著有《雁影齋詩存》。

[11]丁叔雅：丁惠康（一八六八年至一九〇九年），字叔雅，號惺庵。廣東豐順人。丁日昌第三子。少與曾習經齊名。復與陳三立、譚嗣同、吳保初並稱“清末四公子”。有《丁徵君詩文集》。

[12]黄孝覺：黄文開，字孝覺，廣東南海人。清光緒癸卯（一九〇三年）舉人，官陸軍部郎中。

[13]羅癭公：（一八七二年至一九二四年），名惇曧，字掞東，號癭公。廣東順德人。師從康有為。與梁鼎芬、曾習經、黄節合稱“嶺南近代四家”。

[14]趙堯生：趙熙（一八六七年至一九四八年），字堯生，號香宋，四川榮縣人。蜀中“五老七賢”之一，世稱“晚清第一詞人”。“工詩，善書，間亦作畫。詩篇援筆立就，風調冠絕一時。偶撰戲詞，傳播婦孺之口”，蜀中傳有“家有趙翁書，斯人才不俗”之諺。光緒十八年（一八九二年）進士，殿試列二等，選翰林院庶吉士，次年應保和殿大考，名列一等，授翰林院國史館編修，轉官監察御史。有《香宋詩前集》。

[15]楊昀谷：楊增犖（一八六〇年至一九三三年），字昀谷，號松陽山人，江西新建縣人。光緒年間進士，先後為刑部主事、熱河理刑司員、四川候補知府、廣東署法院參事。民初為國史館協修、交通部推事。逝於津沽。詩學摩詰、東坡、山谷諸家，風骨峻深，秀外腴中，蒼潤疏秀。有《楊昀谷遺詩》八卷。

[16]睽：乖離。

[17]梁鼎芬之詩由余紹宋刊行。余紹宋（一八八二年至一九四九年），字越

園，清季舉人，曾任司法部次長，浙江省副議長。

[18]敷庵：羅惇㬊，字照巖、季孺，號敷庵、復堪，別署羯蒙老人、鳳嶺詩人。廣東順德人。羅癭公從弟，康有為弟子。曾任司法部參事、國民政府內政部秘書等。好詩文，擅書法。

[19]許：處也。

[20]下值：下班。

[21]蹀躞：行進艱難貌。蹀躞音牒燮。

[22]宣統庚戌：一九一〇年。

[23]蟄庵《別葉玉甫》："崐玉秋霜絕世姿，本來窈窕足哀思。一時人物徐中論，白日才名沈亞之。因病得閑殊不惡，還休蹔動與誰期。沈吟自有交親涕，莫道東阿怨刺詩。"

[24]風義：猶情誼。

[25]隱軫；猶隱賑，衆盛；富饒也。隱通"殷"。左思《蜀都賦》："邑居隱賑，夾江傍山。"劉逵注："隱，盛也。賑，富也。"

[26]詩：《詩經》。騷：《楚辭》。曹：三國・魏・曹植。陸：晉・陸機。陶：陶潛。謝：謝靈運。李：唐・李白。杜：唐・杜甫。王：唐・王維。韋：唐・韋應物。韓：唐・韓愈。孟：唐・孟郊。溫：唐・溫庭筠。李：李商隱。

[27]歐：宋・歐陽修。梅：宋・梅堯臣。蘇：宋・蘇軾。黃：黃庭堅。楊：宋・楊萬里。姜：宋・姜夔。何：明・何景明。李：明・李夢陽。鍾：明・鍾惺。譚：明・譚元春。

[28]曁：及也。

[29]釋家：佛家。

[30]庶幾：差不多。風人：詩人。

[31]舉似：奉告。

[32]手訂：親手訂定。

[33]綿惙：謂病情沈重，氣息僅存。

[34]蕆事：謂事情辦理完成。蕆：《唐韻》：丑演切。

[35]連犿：宛轉貌。犿音歡。無極：無窮盡。

[36]丁卯：一九二七年。

[37]葉恭綽（一八八一年至一九六八年），字裕甫（玉甫、玉虎、玉父），又字譽虎，號遐庵，晚年別署矩園，室名"宣室"。廣東番禺人。書畫家、收藏家、政治活動家。早年畢業於京師大學堂仕學館，後留學日本，加入孫中山同盟會。曾任北洋政府交通總長、孫中山廣州國民政府財政部長、南京國民政府鐵道部部長。一九二七年出任北京大學國學館館長。後任中央文史館副館長，第二屆中國政治協商會議委員會常務委員。

昔夢[1] 四首

無憀[2]還有恨，惜別復傷春[3]。欲織紅鴛錦[4]，親鏤綠玉塵[5]。叩雲[6]通一語，燒燭掩孤嚬[7]。虛負瑤華[8]夢，年年芳意[9]新。

【注】

[1]昔夢：舊夢。

[2]無憀：空閑而煩悶。

[3]直用李商隱《杜司勛》“刻意傷春復傷別”句。傷同“傷”。

[4]鴛錦：即鴛鴦錦，鴛紋彩錦。

[5]玉塵：即玉屑，道家以為服此能長生。

[6]叩雲：宋·任伯傳有《叩雲亭記》。

[7]李商隱《燕臺四首·秋》：“雲屏不動掩孤嚬。”嚬同“顰”。

[8]瑤華：《楚辭·九歌·大司命》：“折疏麻兮瑤華，將以遺兮離居。”王逸注：“瑤華，玉華也。”洪興祖補注：“說者云：瑤華，麻花也，其色白，故比於瑤。此花香，服食可致長壽，故以為美。”

[9]芳意：春意。

又換浮生事，還來讀道書[1]。銀鐙[2]消昔夢，華屋及春居[3]。寂歷舊情謝[4]，蕭條清夜徂[5]。行郎空柘彈[6]，歸馬欲躊躇[7]。

【注】

[1]還來：回過頭來。道書：佛家或道家典籍。

[2]銀鐙：即銀燈。鐙：亦作“燈”。本指鐙盤，此泛指燈。

[3]華屋：華美之屋宇。及，到也。春居：指春日起居。此句倒裝，即“及華屋春居”，意謂春來在華屋中生活。

[4]寂歷：疏落。謝：凋謝。

[5]清夜：清靜之夜。徂：猶逝。漢·司馬相如《長門賦》：“懸明月以自照兮，徂清夜於洞房。”

[6]直用李商隱《燕臺四首·夏》：“夜半行郎空柘彈。”行郎：過路青年。《西京雜記》：“長安五陵人以柘木為彈，珍珠為丸，以彈鳥雀。”夜半柘彈，言無所獲也，故曰“空”。

[7]躊躇：躑躅，徘徊不進。

【評】

〇一時山人曰：首句“換”字突見浮生之滄桑易換，直是浮生整個兒換掉，“換”是人為動作，能體現一種無可奈何之被動，苟用“變”“易”皆不能達此意，音韻感亦相去甚遠，蓋“換”氣息喉音本即如歎氣然。

蜨粉[1]輕難觸，龍香瘦自持[2]。他時曾病酒[3]，安坐且調絲[4]。子夜沈沈[5]去，年芳故故[6]遲。瓊瑰[7]化清淚，不惜併酬伊[8]。

【注】

[1]蜨：同“蝶”。蜨粉：唐人宮妝。李商隱《酬崔八早梅有贈兼示之作》：“何處拂胸資蜨粉，幾時塗額藉蜂黃。”

[2]化用李商隱《曲池》：“日下繁香不自持。”龍香：龍涎香。深海抹香鯨胃腸分泌物，類似結石，由鯨體內排出，漂浮海上，時沖上岸。色黃、灰、黑，香氣持久，為極名貴香料。

[3]病酒：過量飲酒而病。

[4]調絲：彈奏弦樂器。

[5]子夜：即《子夜歌》，原為樂府《吳聲歌曲》名。多寫愛情中之悲歡離合，常作愛情之雙關隱語。沈沈：形容寂靜無聲或聲音悠遠隱約。

[6]年芳：指美好之春色。故故：猶每每、屢屢；又故意。

[7]瓊瑰：次於玉之美石。《詩·秦風·渭陽》：“何以贈之，瓊瑰玉佩。”毛傳：“瓊瑰，石而次玉。”

[8]酬：贈送。末兩句化用《詩經》“何以贈之，瓊瑰玉佩”之意，言玉石化作清淚，情願全部贈與伊人。併同“並”。

【評】

〇一時山人曰：“蜨粉輕難觸，龍香瘦自持。”“難”即“難為”，意在不忍觸。“蜨粉輕/難觸”或“蜨粉/輕難觸”，兩讀皆可，然言“蜨粉/輕難觸”則愈見蝶粉之至輕至脆，不勝一觸。蝶粉實非粉，乃諸微小鱗片，反光以生艷，亦蝶華麗脆弱之所在。蝶粉本自輕微，指端輕觸即錯落紛飛，華麗立地破碎不堪，猶似香消玉殞之觸目驚心。以蝶譬夢，無非仍莊生之舊意，然蟄庵更細進一層，以昔夢譬之蝶粉，則昔夢之綺麗、脆弱，不忍棖觸之感亦最直接關聯讀者之心。玉谿詩云：“日下繁香不自持”，此詩之香鬱鬱繁穠，軟不自持，蟄庵用而反之，以寫龍涎香則瘦硬有骨，堅能自持。龍香芬芳，自喻其志，騷之本色；芬芳而能瘦硬自持，更是騷之氣骨。蟄庵詩真能於不經意處覷見其堅韌獨立之氣骨。龍涎香雖則為香料，然其出自深海之巨鯨，故聞得此香、想得此香，自有一種海氣浩瀚、鯨吞壯闊之氣象，非香軟之流，然則“龍香瘦自持”於龍涎香之物理，於昔夢之情志，於詩人之氣骨，皆無一不達，無一不貼。

“年芳故故遲”，蟄庵善用疊闕。“故故”解作“每每、屢屢”可也，解作“故意”亦可也。客觀上年芳每遲，主觀上則人以之故遲。此聯即“一切景語皆情語”之謂也。

“瓊瑰化清淚，不惜併酬伊。”古人譬淚，謂泣淚凝珠，此則反之，謂瓊瑰化淚。瓊瑰為石，僅次於玉，質地清剛，化石為淚，如其情何！然則此情化石為淚，此淚清剛如石，一句五字，令人低回不息。一結直是少年激情意氣，可愛之至。

白馬從驪駒[1]，垂垂倒玉魚[2]。後門花月散，初日[3]鳳皇雛。濁水清塵感[4]，悽馨艷怨圖。未愁芳物[5]盡，待寄陸郎[6]書。

【注】

[1]驪駒：純黑馬。該句直用《樂府詩集·相和歌辭三·陌上桑》：“白馬從驪駒。”

[2]垂垂：低垂貌。玉魚：魚形玉飾。

[3]初日：初昇之日。

[4]曹植《七哀詩》：“君若清路塵，妾若濁水泥。”

[5]芳物：芳香花草。

[6]陸郎：陸瑜，陳後主寵臣。謂冶遊男子。《樂府詩集·清商曲辭四·明下童曲》：“陸郎乘斑騅。”

【評】

〇一時山人曰：蟄庵善化用，亦善直用。直用乃大巧若拙，譬如運斤，非力之所至，技之所臻，何能運之如風。蟄庵摘樂府成句“白馬從驪駒”當頭直用，一種從容自若之儀態氣度自盈盈而來，接之以“垂垂倒玉魚”，是此種儀態氣度之細節化。

〇渺之曰：四首用玉谿筆寫樂府之情，變而為蟄庵之溫艷。樂府之艷易流於滑，玉谿之艷常流於哀，蟄庵可謂善學其艷。溫固是自家性情，非學而能也。溫艷之境，宜為蟄庵所獨擅。

〇一時山人曰：四首馨香高貴，雍容艷怨，堪“衆芳蕪穢，美人遲暮”之稱。

送江孝通歸里[1]

憂憤[2]終何補？傾危[3]勢已深。天心實仁愛[4]，雪意況陰沈[5]。不寐遲明發[6]，臨風寄遠襟[7]。孤根亦何賴[8]，所得是知音。

【注】

[1]江孝通：江逢辰（一八六一年至一九〇〇年），字孝通，號雨人，廣東歸善（今惠州）人。光緒十八年（一八九二年）進士，官户部主事，工詩文辭，書學北魏，尤工篆、隸，善畫山水、花卉。有《江孝通文集》行世。歸里：歸鄉。

[2]憂憤：憂憤同“幽憤”。三國·魏·嵇康有《憂憤詩》。《晉書》卷四十九：“東平呂安服康高致，每一相思輒千里命駕。康友而善之。後安為兄所枉訴，以事繫獄，辭相證引，遂復收康。康性慎言行，一旦縲紲，乃作《幽憤詩》。”

[3]傾危：傾覆。

[4]天心：猶天意。仁愛：寬仁慈愛。

[5]雪意：雪欲來之情境。況：正，當。陰沈：天色陰晦，雲層沈鬱。

[6]明發：黎明。

[7]遠襟：遠懷。唐·褚亮《臨高臺》：“回瞰周平野，開懷暢遠襟。”

[8]孤根：孤獨靡依之根。賴：依靠。

【評】

〇首句、七句“何”字複出，且兩句式雷同。

〇一時山人曰：“天心”“雪意”二詞之對真工不可求，而渾成不著斧鑿痕，更洵難一得。著一“況”字，猶雙手攤開、無可奈何之狀。“況”氣息喉音本如歎息然，其音韻之妙同《昔夢四首》其二之“換”字。二句可謂極物之性、格物之致也。蟄庵詩不說理，而理自深在興象情意之中。

結句用李商隱《落花》結句句式：“所得是沾衣。”然義山結句好處在“沾衣”二字雙關，既謂花落身沾衣，又謂人落淚沾衣，人花為一。義山此聯“芳心向春盡，所得是沾衣。”一片最美好高潔之芳心，傾心向春，卻銷盡幻滅，最終所得、所遺只是數點花淚沾衣之無可奈何，然以一種似乎淡甚至客觀之口吻輕輕道出，未加一形容，此最見其沈痛深切，不甘而無奈之傷感。蟄庵則空用此句式，自是不逮。參看蟄庵《病起趣田褉詩九首》之二。

整首拳拳懇懇，仁悌忠厚。

〇渺之曰：頷聯“天心”指皇帝，“雪意”喻時局。言皇帝之心本是仁愛，奈何時局慘酷如雪意之陰沈。以應上文之憂憤無補，傾危勢深。

此日飲歸客[1]，前期送逐臣[2]。眼看不得意，相顧各沾巾[3]。莽莽[4]春無主，悽悽去所親[5]。未應從屈賈[6]，謌哭損天民[7]。

【注】

[1]歸客：居外返鄉之人。

[2]前期：事前。逐臣：被朝廷放逐之官吏。李商隱《賈生》：“宣室求賢訪逐臣，賈生才調更無倫。”

[3]沾巾：落淚沾巾，謂落淚之多。

[4]莽莽：無涯際貌。

[5]悽悽：悲傷貌；淒涼貌。所親：親密之友。

[6]未應：不須。屈賈：屈原、賈誼，皆忠而見放。

[7]謌：同“歌”。天民：賢者。因其明乎天理，適乎天性，故稱。《莊子·庚桑楚》：“人之所舍，謂之天民；天之所助，謂之天子。”

【評】

〇一時山人曰：“莽莽春無主”，一片莽莽無盡，雖滿眼是春，亦滿眼蒼茫荒涼，恰反襯逐臣之孤獨渺小，以“莽莽春無主”蒼茫遼闊之景語暗道出“渺渺人無主”之情語，深得玉谿精髓。

豐化寺[1]

睡起涼痕落簟紋[2]，遠山清瘦似夫君[3]。一龕禪寂上燈火，黃葛[4]花開秋雨繁。

【注】

[1]豐化寺：原名長壽寺，在今揭陽市揭東區白塔鎮元聯村西南部，宋紹興十年（一一四〇年）築於啼雞嶺山，後被毀，清同治十年（一八七一年）重建。

[2]簟紋：竹席的紋路。

[3]宋·張耒《初見嵩山》：“數峰清瘦出雲來。”夫君：指友人。

[4]黃葛：多年生草本藤蔓植物，七八月花開成穗，纍纍相承，紅紫色。葛性喜纏繞，常以喻情。

除夕

夜深官燭[1]照無寐，一歲塵勞愧寢興[2]。風幔餘寒落衾枕[3]，瓦溝殘雪照春燈[4]。江湖滿地看年齒[5]，車馬朝天去殷輘[6]。羈羽沈鱗說京國[7]，夢中歸雁在雲層。

【注】

[1]官燭：官家蠟燭。

[2]塵勞：釋家語，謂塵俗之煩惱。寢興：起居。

[3]風幔：擋風帷幕。衾枕：被枕，指卧具。

[4]瓦溝：瓦楞間泄水溝。春燈：春夜之燈。

[5]杜甫《秋興八首》其七："江湖滿地一漁翁。"年齒：年齡。

[6]朝天：朝見天子。殷輘：同"殷轔""訇輘"，車馬巨聲也。殷去聲。

[7]韩愈《北極贈李觀》："北極有羈羽，南溟有沈鱗。""羈羽沈鱗"即羈囚籠中之禽鳥，沈淪水底之魚龍。京國：京城；國都。

夢　回[1]

墜露零煙半有無[2]，夢回金井但啼烏[3]。願攜冰雪親姑射[4]，密寫雲謠禮曼殊[5]。廢苑荒来餘橡栗[6]，下山拾得只蘼蕪[7]。孤根自信今漂泊，未必秋蘭怨女嬃[8]。

【注】

[1]夢回：即夢醒。

[2]李商隱《夜半》："三更三點萬家眠，露欲為霜月墮煙。""墜露零煙半有無"，興也。

[3]金井：井欄有雕飾之井，指宫廷園林之井。啼烏：樂府清商曲辭《西曲歌》有《烏夜啼》，或暗寓其本事。《舊唐書·音樂志二》："元嘉十七年，徙彭城王義康於豫章。義慶時為江州，至鎮，相見而哭，為帝所怪，徵還宅，大懼。妓妾夜聞烏啼聲，扣齋閤云：'明日應有赦。'其年更為南兖州刺史，作此歌。"

[4]《莊子·逍遥遊》："藐姑射之山，有神人居焉，肌膚若冰雪，綽約若處子。"

[5]雲謠：《穆天子傳》卷三載：“乙丑，天子觴西王母於瑤池之上，西王母為天子謠。”首句為：“白雲在天，山陵自出。”後人編錄詩集題之曰“白雲謠”，省稱“雲謠”。亦泛稱頌歌。曼殊：佛家菩薩曼殊寶利。按：錢仲聯箋黃遵憲《八用前韻》引《清朝通志》：“滿洲，係滿珠之轉音，亦稱曼珠。”

[6]橡栗，亦稱橡實、橡子、橡果，味苦，貧家人拾食。《晉書·摯虞傳》：“轉入南山中，糧絕飢甚，拾橡實而食之。”

[7]古樂府《上山採蘼蕪》：“上山採蘼蕪，下山逢故夫。”蘼蕪，香草。《本草綱目·草部三》：“蘼蕪，一作蘪蕪，其莖葉靡弱而繁蕪，故以名之。”

[8]《楚辭·離騷》：“扈江離與辟芷兮，紉秋蘭以為佩。”《楚辭·離騷》：“女嬃之嬋媛兮，申申其詈予。”王逸注：“女嬃，屈原姊也。”

【評】

〇一時山人曰：“願攜冰雪親姑射”，著一“親”字，攜冰雪而有溫。“孤根自信今漂泊，未必秋蘭怨女嬃。”“孤根”雙關，曰孤獨靡依之根，曰獨立不遷之根。張九齡《出為豫章郡途次廬山東巖下》：“孤根自靡託，量力況不任。”蟄庵謂孤根而復漂泊，哀之至也，然觀末句輒知蟄庵意非在靡依，而在獨立孤潔，參見孟浩然《示孟郊》：“蔓草蔽極野，蘭芝結孤根”。末句自信。

〇渺之曰：纏綿悱惻，楚騷苗裔，義山後身。六句化漢樂府亦佳。

蠟　梅[1]

水晶欲刻鴛鴦翅，金粉私裁蛺蝶衣。記得小樓熏被[2]夜，夢回官燭照橫枝。

【注】

[1]三十年後蟄庵作《梅花圖》，重題此詩，加跋曰：“三十年前蟄庵題蠟梅詩也。蟄庵晚學畫，偶為此幀，棖觸舊情，蓋不勝隔世之感。不審後五百年見此畫者，其感想復何如也。癸亥十二月臘八日蟄庵老人題。”

[2]熏被：焚香熏被。

【評】

〇一時山人曰：著一“私”字，一種小家碧玉之可愛情態活現，寫人尚難如此，況詠物乎！

〇渺之曰：借玉谿之細膩，寫自家之溫艷。

瑤華[1]琵琶詞

銅盤膩蠟紅闌珊[2]，屏風匼匝銀交關[3]。四更缺月未欲落，門外馬嘶何處郎[4]。問郎微行[5]夜何昏，出簾逢迎[6]歡相聞。輕衫薄袖欲成夢，星波[7]回蕩癡如雲。促坐[8]微寒親手奉，香熏羅薦[9]春無縫。擘石揅丹[10]不算情，一夜雛龍憶么鳳[11]。屈戌銅鈎嬰武[12]啼，繁聲暗恨須臾期。可憐月落又郎去，被酒[13]出門聞馬嘶。

【注】

[1]瑤華：見《昔夢四首》其一注。

[2]銅盤：銅製燭盤。膩蠟：潤澤細膩之蠟。闌珊：殘，將盡。

[3]匼匝：周匝環繞。匼入聲，音治。匼匝疊韻連綿字。南朝·宋·鮑照《代白紵舞歌辭》其二："雕屏匼匝組帷舒。"交關：駁雜交錯。

[4]唐·韋莊《清平樂》："鶯啼殘月，繡閣香燈滅。門外馬嘶郎欲別，正是落花時節。""郎"字出韻，或用潮語韻。

[5]微行：悄然無聲行貌。

[6]逢迎：迎接。

[7]星波：宋·晏幾道《鷓鴣天》："橋成漢渚星波外。"蟄庵此句學李商隱《燕臺四首·秋》："月浪衡天天宇濕。"

[8]促坐：靠近而坐。

[9]羅薦：絲織席縟。李商隱《回中牡丹為雨所敗二首》其一："羅薦春香暖不知。"

[10]擘石揅丹：《吕氏春秋·誠廉》："石可破也，而不可奪堅；丹可磨也，而不可奪赤。"李商隱《燕臺四首·春》："揅丹擘石天不知。"言情之堅貞。蟄庵此狂言其情猶過之。揅同"研"。

[11]么：同"幺"，細，小也。么鳳：鳥名。又稱桐花鳳。羽毛五色，體形比燕子小。蘇軾《異鵲》："家有五畝園，么鳳集桐花。""雛龍么鳳"學李商隱《燕臺四首·春》："雄龍雌鳳杳何許"；又《燕臺四首·冬》："雌鳳孤飛女龍寡。"

[12]屈戌銅鈎：李商隱《魏侯第東北樓堂郢叔言别，聊用書所見成篇》："鎖香金屈戌"；又《驕兒詩》："凝走弄香奩，拔脫金屈戌。"此指鸚鵡所棲之環紐銅鈎。嬰武：同"鸚鵡"。

[13]被酒：醉酒。

嬰武詞

畫羅輕明[1]前後閣，雲屏夢破山斷續[2]。瓊鈎[3]一夜怯春霜，恨鎖千年葳蕤[4]綠。隔簾委墜見春絲[5]，頻頻呼喚酒消遲。綃輕佩重不勝起，煙痕影態相參差[6]。紫蝭黃蜂[7]俱遊倦，櫻桃花落垂楊巷[8]。瘦盡東楊白袷衣[9]，寄與南雲[10]慰悽惋。登天抱雲雲如輕，虛堂耿耿[11]秋荷明。五更燭騎[12]蹄鳴去，銀灣[13]流水東西傾。斷燼遺香掩薄愁，玉璫不到瑤華樓[14]。夜夜嬌郎眠何處，雨落月明鸚自語。

【注】

[1]畫羅：有畫飾之羅綺。輕明：薄而透明。李商隱《石榴》："榴膜輕明榴子鮮。"

[2]雲屏：有雲形彩繪之屏風，或用雲母為飾之屏風。玉谿集中常用語。雲屏又可形容層疊之山峰，故前後閣之夢忽接以"山斷續"而自然不突兀。夢破：夢醒。

[3]瓊鈎：指新月。北周·庾信《燈賦》："瓊鈎初上。"

[4]葳蕤：草木茂盛枝葉下垂貌。

[5]委墜：曲折。春絲：春日柳條。諧音"春思"。

[6]參差：紛紜繁雜。

[7]李商隱《二月二日》："花鬚柳眼各無賴，紫蝶黃蜂俱有情。"

[8]"巷"字出韻。或用潮語韻。

[9]此用沈約沈腰消瘦、衣不稱體之典。李商隱《韓冬郎即席為詩相送一座盡驚他日余方兼呈畏之員外》："瘦盡東陽姓沈人。"又《韓同年新居餞西迎家室戲贈》："瘦盡瓊枝詠四愁。"蟄庵集中亦好用"瘦盡"二字。"白袷衣"亦用李商隱詞彙。李商隱《春雨》："悵卧新春白袷衣。"

[10]南雲：南飛之雲。常以寄託思親、懷鄉之情。陸機《思親賦》："指南雲以寄欵，望歸風而效誠。"

[11]虛堂：空堂。耿耿：明亮貌。

[12]唐·李賀《沙路曲》："斷燼遺香裊翠煙，燭騎啼鳴上天去。"燭騎：燭照之馬騎。

[13]銀灣：銀河。李賀《溪晚涼》："銀灣曉轉流天東。"

[14]玉璫：玉製耳飾。瑤華樓：即瑤華圃，仙人所住之處。

【評】

〇一時山人曰：以上二首效玉谿而承長吉之遺風，格在玉谿《燕臺四首》間。

別任父[1]

樓頭缺月夜向曉[2]，騎馬與君相送行。前路殘春亦可惜[3]，江南四月有啼鶯[4]。

【注】

[1]任父：梁啓超，號任公，故稱任甫、任父。見《曾剛父詩集序》注。

[2]向曉：猶近曉。

[3]可惜：應予愛惜。梅堯臣《依韻和希深新秋會東堂》："良時誠可惜。"

[4]南朝·梁·丘遲《與陳伯之書》："暮春三月，江南草長，雜花生樹，群鶯亂飛。"

夜半行郎柘彈空[1]，闌珊[2]春意各西東。他時獨自親調馬[3]，愁見山花故故[4]紅。

【注】

[1]見《昔夢四首》之二注。

[2]闌珊：殘，將盡。

[3]調馬：調馴馬匹。

[4]故故：每每、屢屢。

湖廣司[1] 白杏花

烏帽斜欹晚放衙[2]，亞牆風動玉交加[3]。春陰十日無多雨，清絕曹司[4]白杏花。

【注】

[1]湖廣司：清代刑部下設湖廣司，兼掌湖北、湖南所屬，並理湖廣道御

史、荊州將軍文移。此指湖廣司衙門。

[2]烏帽：達官貴人所服之帽，即“烏紗帽”。“斜欹”見其閑適。放衙：屬吏早晚參謁主司聽候差遣謂之衙參。退衙謂之“放衙”。

[3]亞牆：矮牆。交加：錯雜交疊。

[4]曹司：官署。諸曹郎中职司所在。

送常熟翁師傅[1]歸里

天問[2]殊難答，臣心久鬱陶[3]。遙憐賈生策[4]，不分屈平騷[5]。江海沈冥[6]易，湖山謌舞勞。向來[7]憂國意，餘願老蓬蒿[8]。

【注】

[1]常熟翁師傅：翁同龢（一八三〇年至一九〇四年），字叔平，號松禪、瓶廬居士。江蘇常熟人。咸豐六年（一八五六年）進士。官至協辦大學士，户部尚書，參機務。光緒戊戌政變，罷官歸里。卒謚文恭。學通漢宋，文宗桐城，詩近江西。有《瓶廬齋詩文稿》《翁文恭公日記》等傳世。因先後任同治、光緒兩朝帝師，故稱“師傅”。

[2]《楚辭》屈原有《天問》篇，後人亦作問天義，蟄庵兹蓋有扣問蒼天之意。

[3]鬱陶：憂思鬱積貌。

[4]賈生策：賈生即賈誼。策，即賈誼《治安策》，又名“陳政事疏”。西漢初期，地方勢力權壓中央，諸侯王幾度叛亂。賈誼雖遭貶謫，然苦思憂憚，上《治安策》，提出“衆建諸侯而少其力”之見。其思深，其論遠，其辨明，其勢雄，其辭雅。然賈誼每受讒遭貶，鬱鬱而終。

[5]不分：不料。屈平騷：屈原之《離騷》，乃屈原忠而見放，憂愁幽思而作。

[6]沈冥：猶“沈瞑”，日暮也。

[7]向來：從來；一向。

[8]蓬蒿：蓬、蒿二種荒草，此指草莽荒野之處。

【評】

〇一時山人曰：李義山《陸發荊南始至商洛》：“向來憂際會，猶有五湖期。”蟄庵常用此詞一轉而結篇。又有《平谷雜詩十八首》其十五：“向來江海夢，流落見天真。”《輓張文襄師三首》其三：“向來香一瓣，寧止為恩私。”《書何蔚高雜感詩後三首》其一："向來蕭瑟意，歸卧在春前。"俱以"向來"一轉結篇，語氣平和，況味綿長，似不經意，徐徐敍來，然接以"憂際會""憂國意""江海夢""香一瓣""蕭瑟意"，皆是切切之語，深沈之情，語淺意深，讀來一見蟄庵之操持堅韌，清剛忠厚，一往情深。

從此遂搖落[1]，於今真遠遊[2]。浮雲低北渚[3]，孤月過南州[4]。文藻秋蘭[5]氣，客心滄海流[6]。涼風起天末[7]，悽斷殿西頭。

【注】

[1]搖落：凋敗零落。

[2]遠遊：遠行遊歷。遠遊本較奮發慷慨，此較無奈。《楚辭·遠遊》："悲時俗之迫阨兮，願輕舉而遠遊。"

[3]北渚：《楚辭·九歌·湘君》："鼂騁鶩兮江皋，夕弭節兮北渚。"

[4]南州：泛指南方。

[5]文藻：文采、文章。秋蘭：《楚辭·離騷》："扈江離與辟芷兮，紉秋蘭以為佩。"

[6]南朝·齊·謝朓《暫使下都夜發新林至京邑贈西府同僚》："大江流日夜，客心悲未央。"

[7]直用杜甫《天末懷李白》："涼風起天末。"天末：天盡頭。

【評】

〇渺之曰：前二首對起而自然一氣，義山好用此法，如《蟬》之"本以高難飽，徒勞恨費聲"，《落花》之"高閣客竟去，小園花亂飛"，《細雨》之"瀟灑傍回汀，依微過短亭"皆此之屬。"文藻秋蘭氣，客心滄海流"從老杜《題玄武禪師屋壁》"赤日石林氣，青天江海流"化出。

〇一時山人曰：五律以對起，宜寬不宜工，宜拙不宜巧，宜疏不宜緊，使人不覺其對為妙，最忌刻意。蟄庵承玉谿此法，往往能不著斤斧，似不經意，落落自然。

五月南風發[1]，江濤送遠人。時窮仍適意[2]，隱亂若棲真[3]。太息吾安放[4]，悽其[5]天所親。最憐雙闕月[6]，流涕念霜晨。

【注】

[1]李白《長干行》其二："五月南風興。"

[2]適意：寬心，舒適。

[3]隱亂：隱於亂世。棲真：謂存養本真。《晉書·葛洪傳論》："遊德棲真，超然事外。"

[4]太息：深長之歎息。吾安放：吾將自置於何處。

[5]悽其：悲涼感傷。

[6]雙闕：古代宮殿、祠廟、陵墓前兩邊高臺上之樓觀。借指京都。《古詩十九首·青青陵上柏》："兩宮遙相望，雙闕百餘尺。"

歷歷明星下，其如北斗孤。[1]殘鐘沈百杵[2]，過客問三閭[3]。寥落[4]得秋意，棲遲耽道書[5]。百年從此遠，相憶到今無。

【注】

[1]此謂衆星先下，北斗遲落。歷歷：清晰貌。

[2]殘鐘："殘"猶"殘漏"之"殘"。"殘鐘"謂將盡、殘盡之鐘聲也。百杵：鐘敲一擣曰一杵。百杵謂鐘敲多次也。

[3]三閭：指屈原。屈原掌王族昭、屈、景三姓，故曰"三閭"。

[4]寥落：蕭條衰敗。

[5]棲遲：漂泊落魄。道書：佛家或道家典籍。

【評】

〇一時山人曰："殘鐘沈百杵"，此句意為："杵撞鐘百次，鐘聲將盡"，然倒其語序，以一"沈"攜起整句，則意味極深，令人直歎此意竟能如此道出！

誓墓[1]今頭白，還山閔[2]世紛。徘徊終自信，哀怨有深文[3]。悵望期前哲[4]，憂危感至尊[5]。行行重回首[6]，漂泊奉明恩[7]。

【注】

[1]誓墓：去官歸隱。《晉書·王羲之傳》："時驃騎將軍王述少有名譽，與羲之齊名，而羲之甚輕之，由是情好不協……述後檢察會稽郡，辯其刑政，主者疲於簡對。羲之深耻之，遂稱病去郡，於父母墓前自誓。"

[2]還山：退隱。閔：古同"憫"，哀憫也。

[3]深文：含義深隱之文章。

[4]前哲：前代賢哲。

[5]至尊：指皇帝。

[6]宋·周紫芝《寄徐季長》："相思一何久，行行重回首。"

[7]明恩：明主皇恩。

舊夢承恩詔[1]，遙年黨禁文[2]。回風愓往日[3]，之子念夫君[4]。故苑蘼蕪意[5]，荒陂鳧雁[6]群。何時陪杖履[7]，拭涕極南雲[8]。

【注】

[1]承恩詔：受皇恩詔書。

[2]遙年：多年前。黨禁文：禁止列名黨籍者出任官職之文書。

[3]回風：猶飄風、旋風。《楚辭·九章·悲回風》："悲回風之搖蕙兮，心冤結而內傷。"往日：《楚辭·九章·惜往日》："惜往日之曾信兮，受命詔以昭時。"

[4]之子：此人。《詩·周南·漢廣》："之子於歸，言秣其馬。"夫君：友人。參见《楚辭·九歌·雲中君》："思夫君兮太息。"

[5]蘼蕪：香草名。見《夢回》注。

[6]荒陂：荒蕪池塘。鳧雁：野鴨與大雁。鳧音扶。宋·孔武仲《從太守黃公登西湖待月臺》："當時常侍傳呼處，只有荒陂鳧雁聲。"

[7]杖履：原指老者之杖、鞋，此處是對尊者的敬稱。

[8]南雲：南飛之雲。見《嬰武詞》注。

乙未[1]二三月之間六首

春日遲遲[2]夕，春愁爾許[3]長。微謌[4]意不適，薄醉未成狂。獨下感時淚，兼之[5]惜往傷。何當從年少，花草弄繁香。

【注】

[1]乙未：光緒二十一年（一八九五年），甲午中日戰爭後一年。

[2]遲遲：徐長。

[3]爾許：如此也。

[4]微謌：輕歌細唱。

[5]兼之：加以。

【評】

○渺之曰："意不適""未成狂"錯綜對甚工。

錯落星垂户，依微[1]月映樓。晚寒春尚淺，冰落水遲流。塵夢杳難記，鄉愁散不收。如何南去雁，尚未一回頭。

【注】

[1]依微：隱約。

【評】

○一時山人曰：首聯以對起，意味近玉谿《街西池館》："疏簾留月魄，珍簟接煙波。"

前四句寫景淡雅幽微，款款自如。

頷聯察物極細，頸聯狀情極切。已生春溫，然晚來尚寒，故知春淺，全詩正支在這一"淺"字上。"冰落水遲流"冰化落水，阻水之流，察物細敏。"鄉愁散不收"，化用而出奇。柳宗元《與浩初上人同看山寄京華親故》："若為化作身千億，散向峰頭望故鄉。"寫望鄉是奇外出奇之想象，寫出迫切之心，寫不出真切之感。"鄉愁散不收"謂鄉愁所至，觸目皆愁，散落遍是，收拾不得，寫來真切可親，平白如話。

太息誰相語，搔頭空弄姿[1]。卻看明鏡裏，詎是還山[2]期。遲暮畏將及[3]，芳情空爾為[4]。葳蕤[5]有蘭葉，持以慰相思。

【注】

[1]搔頭、弄姿：謂修飾容貌。

[2]詎是：豈是。還山：退隱。

[3]將及：將到。

[4]芳情：芬芳美好之情懷。空爾為：爾又能如何。

[5]葳蕤：草木茂盛枝葉下垂貌。

【評】

○一時山人曰：首聯自嘲。此首多非律句，以拗格寫哀，為植其骨，闡其傷也。

病起掩關坐[1]，相存[2]人未曾。不眠聽夜漏[3]，殘渴飲春冰。著錄㮣中壘[4]，抽琴歎廣陵[5]。故園芳草色，惆悵已層層。

【注】

[1]掩關坐：坐關。佛家謂關門靜坐，修禪參悟。

[2]相存：相互問候。

[3]夜漏：夜間之時刻。漏，古代滴水記時之器具。

[4]叅中壘：漢·劉向曾任中壘校尉，掌北軍營壘之事，世稱“劉中壘”。參中壘謂參劉向著錄學術之法。叅同“參”。

[5]抽琴：《韓詩外傳》：“抽琴去其軫。”廣陵：即《廣陵散》，三國·魏·嵇康善彈此曲，秘不授人。後遭讒被害，臨刑索琴彈之，曰：“《廣陵散》於今絕矣！”

著書無一字，攬鬢有千絲[1]。似爾沈吟意，真成歲月馳。餘花猶窈窕[2]，飛燕故差池[3]。又是春芳晚，青雲那可追。

【注】

[1]絲：白髮。

[2]《詩·周南·關雎》：“窈窕淑女，君子好逑。”

[3]《詩·邶風·燕燕》：“燕燕於飛，差池其羽。”

【評】

〇渺之曰：一路流轉，真有兔起鶻落之妙。頸聯用《詩》妥帖，合於桑林之舞，乃中首經之會。

春暉一以[1]照，芳草已寸碧。遊子憺忘歸[2]，蒼茫念行役[3]。得途[4]未欲忙，回首倏陳跡[5]。官職豈足愛，勞勞至終夕[6]。

【注】

[1]孟郊《遊子吟》：“誰言寸草心，報得三春暉。”一以：一貫，一往。

[2]憺忘歸：《楚辭·九歌·山鬼》：“東風飄兮神靈雨，留靈修兮憺忘歸。”憺：愁。

[3]行役：因公長期跋涉。

[4]得途：仕途得志。

[5]陳跡：舊跡。晉·王羲之《蘭亭集序》：“向之所欣，俯仰之間，已為陳跡。”

[6]勞勞：劬勞，忙碌。終夕：通宵；徹夜。

秋齋五首

一枕春愁似影煙，撩人秋色又今年。中庭[1]已少閑花草，每到斜陽獨惘然。

【注】

[1]中庭：庭中。

小苑秋深草樹荒，一年芳物費評量[1]。牆陰盡日無人到，嫋嫋斜風吹海棠。

【注】

[1]芳物：芳香花草。評量：評價衡量。

搖落紛紛不自持[1]，幾回惆悵晚芳時。虛檐[2]不見閑蜂蜨，細看秋蟲牽網絲。

【注】

[1]李商隱《曲池》："日下繁香不自持"；又《流鶯》："流鶯漂蕩復參差，度陌臨流不自持。"

[2]虛檐：凌空房檐。

新涼庭院少人行，燈火依人不世情[1]。一穗和煙媚幽獨，花花草草可憐生。

【注】

[1]不世情：不通曉世俗情理、世態人情。

夜深簌簌墜梁塵，遠寺殘鐘聽未真。隙月斜明飛露腳[1]，四更秋館未眠人。

【注】

[1]露腳：李賀《李憑箜篌引》："露腳斜飛濕寒兔。"

無題二首

嬰武簾櫳翡翠[1]衾，依依涼月漏初沈[2]。秋情細擘春蠶繭[3]，殘粉慵銷瘦蜨金[4]。綠篆有痕蘭炷[5]薄，紅紗摇影桂屏[6]深。女牀合是棲鳶鳥[7]，容易春叢[8]不可尋。

【注】

[1]翡翠：一種水鳥，羽毛色彩艷麗，今稱翠鳥者是。其羽毛可製被衾。屈原《楚辭·招魂》："翡翠珠被，爛齊光些。"

[2]依依：隱約依稀貌。漏初沈：更漏始沈，指夜漸深。

[3]清·黄景仁《綺懷》："纏綿思盡抽殘繭。"

[4]宋·陳起《江湖後集》卷九姚寬《捉搦歌》："撲蝶金粉銷。"

[5]綠篆：焚香之青煙，婀娜彎曲似篆書，故云。蘭炷：燈花，燭心燃盡結成之花。

[6]桂屏：桂木所造屏風，言其華貴。此句可參觀李商隱《嫦娥》："雲母屏風燭影深。"

[7]女牀：傳説中山名。《山海經·西山經》："西南三百里，曰女牀之山……有鳥焉，其狀如翟而五采文，名曰鸞鳥。"李商隱《碧城三首》其一："女牀無樹不棲鸞。"

[8]春叢：春日繁榮之花木叢。

停辛仁苦[1]不辭難，尚有穠華補墜歡[2]。夜月樓臺風力軟，秋星簾箔露華[3]寒。故拈羅帶摇環佩[4]，自涴春衫近井闌[5]。不種桃花種修竹[6]，鵷鶵時啄碧琅玕[7]。

【注】

[1]停辛佇苦：李商隱《河内詩二首》之一："梔子交加香蓼繁，停辛佇苦留待君。"停：止息，停留。佇：貯積。指長期經歷艱難困苦。

[2]墜歡：《後漢書·皇后紀上·光武郭皇后紀論》："愛升，則天下不足容其高；歡隊，故九服無所逃其命。"隊同"墜"，謂失寵。此謂往日之歡愛。唐玄宗《首夏花萼樓觀群臣宴寧王山亭回樓下又申之以賞樂賦詩序》："足以締夏首之新賞，補春餘之墜歡。"

[3]簾箔：簾子。露華：露水。

[4]羅帶：絲織衣帶。環佩：環形玉佩。

[5]涴：《正韻》：烏卧切。染漬。井闌：即"井欄"，指水井之圍欄。

[6]李商隱《華山題王母祠》："勸栽黄竹莫栽桑。"

[7]《莊子·秋水》："惠子相梁，莊子往見之。或謂惠子曰：'莊子來，欲代子相。'於是惠子恐，搜於國中三日三夜。莊子往見之，曰：'南方有鳥，其

名為鵷鶵，子知之乎？夫鵷鶵發於南海而飛於北海，非梧桐不止，非練實不食，非醴泉不飲。於是鴟得腐鼠，鵷鶵過之，仰而視之曰：嚇！今子欲以子之梁國而嚇我邪？'”琅玕：本指似玉美石。又一種仙樹名。《山海經・海內西經》：“服常樹，其上有三頭人，伺琅玕樹。”晉・郭璞注：“琅玕子似珠。”杜甫《鄭駙馬宅宴洞中》：“主家陰洞細烟霧，留客夏簟青琅玕。”以擬竹，故後又代指竹。

板閣[1]二首

板閣酒猶困，風屏鐙欲搖。窺人有殘月，流夢失春宵。桃葉[2]遲淮水，楊花滿謝橋[3]。芳時幽怨極，門巷咽餳簫[4]。

【注】

[1]板閣：木板隔成之夾室。

[2]桃葉：傳晉王獻之在金陵秦淮河畔送其愛妾桃葉，因名其地“桃葉渡”。

[3]謝橋：即謝娘橋。指與心上人冶遊歡會之地。宋・晏幾道《鷓鴣天》：“夢魂慣得無拘檢，又踏楊花過謝橋。”唐・鄭谷《水軒》：“楊花滿牀席。”

[4]《詩・周頌・有瞽》：“簫管備舉。”鄭玄箋：“簫，編小竹管，如今賣餳者所吹也。”孔穎達疏：“其時賣餳之人吹簫以自表也。”餳：糖也。

【評】

○一時山人曰：“風屏鐙欲摇”句近義山《嫦娥》：“雲母屏風燭影深”，李詩畫面深靜，層次感強，蟄庵句乃動態，搖曳生姿。

“窺人有殘月”句，以物觀我，置一客觀鏡頭。“流夢失春宵”，一切美好如春宵苦短，況流失於夢中者乎。

“桃葉遲淮水”句，雙關。一是用王獻之妾桃葉渡典。一是反“落花有意，流水無情”之語，謂桃葉情之所至，逝水竟為之遲流。

漠漠[1]彈花粉，喃喃墜燕泥[2]。鬱金[3]香在袖，瑤玉冷妨肌。露井夭桃[4]謝，風簾嬰武啼。斷腸春不管，曾是雨萋萋。

【注】

[1]漠漠：寂靜無聲貌。

[2]喃喃：此指燕語。燕泥：燕子築巢所銜之泥。

[3]鬱金：一種香草，芬芳濃烈。

[4]露井：露天無遮蓋之井。夭桃：《詩·周南·桃夭》："桃之夭夭，灼灼其華。"李商隱《嘲桃》："無賴夭桃面，平時露井東。"

【評】

〇渺之曰："斷腸春不管"先殺絕，"曾是雨萋萋"又於絕處再騰出餘地，可謂置之死地而後生。"曾是"二字將無限追憶之情輕輕點出，真乃絕代銷魂之作也。

〇一時山人曰：《板閣二首》，義山無題詠物詩之格，截頭二字為題。詠物本乃自傷。板閣者，乃隔板而成，空間狹小，非正處也。蟄庵困於酒，困於板閣，實乃困於俗世，所困者身，所困者心。板閣之中，逼仄昏暗，孤燈搖曳，闃寂幽怨；板閣之外，則春宵風月，芳菲無限，熱鬧穠麗。反照強烈。此春穠麗，此春亦無情，此春非無情，是人太深情。此深情、此孤獨真也刻骨之深，然而寫來款款，落落從容，哀而不傷。

露　夕[1]

孔雀西飛月滿樓，露叢煙草是今秋。嚴城清角[2]嗚嗚咽，獨夜么弦瑟瑟[3]愁。不信端居[4]勞夢想，未應暫動又還休。銀河淺淺流雲媚，猛省星期過女牛[5]。

【注】

[1]露夕：有露之夜。

[2]嚴城：戒備森嚴之城。清角：清越之角樂。

[3]獨夜：獨處之夜。么弦：即幺弦，琵琶第四弦，借指琵琶。瑟瑟：象聲；猶蕭瑟。

[4]端居：平常居處。

[5]星期：指七夕。女牛：指七夕織女、牛郎星相會。

別夢五首

別來細雨聞孤館[1]，歸去華燈爛九枝[2]。悵望青溪神女[3]曲，去年今日蔣王祠[4]。

【注】

[1]孤館：孤寂之館舍。

[2]華燈：精美之燈，彩燈。《漢武內傳》："七月七日，乃修除宮掖，燔百和之香，張雲錦之帷，然九光之燈。"梁簡文帝《阻歸賦》："躡九枝而耀景。"此典玉谿集中常用，如《楚宮》："如何一柱觀，不礙九枝燈。"《一片》："一片非煙隔九枝。"《和韓錄事送宮人入道》："九枝燈下朝金殿。"《行至金牛驛寄興元渤海尚書》："九枝燈檠夜珠圓。"

[3]青溪神女：又稱青溪小姑。古樂府有《青溪小姑曲》："開門白水，側近橋梁。小姑所居，獨處無郎。"南朝·梁·吳均《續齊諧記》："會稽趙文韶，宋元嘉為东宮扶侍，廨在青溪中橋。秋夜步月，忽有青衣詣門相問，須臾女郎至，年可十八九許，容色絕妙，顧青衣取箜篌鼓之，留連宴寢。將旦，別去，以金簪遺文韶。明日，於青溪廟中得之，乃知昨所見青溪神女也。"劉敬叔《異苑》："青溪小姑，蔣子文第三妹也。"楊炯《少姨廟碑》："虞帝二妃，湘水之波瀾未歇；蔣侯三妹，青溪之軌跡可尋。"

[4]蔣王祠：即蔣王廟，在今南京。所供東漢末年蔣子文。蔣子文，東漢廣陵（今揚州）人，東漢末年秣陵（今南京）縣尉，追寇戰死鍾山之麓。東吳孫權建都秣陵後，封其為鍾山神，改"鍾山"為"蔣山"，建蔣王廟，歷代祭祀不絕。宋·曾極《蔣帝廟》："白馬千年繫廟門，爐煙浮動袞龍昏。闔棺漫說榮枯定，青骨猶當履至尊。"

宮扇葳蕤[1]半褪金，一篇哀麗舊愓心。他時漫滅無文字，猶得情人宛轉吟。

【注】

[1]葳蕤：此指扇柄上之懸重飾物。

【評】

〇一時山人曰：思極綿細。宮扇褪金而尚葳蕤，猶思及其漫滅之後，更思舊扇漫滅而此情此詩此吟長久不滅，哀麗淵永。

秋河[1]別夜太悽涼，一曲伊州[2]淚萬行。記得五陵年少事[3]，金鞭玉勒送王昌[4]。

【注】

[1]秋河：銀河。

［2］伊州：商調大曲。《新唐書·禮樂志十二》：“天寶樂曲，皆以邊地名，若《涼州》《伊州》《甘州》之類。”《樂府詩集·近代曲辭一·伊州》引《樂苑》：“《伊州》，商調曲，西京節度（蓋）嘉運所進也。”伊州古稱昆吾，本隋伊吾郡，唐改置伊州，又名西州。故城在今新疆哈密縣。

［3］五陵年少事：五陵指長陵、安陵、陽陵、茂陵、平陵五縣。均在渭水北岸，今陝西咸陽市附近。為西漢五帝陵墓之處。漢元帝之前，每立陵墓，輒遷四方富豪及外戚於此居住，令供奉園陵，故此地多富少遊玩行樂。

［4］玉勒：玉飾馬銜。王昌：魏晉人。姿儀俊美，為世所共賞。後常作情郎之美稱。“五陵年少事”“王昌”皆非實指。

微波終日不通辭[1]，相見曾如不見時[2]。正是思君寒未寢，銀燈留焰照羅衣[3]。

【注】

［1］曹植《洛神賦》：“無良媒以接歡兮，托微波而通辭。”

［2］宋·司馬光《西江月》：“相見爭如不見，有情何似無情。”

［3］李商隱《燈》：“固應留半焰，回照下幃羞。”羅衣：輕軟絲織品所製衣服。

燕燕歸期[1]淚滿巾，相逢何必便相親[2]。重來亦有謌桃葉[3]，只是煙波不解顰。

【注】

［1］燕燕歸期：《詩經·邶風·燕燕》：“燕燕於飛，差池其羽。之子於歸，遠送於野。”

［2］白居易《琵琶行》：“相逢何必曾相識。”

［3］桃葉：王獻之愛妾名，見《板閣二首》其一注。樂府有《桃葉歌》。

病起不寐讀《黨錮傳》[1]

秋玉何妨折[2]，明燈竟自煎[3]。不才逢世難[4]，將淚寄遙年[5]。此意無人識[6]，孤情不厭偏[7]。惟憐新病後，殘月曳虛弦[8]。

【注】

［1］黨錮傳：指《後漢書·黨錮傳》。東漢桓帝、靈帝時，士大夫反對宦官

亂政，與宦官發生黨爭之事件。事件因宦官以“黨人”之罪名將士人禁錮終身而得名。“黨錮”之禍，株連上千人，有史可查姓名者數十人，著名者十餘人。據《後漢書·黨錮傳·序》稱：“竇武、劉淑、陳蕃為‘三君’。君者，言一世之所宗也。”竇武、陳蕃等實是反對宦官專橫之“黨人”首領。此首是蟄庵有感戊戌變法失敗，維新黨人受迫害而作。

[2]秋玉：此喻光潔清涼之竹席。李賀《河南府試十二月樂詞·六月》：“裁生羅，伐湘竹，帔拂疏霜簟秋玉。”此句謂秋到天涼，宜其涼席被折而收起。寄意為不合時宜故被收拾。

[3]明燈自煎：燈心燈油自煎，喻自相殘殺。

[4]世難：當世之災難、禍亂。《三國志·蜀志·劉焉傳》：“焉內求交阯牧，欲避世難。”

[5]遙年：久旱之年。

[6]直用唐·許渾《行次白沙館先寄上河南王侍御》：“此意無人識。”

[7]孤情：孤潔不群之情志。偏：偏遠。即陶淵明《飲酒二十首》其五“心遠地自偏”之“偏”。

[8]虛弦：圓月漸缺之時，月雖殘，然其轉暗之弦未盡消失，若有若無，古人謂之“魄”者是也。

觀　劇

鳳啄紅燈照綺牀，佩珠釵玉總生光。可憐前夜華山別[1]，腸斷班騅送陸郎[2]。

【注】

[1]江淹《別賦》：“倘有華陰上士，服食還山……駕鶴上漢，驂鸞騰天。暫遊萬里，少別千年。唯世間兮重別，謝主人兮依然。”華陰即華山之南。

[2]直用李商隱《對雪二首》之二：“腸斷班騅送陸郎。”“陸郎”見《昔夢四首》之四注。

有　感

故徑蘼蕪[1]不可尋，小樓煙靄暮愔愔[2]。東風幾日飛么鳳，零落桐花一寸深。[3]

【注】

[1]故徑：舊路。蘼蕪：香草。見《夢回》注。

[2]愔愔：幽深貌。

[3]么鳳：鳥名，又稱桐花鳳。見《瑤華琵琶詞》注。

聞　歌

悵望游龍[1]不再吟，修髯朔客思愔愔[2]。尋常蹋地[3]能生憶，到處飛花故作陰。春去稍憐殘夢在，酒醒長是雨聲淫。旅魂正恨經南館[4]，未抵聞謳一夜心。

【注】

[1]游龍：葒草之别名。《詩·鄭風·山有扶蘇》："山有喬松，隰有游龍。"

[2]修髯：長鬚。朔客：北客。思愔愔：猶"思悄悄"。

[3]蹋地：踩地，亦同"踏地"。

[4]南館：即南面客舍，指待客之所。三國·魏·曹丕《與朝歌令吳質書》："馳騁北場，旅食南館。"

【評】

○一時山人曰："尋常蹋地能生憶"，謂足跡所到，尋常寸土皆引發無限回憶。遊子心情，何處何時，觸目皆是，難以收拾自控，一切景語皆情語，樸實真切。唐·韋莊《秦婦吟》名句"天街踏盡公卿骨"謂公卿亂死街上，隨處踏地即是，寫法相似，此是誇張。蟄庵寫回憶情感踏地皆是，不是誇張，卻是寫實。

落葉四首

月過庭陰鵲踏枝[1]，空階涼漏報籤[2]遲。十年走馬荒山道，一曲哀蟬樂府詞。關塞秋心和夢碎，淮南新恨長年悲。飛花飛絮都含恨，猶及春風爛熳[3]時。

【注】

[1]鵲踏枝：直用詞牌名《鵲踏枝》入詩。

[2]籤：漏壺上刻度竹籤，用於記時。

[3]爛熳：同“爛漫”。

落日三家烏桕[1]村，度阡越陌枉相存[2]。舊時歌舞飛鸞影，晚雨簾櫳蛺蝶魂[3]。祠宇[4]拂雲涼似水，空山吹火[5]不成溫。新霜最是無情思，山鬼牽蘿[6]夜打門。

【注】

[1]烏桕：也作“烏臼”。落葉樹，實如胡麻子，多脂，可製蠟。《樂府詩集·雜曲歌辭十二·西洲曲》：“日暮伯勞飛，風吹烏臼樹。”烏桕為六朝樂府、民歌常用意象。

[2]三國·魏·曹操《短歌行》其一：“越陌度阡，枉用相存。”

[3]蛺蝶魂：《莊子·齊物論》：“昔者莊周夢為胡蝶，栩栩然胡蝶也，自喻適志與！不知周也。俄然覺，則蘧蘧然周也。不知周之夢為胡蝶與，胡蝶之夢為周與？周與胡蝶，則必有分矣。此之謂物化。”

[4]祠宇：祠堂廟宇。

[5]吹火：對火吹氣，令火旺也。

[6]山鬼：女山神。蘿：即女蘿，香草。屈原《楚辭·九歌·山鬼》：“若有人兮山之阿，被薜荔兮帶女蘿。”

【評】

〇渺之曰：頸聯興象，落葉之外，隱隱有沈哀。末句山鬼牽蘿，援騷入律，自是佳構。

搖落年年自寂寥，白頭書客[1]坐深宵。寒燈隔雨秋成夢[2]，白板支風[3]月似潮。聖女祠荒鴛瓦[4]墜，洞庭波落錦書[5]遙。沈鱗羈羽[6]都蕭瑟，歷歷明星[7]墮竹梢。

【注】

[1]書客：文人書生。

[2]李商隱《春雨》：“紅樓隔雨相望冷。”

[3]白板：空白笏板。宋·朱敦儒《鷓鴣天·西都作》：“曾批給露支風敕，累奏留雲借月章。”

[4]聖女祠：李商隱有《重過聖女祠》詩，寫其早年與女道士宋華陽姐妹之戀情。鴛瓦：即鴛鴦瓦，成對之瓦。

[5]錦書：即錦字書。前秦·蘇蕙寫回文詩織於錦中寄與丈夫。

[6]沈鱗羈羽：見《除夕》注。

[7]李白《擬古》："青天何歷歷，明星如白石。"

【評】

〇一時山人曰：此詩"搖落""鴛瓦墜""波落""沈鱗""明星墮竹梢"；又"寂寥""祠荒""蕭瑟"，詞類、意重多處，辭、格學義山而溺甚。

回風漂蕩復東西[1]，不分天雲與井泥[2]。漢寢舊餘青玉案[3]，晉宮新舞白銅鞮[4]。萋萋芳草聞啼鴂[5]，兀兀叢祠似碧雞[6]。西北高樓[7]臨大道，斷煙殘照[8]總淒迷。

【注】

[1]李商隱《流鶯》："流鶯漂蕩復參差。"回風：旋風。

[2]李商隱《井泥四十韻》："浮雲不相顧，寥穴誰為梯。悒怏夜將半，但歌井中泥。"雲泥語出《後漢書·逸民傳》："（吳蒼）遺書以觀其志曰：'仲彥足下，勤處隱約，雖乘雲行泥，棲宿不同，每有西風，何嘗不歎！'"雲在天，泥在地，後因用"雲泥"喻兩物相去甚遠，差異極大。

[3]漢寢：漢代陵寢。青玉案：青玉所制之短腳盤子。名貴之食用器具。《文選·張衡〈四愁詩〉》："美人贈我錦繡段，何以報之青玉案。"劉良注："玉案，美器，可以致食。"一說為青玉案几。見李善注。

[4]白銅鞮：鞮音低。白銅鞮亦作"白銅蹄""白銅堤"。南朝梁朝有樂府民歌《白銅鞮歌》，《隋書》載，梁武帝在雍鎮，有童謠曰："襄陽白銅蹄，反縛揚州兒。"此歌諷刺帝王之奢靡淫樂。按：春秋晉國晉平公曾築離宮銅鞮宮，極盡奢靡。另參見李白《襄陽曲》："歌舞白銅堤。"

[5]《楚辭·招隱士》："王孫遊兮不歸，春草生兮萋萋。"《楚辭·離騷》："恐鵜鴂之先鳴兮，使夫百草為之不芳。"

[6]"碧雞"，見《漢書·郊祀志下》："或言益州有金馬、碧雞之神，可醮祭而致，於是遣諫大夫王褒使持節而求之。"

[7]《古詩十九首》："西北有高樓。"

[8]宋·劉克莊《匹馬》："斷煙殘照山村路。"

襍[1] 憶詩三首

新涼漸到鬱金堂[2]，輕影慚花夢惱香。憶得王孫[3]最矜貴，自持銀燭照明妝[4]。

【注】

[1]襍：同“雜”。

[2]鬱金堂：《玉臺新詠》卷九引南朝梁武帝《河中之水歌》有“盧家蘭室桂為梁，中有鬱金蘇合香”之句，寫盧家莫愁之閨室，後因以“鬱金堂”或“鬱金屋”稱女子芳香高雅之室。

[3]王孫：《楚辭·淮南小山〈招隱士〉》：“王孫遊兮不歸，春草生兮萋萋。”王夫之《楚辭通釋》：“王孫，隱士也。秦漢以上，士皆王侯之裔，故稱王孫。”此蓋稱其所憶之人。

[4]明妝：女子明麗之妝飾。

夜明簾下數秋星，月地雲階[1]又一層。憶得王孫初中酒[2]，玉纖親手坐調冰[3]。

【注】

[1]唐·杜牧《七夕》：“雲階月地一相過，未比經年別恨多。”李清照《行香子·七夕》：“雲階月地，關鎖千重。縱浮槎來，浮槎去，不相逢。”

[2]中酒：酒半酣時。中去聲。明·范景文《賦得花朝遇雨》：“花意如人初中酒。”

[3]玉纖：美人纖細如玉之手指。調冰：以冰調酒。

但無言語鎮相看[1]，自起更衣怯嫩寒。憶得王孫歸較晚，籠花薄月夜闌珊[2]。

【注】

[1]宋·無名氏《涵碧堂》：“霞鶩鎮相看。”鎮：久也。

[2]闌珊：殘，將盡。

【評】

〇渺之曰：絕賞其溫艷。香艷易得，溫情難求。

題朝鮮閔妃[1]影像

紫泥燒作鴛鴦瓦[2]，紅淚[3]滴成玫瑰花。一樣含情復含恨，彎彎眉月玉鈎[4]斜。

【注】

[1]朝鮮閔妃：朝鮮明成皇后（一八五一年至一八九五年），本名閔茲映。朝鮮王朝高宗之妃，曾掌王朝大權。曾有“世界第一美人”之稱。

[2]鴛鴦瓦：成對之瓦。

[3]紅淚：晉·王嘉《拾遺記·魏》：“（魏）文帝所愛美人，姓薛名靈芸，常山人也……靈芸聞别父母，歔欷纍日，淚下沾衣。至升車就路之時，以玉唾壺承淚，壺則紅色。既發常山，及至京師，壺中淚凝如血。”後因以“紅淚”稱美人淚。

[4]玉鈎：古常以譬新月。

亡國曾逢趙大夫[1]，落花臺殿[2]說啼鳥。春來遍是紅心草[3]，曾見宮人瘞玉魚[4]。

【注】

[1]趙大夫：《資治通鑒》載，秦始皇“十九年，王翦擊趙軍，大破之，殺趙葱，顔聚數百人奔代，自立為代王，趙之亡大夫稍稍歸之”。潮州楊樹彬先生曰：“此借戰國趙國之滅亡，喻朝鮮亡國後之情狀。”

[2]宋·謝翱《過杭州故宮》：“禾黍何人為守閽，落花臺殿黯銷魂。”謝翱為宋亡遺民，此詩有荊棘銅駝之歎。

[3]紅心草：草名。一說為紅心灰藋之俗稱。相傳唐代王炎，夢侍吳王。久之，聞宮中出輦，鳴簫擊鼓，言葬西施。吳王悲悼不止，立詔詞客作輓歌。炎應教作《西施輓歌》，有“滿地紅心草，三層碧玉階”之句。唐·沈亞之《異夢錄》、唐·谷神子《博異志》均載此事。後以“紅心草”為美人遺恨之典故。

[4]瘞：埋也。玉魚：魚形玉飾。唐·鄭仁裕《天寶遺事》載，楊貴妃體熱，刻玉魚含之，以津液沃肺。又瘞玉喻埋葬已故美人。

聽雨

聽雨簾櫳漏板[1]沈，殘春小夢便關心[2]。只愁泥滑[3]妨驕馬，卻恨輕寒殢[4]晚禽。水閣[5]人歸燈悄悄，露桃花落思愔愔[6]。流年暗逐東風遠，後夜[7]相思那可尋。

【注】

[1]漏板：古時報更之銅板。

[2]便關心：猶言“自關心”或“即關心”。

[3]泥滑：泥濘。杜甫《偪仄行贈畢曜》："東家蹇驢許借我，泥滑不敢騎朝天。"

[4]殢：音替，滯留。

[5]水閣：臨水樓閣。

[6]李商隱《嘲桃》："無賴夭桃面，平明露井東。"思悄悄：情思幽深。

[7]後夜：後半夜。

度陌[1]

度陌臨流意已悽，一年芳物[2]不堪題。回塘[3]水落鴛鴦冷，廢井秋荒絡緯[4]啼。四角回文還向裏[5]，東南初日漸矬西[6]。條桑百結羅敷怨[7]，自捲綃衣[8]愛整齊。

【注】

[1]度陌：略同"過路"。李商隱《流鶯》："度陌臨流不自持。"

[2]芳物：芳香花草。

[3]回塘：曲池。

[4]絡緯：蟲名，即莎雞，俗稱絡絲娘、紡織娘。夏秋夜間摩翅作聲，聲如紡綫，故名。李白《長相思》："絡緯秋啼金井欄。"

[5]前秦·竇滔妻蘇蕙有《璇璣圖》詩，蘇氏以回文層層向裏成句織之錦上。

[6]矬西：向西下降。

[7]條桑：猶言採桑。《詩·豳風·七月》："蠶月條桑，取彼斧斨，以伐遠揚，猗彼女桑。"馬瑞辰《毛詩傳箋通釋》云："條乃'挑'之假借……《箋》云'枝落之採其葉'者，採亦取也，正訓條桑為取桑。"羅敷：古代美女名。晉·崔豹《古今注·音樂》："《陌上桑》出秦氏女子。秦氏，邯鄲人，有女名羅敷，為邑人千乘王仁妻。王仁後為越王家令，羅敷出採桑於陌上，趙王登臺見而悅之，因飲酒欲奪焉。羅敷乃彈箏，乃作《陌上歌》以自明焉。"或謂"羅敷"為女子常用之名，不必實有其人。如《孔雀東南飛》即有"東家有賢女，自名為羅敷"之句。

[8]綃衣：輕紗衣。

【評】

〇渺之曰：怨而不怒，此之謂也。非情真意厚，詩心蘊藉，安能到此。

平谷襍詩[1]十八首

霜燭[2]裁衣剪，風簾撲棗竿[3]。比隣槽黍酒[4]，畱客飣[5]蔬盤。宛宛[6]家人意，悽悽故國懽[7]。遙憐秋社燕[8]，隨處覓檀欒[9]。

【注】

[1]平谷襍詩：陳永正《嶺南歷代詩選・曾習經》："光緒二十六年庚子秋，八國聯軍攻陷北京。作者避亂於平谷。組詩十八首，悲慨蒼涼，力追老杜《秦州雜詩》諸作。"

[2]霜燭：白如霜之蠟燭。

[3]撲棗竿：棗實高挂，須以長竿撲敲致墜。

[4]比隣：鄰居。隣同"鄰"。槽：釀酒器具，此用作動詞，釀酒也。黍酒：黍米所釀之酒。

[5]畱客：挽留客人。畱，古同"留"。飣音訂。堆食物於器皿之上。陸游《老景》："黍酒時留客，菱歌或起予。"

[6]宛宛：真切可見貌。

[7]悽悽：猶"惶惶"，恐懼不安貌。懽：憂也。

[8]秋社燕：北方燕子春社時來，秋社時去，故稱社燕。

[9]檀欒：秀美貌。借指竹。欒音鸞。漢・枚乘《梁王菟園賦》："修竹檀欒，夾池水，旋菟園，並馳道。"

南郭坡陀[1]小，東阡黍稷[2]垂。銅駝[3]無近信，金雁[4]有哀詞。離亂仍相失[5]，蒼茫只自悲。蟪蛄[6]吾與爾，還共故山[7]期。

【注】

[1]南郭：南面外城。坡陀：亦作"坡陁"，山坡。

[2]東阡：東面田地。黍稷：《詩・王風・黍離》："彼黍離離，彼稷之苗。"後人因以"黍稷"為感歎古今興亡之典。

[3]銅駝：銅鑄駱駝。多置於宮門寢殿之前。《晉書・索靖傳》："靖有先識遠量，知天下將亂，指洛陽宮門銅駝，歎曰：'會見汝在荊棘中耳？'"後多以"銅駝"為王室衰敗滅亡之典。

[4]金雁：金鑄之雁，帝王陪葬物。明・夏完淳《放歌贈吳錦雯兼訊武林諸同志》："荊榛古殿銅駝卧，弓劍荒陵金雁哀。"

[5]離亂：變亂。仍：乃也。相失：相分离。

[6]蟪蛄：一種蟬，體短，吻長，黄綠色。夏末終日鳴叫不息。《莊子·逍遙遊》："朝菌不知晦朔，蟪蛄不知春秋，此小年也。"

[7]故山：家鄉。

秋氣[1]已如此，歸期竟寂寥[2]。國殤何處酹[3]，鄉淚暗中消[4]。覓食艱粱稻[5]，看人揠豆苗[6]。荒山愁足繭[7]，農[8]圃坐相邀。

【注】

[1]秋氣：宋玉《九辯》："悲哉秋之為氣也，草木搖落而變衰。"

[2]寂寥：本指空間之空遠，此指時間之渺遠。

[3]屈原《楚辭·九歌》有《國殤》篇，為保國戰死之士祭。酹：以酒灑土為祭。

[4]宋·王邁《二月朔日得詩二十六韻》："日月暗中消。"

[5]粱稻：即稻粱，指衣食。杜甫《同諸公登慈恩寺塔》："君看隨陽雁，各有稻粱謀。"

[6]揠豆苗：《孟子·公孫丑上》："宋人有憫其苗之不長而揠之者，芒芒然歸，謂其人曰：'今日病矣，予助苗長矣。'其子趨而往視之，苗則槁矣。"

[7]杜甫《觀公孫大娘弟子舞劍器行》："老夫不知其所往，足繭荒山轉愁疾。"足繭：腳掌因磨擦而生出之硬皮。喻指跋涉辛勞。

[8]農：同"農"。

露下星初晚，香消夜若何。小姑憐月姊[1]，老嫗拜風婆[2]。瓜果唐年[3]舊，餦餭[4]漢製多。殊鄉[5]風土記，他日說經過。

【注】

[1]小姑：即青溪神女。見《别夢五首》之一注。月姊：月中仙女，一般指嫦娥。

[2]老嫗：老婦。風婆：司風之神。

[3]唐年：唐堯時代。借稱太平盛世。

[4]餦餭：音張黄，乾飴糖。

[5]殊鄉：異鄉；他鄉。

【評】

○一時山人曰：此首全寫在這一"說"字之中。

鬥俊五陵[1]俠，防秋三輔[2]豪。明童珠絡索[3]，姹女紫絲縧[4]。相許曾無吝[5]，同仇有念勞[6]。幽閨亦清絕，臨夜繡弓弢[7]。

【注】

[1]五陵：見《别夢五首》之三注。

[2]防秋：胡人遊牧，秋天馬肥，中原穀糧登場，胡人往往趁此時南侵。中原邊軍須加警衛，調兵防守，謂之“防秋”。三輔：京畿地帶。

[3]明童：即光明童子。佛經中人物，王舍城善賢長者之子。此借指明艷童子。珠絡索：以珍珠綴成之鏈。

[4]姹女：娇美少女。紫絲縧：以紫絲編成之繩。

[5]無吝：不惜。

[6]同仇：謂共同赴敵；對敵人表示共同之憤慨。《詩·秦風·無衣》：“修我戈矛，與子同仇。”念勞：憐其辛勞。

[7]弓弢：即“弓韜”，弓衣，弓套。

秋色美無度[1]，相攜過石橋。水花明岸腳，霜葉下亭椒[2]。幽覽殊未已[3]，佳人不可招。空亭還獨步，何以慰迢遙[4]。

【注】

[1]無度：無比。

[2]椒：頂也。

[3]幽覽：暗自觀看。未已：不止。

[4]迢遙：迢迢，遙遠。

【評】

○一時山人曰：“水花明岸腳”，寫秋水大者不辯牛馬，小者水落石出，罕見夫如此者，清亮可人如寫春水。水花對霜葉，但知自然流轉，誰覺其工！

七十盤山寺，伽藍[1]半忘名。行宫搖落[2]後，羈客[3]去來情。玉輦[4]埋荒草，金輪迫上清[5]。乾隆朝士[6]盡，空望月華明。

【注】

[1]伽藍：佛寺。

[2]行宫：京外之宫，供帝王出行時居住。搖落：零落。

[3]羈客：羈旅之客。

[4]玉輦：玉飾之車，帝王所乘。

[5]金輪：金飾之車。此亦指帝乘。上清：上空。

[6]乾隆朝有張廷玉、劉墉、紀曉嵐、劉統勳、福康安、竇光鼎、于成龍等諸多賢良朝士。

【評】

○一時山人曰："金輪迫上清"句，金輪不單是金車帝乘，又指日。故此句寫"金輪迫上清"是鼎湖騎龍升天之意，而語象有金日凌空之象，避卻"玉輦"對"金輪"合掌之病。劉夢得歎貞元朝士，蟄庵歎乾隆朝士，蕭條異代不同時矣。

搓手胡桃核[1]，熏籠栗子花[2]。居人閑織罽[3]，官長冷排衙[4]。荒集[5]惟挑菜，山池見漚麻[6]。此鄉原可隱，歎息待移家。

【注】

[1]胡桃核：即核桃之核，京人好取成對以為手玩。

[2]熏籠：有籠蓋熏爐。以栗子花熏香。

[3]罽：音祭，毛織物。

[4]排衙：主官升座，衙署陳設儀仗，僚屬依次參謁，分立兩旁，謂之排衙。

[5]荒集：荒落之集市。

[6]漚麻：麻之加工工序。將麻幹麻皮完全浸沒水中，使其發酵，脫膠，漚半月，麻惡臭，須洗淨，始得麻纖維。經漚之麻，堅韌耐用，可製麻繩麻袋。《詩·陳風·東門之池》："東門之池，可以漚麻。"

野鹿啣[1]花去，蒼然望寢陵[2]。邊城秋牧馬[3]，獵户晚調鷹[4]。藥籠逢行估[5]，黃差走驛丞[6]。年時霜露感[7]，流涕話山僧。

【注】

[1]啣：同"銜"。

[2]寢陵：皇帝之陵墓。

[3]邊城秋牧馬：見第五首"防秋"注。

[4]調鷹：調弄訓練獵鷹。

[5]行估：即行商，估通"賈"。

[6]黃差：差人多著黃衣。驛丞　掌驛站官員，主郵傳迎送之事。

[7]霜露感：《禮記·祭義》："霜露既降，君子履之，必有悽愴之心，非其

寒之謂也。”鄭玄注：“非其寒之謂，謂悽愴及怵惕，皆為感時念親也。”

五畝公田秫[1]，千條陌上桑[2]。秋遲逢歲閏，酒熟始宵長。蜀黍霜匙[3]滑，巴菰[4]露葉香。天涯流浪處，閑坐得思量。

【注】

[1]公田秫：公家田，即官田。秫：音術，粱米、粟米之黏者，多用於釀酒。

[2]陌上桑：見《度陌》注。

[3]蜀黍：蜀地之黍。蜀，今四川。黍：與稷一類二種，不黏者為稷，黏者為黍，可釀酒。霜匙：明亮銀白如霜之匙。

[4]巴菰：巴地之菰。巴，古族名；國名。其族主要分布在今川東、鄂西一帶。菰：多年生草本植物，生於水澤之中。其嫩莖可食用，稱“菰米”。

理易發殘篋[1]，前賢憂患書[2]。沈吟還自信，竊比意何如。賣卜辭橋市[3]，稱醫[4]惜隱居。自憐拙生計[5]，秋雨採蘼蕪[6]。

【注】

[1]易：《易經》。殘篋：殘破小箱。

[2]憂患書：《易·繫辭·下》：“作《易》者，其有憂患乎?”

[3]賣卜：以占卜為生。橋市：橋頭市場。橋是古代水陸交通集彙之處，人流物資集散之地，故每每成集市，因稱橋市。

[4]稱醫：聞名著稱之醫。

[5]拙生計：拙於生計，不善謀生。

[6]蘼蕪：香草。見《夢回》注。

未倦窮途意，新涼正養疴[1]。故家辭嶺海[2]，殘夢落交河[3]。夜雨淋鈴[4]曲，秋風敕勒謌[5]。杜陵原野老[6]，流淚滿江沱[7]。

【注】

[1]養疴：養病。

[2]嶺海：潮州向稱嶺海名邦。

[3]交河：交河故城，公元前二至五世紀由車師人創建，南北朝至唐朝達到鼎盛，九至十四世紀因連年戰火，交河城逐漸衰落。唐·李頎《古從軍行》：“白日登山望烽火，黄昏飲馬傍交河。”

[4]雨淋鈴：唐教坊曲名，也作“雨霖鈴”，宋又發展為詞牌一種。為失意

寄恨之調。

[5]敕勒謌：北朝樂府民歌。為憤發蒼茫之聲。

[6]杜陵為地名，在今陝西省西安市東南，古為杜伯國。杜甫祖籍杜陵，有號杜陵野老。

[7]江沱：長江、沱江。

舊壘[1]旌旗盡，荒城太白[2]高。魯連遲蹈海[3]，伍相故乘濤[4]。覆轍惕鈎黨[5]，中原半繹騷[6]。萍浮[7]望南北，餘願老蓬蒿[8]。

【注】

[1]壘：戰壘、軍壁。

[2]太白：星名，即金星。又名啓明、長庚。古星象家以為太白星主殺伐，故多以喻兵戎。

[3]魯連：即魯仲連。戰國齊國人。有計謀而不肯仕。常周遊列國，排難解紛。齊王欲拜為官，連逃至海上。

[4]伍相：即伍子胥。春秋時吳相，功成而為吳王所殺，屍投浙江，成為濤神。後人因稱浙江潮為“胥濤”。

[5]覆轍：翻車之軌跡。比喻招致失敗之教訓。鈎黨：相牽引為同黨。

[6]繹騷：騷動。

[7]萍浮：如萍漂浮，猶漂泊。

[8]老蓬蒿：老死於荒野偏僻之處。

泃水正漸車[1]，田盤繞屋盧[2]。行人時飲馬[3]，鄰叟偶叉魚[4]。榾柮看罏火[5]，支離耽道書[6]。偷生[7]忘歲月，歸夢亦躊躇[8]。

【注】

[1]泃水：天津水名。泃：《集韻》：俱遇切。漸車：《詩經·衛風·氓》：“淇水湯湯，漸車帷裳。”漸：浸濕。

[2]盧：通“廬”，簡陋居所。

[3]飲馬：給馬喂水。

[4]鄰叟：鄰居老者。叉魚：以叉捕魚。

[5]榾柮：木柴塊，树根疙瘩。可代炭用。榾：《集韻》：古忽切。柮：《正韻》：當沒切。罏：火爐。

[6]支離：顛沛流離。道書：佛家或道家典籍。

[7]偷生：苟且求活。

[8]歸夢：歸鄉之夢。躊躇：躑躅，徘徊不進。

【評】

○一時山人曰："歸夢亦躊躇"，夢本是最真實之所欲，流離遊子，歸夢之迫切可想見，然而連歸夢亦"躊躇"，則詩人不安尷尬、身不由己之處境不覺盡出。"亦"字真好，並列副詞而轉折極大。

不近秋風意[1]，溪頭岸角巾[2]。似聞阿谷女[3]，相訝武陵人[4]。避地愛林壑[5]，尋歌浹隱淪[6]。向來江海夢[7]，流落見天真。

【注】

[1]秋風意：歸隱之意。劉義慶《世說新語·識鑒》："張季鷹辟齊王東曹掾，在洛見秋風起，因思吳中菰菜羹、鱸魚膾，曰：'人生貴得適意爾，何能羈宦數千里以要名爵！'遂命駕便歸。俄而齊王敗，時人皆謂為見機。"

[2]岸：謂將冠帽上推，露出前額。角巾：方巾，有棱角之頭巾，為古代隱士冠飾。此指歸隱。陸游《閑趣》："貴公漫說林間事，東路何人岸角巾?"

[3]阿谷女：《韓詩外傳》："孔子南遊，適楚，至於阿谷之隧，有處子佩瑱而浣者。孔子曰：'彼婦人其可與言矣乎！'抽觴以授子貢，曰：'善為之辭，以觀其語。'子貢曰：'吾北鄙之人也，將南之楚，逢天之暑，思心潭潭，願乞一飲，以表我心。'婦人對曰：'阿谷之隧，隱曲之汜，其水載清載濁，流而趨海，欲飲則飲，何問婦人乎?'受子貢觴，迎流而挹之，奐然而棄之，促流而挹之，奐然而溢之，坐，置之沙上，曰：'禮固不親受。'子貢以告。孔子曰：'丘知之矣。'抽琴去其軫，以授子貢，曰：'善為之辭，以觀其語。'子貢曰：'向子之言，穆如清風，不悖我語，和暢我心。於此有琴而無軫，願借子以調其音。'婦人對曰：'吾，野鄙之人也，僻陋而無心，五音不知，安能調琴。'子貢以告。孔子曰：'丘知之矣。'抽絺紘五兩，以授子貢，曰：'善為之辭，以觀其語。'子貢曰：'吾北鄙之人也，將南之楚。於此有絺紘五兩，吾不敢以當子身，敢置之水浦。'婦人對曰：'客之行，差遲乖人，分其資財，棄之野鄙。吾年甚少，何敢受子，子不早去，今竊有狂夫守之者矣。'詩曰：'南有喬木，不可休思。漢有遊女，不可求思。'此之謂也。"

[4]武陵人：指隱居者。陶淵明《桃花源記》謂有武陵漁人造桃花源，見秦時避亂者後裔居其中，千年與世隔絕，雙方相見皆訝。

[5]避地：避世也。林壑：指隱居之所。

[6]隱淪：隱居。

[7]向來：從來；一向。江海：指隱居之所。江海夢即歸隱之夢。

空谷幽人怨[1]，山城戍卒[2]呼。殘兵拋斷鏃[3]，過客賣明珠。晚市[4]魚蝦賤，荒阡[5]草樹蕪。靈風祠聖女[6]，悽絕夜啼烏[7]。

【注】

[1]杜甫《佳人》："絕代有佳人，幽居在空谷。"幽人：幽居之人。

[2]戍卒：守邊士卒。

[3]鏃：箭也。

[4]晚市：日暮之集市。

[5]荒阡：荒野。

[6]聖女：《水經·漾水注》："武都秦岡山，懸崖之側，列壁之上，有神像，若圖指狀婦人之容，其形上赤下白，世名之曰'聖女神'。"李商隱《重過聖女祠》："盡日靈風不滿旗。"

[7]《烏夜啼》為樂府舊題，多寫離別之男怨女恨。參見《夢回》注。

亂勢今無已[1]，客行殊未央[2]。長謠[3]仍獨酌，小枕[4]當還鄉。梨棗家家熟，星辰夜夜望。十年憂國意，拭淚到滄桑。

【注】

[1]無已：不能停止。

[2]客行：離家遠行。殊未央：尚未已，猶未結束。

[3]長謠：放聲高歌。

[4]小枕：小睡。

楚澤哀時命[1]，田園歸去來[2]。室廬無定處，風雨有深杯[3]。短策支頤[4]久，單衣至骭[5]裁。比鄰逢李叟[6]，還訊[7]菊花開。

【注】

[1]此句蓋指屈原之哀。楚澤：楚地。

[2]陶潛《歸去來兮辭》："歸去來兮，田園將蕪胡不歸！"

[3]深杯：諧音"深悲"。

[4]短策：短杖。支頤：托頷。

[5]骭：小腿。《唐韻》：古案切，音幹。《古詩源·飯牛歌》："生不逢堯與舜禪，短布單衣適至骭。"

[6]比鄰：鄰居。李叟：本指老子李耳，此借指鄰居某甲，猶"張三李四"之指代。

［7］還訊：還問。

【評】

〇一時山人曰：末聯無奇之景，不用渲染，平白如話，唯因有情之筆寫出，自然生動，情境自出。得淵明真傳也。堪與淵明《歸園田居》"時復墟曲人，披草共來往。相見無雜言，但道桑麻長"並觀。

平谷秋興

萇楚[1]婀娜枝自搖，荒山無樹着凌霄[2]。驚風盡日吹騾鐸[3]，積雨連旬[4]覆燕巢。此地舊餘邊塞月[5]，歸心遙望海東潮[6]。江南信美哀吾土[7]，虛為羈魂賦大招[8]。

【注】

［1］萇楚：羊桃。野生，開紫紅花，實如小桃，可食。萇音長，平聲。《詩·桧風·隰有萇楚》："隰有萇楚，猗儺其枝。"

［2］凌霄：落葉藤本植物，花鮮紅嬌艷。

［3］驚風：烈風。騾鐸：騾身上之鈴。

［4］積雨：久雨。連旬：整整十日。

［5］邊塞月：古詩常見之物象，多為蒼涼慘澹之象。

［6］海東潮：宋·徐似道《唐史君與正新建浮橋》："虹影勒回天際水，鷁頭驚退海東潮。"

［7］語出《楚辭·招魂》"魂兮歸來哀江南"。又，庾信有《哀江南賦》。三國·魏·王粲《登樓賦》："雖信美而非吾土兮，曾何足以少留。"

［8］羈魂：羈旅人之鄉魂旅思。大招：《楚辭》篇名，為招魂之辭。

晝角嗚嗚閉禁城[1]，不堪垂淚處分明。未成報國慚儒術[2]，宛是還鄉聽鼓聲[3]。一月照人愁欲絕，百年多難若為情[4]。未知憂患猶多少，羨爾廚頭老步兵[5]。

【注】

［1］晝角：古管樂器。傳自西羌。形如竹筒，本細末大，以竹木或皮革等製成，因表面有彩繪，故稱。發聲哀厲高亢，古時軍中多用以警昏曉，振士氣，肅軍容。禁城：宮城。

[2]儒術：儒家學說、思想、義理、範則。

[3]聽鼓聲：古代官府卯刻擊鼓，入值；午刻再鼓，下值。因稱官吏赴衙值班為“聽鼓”。

[4]若為情：情何以堪。

[5]劉義慶《世說新語·任誕》：“步兵校尉缺，廚中有貯酒數百斛，阮籍乃求為步兵校尉。”

零落棲遲[1]不自由，山城風雨晚登樓。鄰牆棗熟兒童喜，陌上桑[2]枯少婦愁。月魄陰沈魚腦[3]減，星河迢遞雁聲遒[4]。閑閨病起空搓手，三月朝簪[5]不上頭。

【注】

[1]零落棲遲：李賀《致酒行》：“零落棲遲一杯酒，主人奉觴客長壽。”

[2]陌上桑：見《度陌》注。

[3]月魄：月初生或始闕時。月光邊緣能依約看見月之陰影處，是為月魄。魚腦：即魚腦凍石，為製硯良石，此喻月光。清·何傳瑤《寶研堂研辨·大西洞》：“其有一種生氣，團團圞圞，如澄潭月漾者，曰魚腦凍。”

[4]迢遞：遙遠貌。遒：遠。

[5]朝簪：朝廷官員之冠飾。

風物[1]殊鄉見亦稀，殘荷疏柳水深圍。王官行李愁彈鋏[2]，阿谷閨人故浣衣[3]。荒戍[4]草深秋漸老，故矦瓜[5]熟客忘歸。側身南望還零涕[6]，晏歲從誰賦採薇[7]。

【注】

[1]風物：風俗物產。

[2]王官：王朝官員。行李：使者。彈鋏：《戰國策·齊策四》載齊人馮諼寄食孟嘗君門下，困窘而有所干求，三彈其鋏而歌。

[3]見《平谷襍詩十八首》第十五首注。

[4]荒戍：荒廢營壘。

[5]故矦瓜：矦同“侯”。《史記·蕭相國世家》：“召平者，故秦東陵侯。秦破，為布衣，貧，種瓜於長安城東，瓜美，故世俗謂之‘東陵瓜’，從召平以為名也。”後又稱“東陵瓜”為“故侯瓜”。常為失意隱居之典。

[6]漢·張衡《四愁詩》：“我所思兮在太山，欲往從之梁父艱，側身東望涕沾翰。”側身：向側面轉體。

[7]晏歲：晚歲，晚年。採薇：《史記·伯夷列傳》載，周武王滅殷之後，"伯夷、叔齊恥之，義不食周粟，隱於首陽山，採薇而食之"。

憂鬱無聊暫息機[1]，吾廬栗里是耶非[2]。環谿村舍栽烏桕[3]，落日牛羊下翠微[4]。薄月依雲天若夢[5]，百虫啼雨葉低飛。上陵[6]滿目茫茫感，惆悵王孫[7]何處歸。

【注】

[1]息機：息滅機心，除去機巧功利之心。

[2]梁·蕭統《陶靖節傳》："淵明嘗往廬山，弘命淵明故人龐通之齎酒具於半道栗里之間。"栗里，在今江西省九江市西南。是耶非：陶淵明《歸去來兮辭》："實迷途其未遠，覺今是而昨非。"

[3]烏桕：見《落葉四首》其二注。

[4]落日牛羊：《詩·王風·君子於役》："日之夕矣，羊牛下來。"張孝祥《六州歌頭》："隔水氈鄉，落日牛羊下，區脫縱横。"翠微：青山。

[5]《詩·小雅·正月》："民今方殆，視天夢夢。"此"夢"平聲，昏亂不明也，蟄庵此句取其去聲，睡夢也。

[6]上陵：即上林，古代名苑，為漢天子遊獵之苑。

[7]王孫：見《褋憶詩三首》其一注。

【評】

〇渺之曰：頸聯佳絕，上句虛闊，下句實細。李夢陽曰："疊景者意必二，闊大者半必細。"此為律詩對句常法。或可更增一則曰："一實者必一虛。"起句"憂鬱無聊"稍嫌意贅。

霧閣雲樓[1]黯幾層，炊粱夢起思騰騰[2]。愁腸酒渴茶三椀[3]，晞髮風微月半稜[4]。厭亂人方思故業[5]，藏山書[6]擬約良朋。一瓢隨分謀[7]棲息，皃雁荒陂[8]共夜燈。

【注】

[1]霧閣雲樓：霧氣繚繞之高閣，高聳入雲之高樓。

[2]炊粱夢起：指黄粱夢事。唐·沈既濟《枕中記》載，盧生在邯鄲客店遇道士吕翁，生自歎窮困，翁探囊中枕授之曰：枕此當令子榮適如意。時主人正蒸黄粱，生夢入枕中，享盡富貴榮華。及醒，黄粱尚未熟，怪曰："豈其夢寐耶？"翁笑曰："人世之事亦猶是矣。"騰騰：此指翻騰不息；混沌不清。清·納蘭性德

《别意》之三："獨擁餘香冷不勝，殘更數盡思騰騰。"

[3]椀：同"碗"。

[4]晞髮：曬髮使乾。《楚辭·九歌·少司命》："與女沐兮咸池，晞女髮兮陽之阿。"高潔脫俗之辭。稜：音楞，猶棱、柧也。

[5]厭亂：厭惡戰亂。故業：故國之業。

[6]藏山書：司馬遷《報任少卿書》："僕誠以著此書，藏諸名山，傳之其人，通邑大都，則僕償前辱之責。"

[7]一瓢：《論語·雍也》："賢哉回也！一簞食，一瓢飲，在陋巷，人不堪其憂，回也不改其樂。"分：去聲，緣分、福分。隨分，即隨緣。謀：求也。

[8]梟雁荒陂：見《送常熟翁師傅歸里》之六注。

中秋夜雨二首

人生不飲尋常事，兀兀[1]停杯淚欲流。故國别來無好夢，殊鄉今夜作中秋。浮雲片玉[2]誰梳洗，暗雨么絃自倡酬[3]。正是客懷孤迥[4]處，更傳一雁過沙洲。

【注】

[1]兀兀：孤獨貌。

[2]片玉：《晉書·郤詵傳》："（武帝）問詵曰：'卿自以為何如？'詵對曰：'臣舉賢良對策，為天下第一，猶桂林之一枝，崑山之片玉。'"

[3]么絃：借指琵琶。見《露夕》注。絃同"弦"。倡酬：以詩詞相酬答。

[4]客懷：異鄉情懷。孤迥：孤獨寂寥。

夢覺移燈起掩關[1]，一簾寒雨正潺潺[2]。無明有愛[3]從生病，學道何人與訂頑[4]。此恨故應量海水[5]，新詞猶是念家山[6]。宮槐[7]葉落遲歸訊，明日陰晴總苦顏。

【注】

[1]掩關：坐關。佛家謂關門靜坐，修禪參悟。

[2]潺潺：雨聲。柳宗元《雨中贈仙人山賈山人》："寒江夜雨聲潺潺。"

[3]無明有愛：皆佛教語。無明謂癡愚無慧；有愛謂有所欲，癡愛、偏愛。《勝天王般若波羅經邯鄲記》："能緣心滅無明有愛即皆寂靜。"

[4]訂頑：訂正愚頑。宋·張載尝題字於學堂雙牖，左書"砭愚"，右書"訂頑"。

[5]李頎詩："請量東海水，看取淺深愁。"

[6]家山：故鄉。

[7]宮槐：槐樹。據《周禮》，周代宮廷植三槐，三公位焉，故後世皇宮中多栽植，因稱。

南歸初發都[1]留別寓居草樹五首

老　槐

十年槐樹下，勞勞役塵夢[2]。起視西南枝，亦有微風動。

【注】

[1]發都：離開京都。

[2]意即為塵世夢幻所役。唐・李公佐《南柯太守傳》，記淳于棼於大槐樹下夢至槐安國，娶公主，封南柯太守，享榮華富貴，顯赫一時。後率師出征敗北，公主亦死，遭國王疑忌，被遣歸。醒後，於槐树下掘得蟻穴，即夢中之槐安國。

海　棠

去年無一花，今年花特盛。已矣[1]別離心，慚謝殷勤敬。

【注】

[1]已矣：罢了。

【評】

〇渺之曰：俗云"人非草木，孰能無情"，豈知草木有情於俗人遠甚。蟄庵以寓居草木為摯友，誦此二詩，令人痛哭流涕，不知所云。忽記新會曾謂蟄庵："其擇友至嚴峻，非心所期許者弗與親也。其所親者則摯愛久敬，如其處父母昆弟之間者然，一以真性情相見。"

柳

手種垂楊柳，春來忙攬結[1]。臨夜正東風[2]，會有淡黃月。

【注】
[1]攬結：聚攏繫結。
[2]宋·吳文英《浣溪沙》："東風臨夜冷於秋。"

【評】
〇一時山人曰："臨夜正東風，會有淡黃月"，視淡黃月為多年老友，淳靜平淡之交，"會"字乃平淡至極之語氣，亦心照不宣之默契：每當此時，他都會來。

紫藤

特將萬纓絡[1]，回施呻吟地[2]。但來當春時，猶忙作餅餌[3]。

【注】
[1]纓絡：以珠玉串成之頸飾。又有纏繞束縛之意，譬為世所羈。
[2]呻吟地：《莊子·列御寇》："鄭人緩也，呻吟裘氏之地。"
[3]餅餌：餅類食物。

葡萄

零落半牀陰，結實酢[1]如李。憐爾行人心，風味略相似。

【注】
[1]酢：音作，酸也。

【評】
〇一時山人曰：一"酢"字，匯五首之味。每誦此五首，無端令人心惻鼻酸，悲不自禁。

得丁靜齋[1]書卻寄

十日江行我尚思，浮生漂蕩信何之。懸知[2]後此沈吟夜，盡憶當初苦語時。

【注】

[1]丁靜齋：丁日昌（一八二三年至一八八二年），字禹生，又作雨生，號持靜。廣東豐順人。清末洋務運動主要人物。二十歲中秀才。初任江西萬安、盧陵知縣。後入曾國藩幕，歷任蘇淞太兵備道、兩淮鹽運使、江蘇布政使、江蘇巡撫、福州船政大臣、福建巡撫。

[2]懸知：料想。

日日輕塵罥[1]寶釵，掩關獨夢信悠哉。才人不遇尋常事，只有樊南語可哀[2]。

【注】

[1]罥：纏繞也。

[2]樊南：李商隱别號樊南生、樊南子。李商隱《殘花》："殘花啼露莫留春，尖發誰非怨别人。若但掩關勞獨夢，寶釵何日不生塵。"

春心六首

十日層樓九風雨[1]，三年故國百思量[2]。逢人只信春憔悴，不道聞歡覺小傷。

【注】

[1]宋·辛棄疾《祝英臺近》："怕上層樓，十日九風雨。"

[2]思量：想念；相思。

【評】

〇渺之曰：無限滄桑之感，及於"聞歡覺小傷"五字輕輕道出，舉重若輕，大有四兩千斤之感。

片片清霜葉葉雲，梨花嫌冷絮嫌溫。何人策馬來相過[1]，雙燕歸時晝掩門。

【注】

[1]相過：相訪。

别夢依依過謝橋[1]，心中風雨暗瀟瀟[2]。自從拾得楊花片，不見章臺見柳條[3]。

【注】

[1]謝橋：即謝娘橋。指與心上人冶遊歡會之地。唐·張泌《寄人》："别夢依依到謝家，小廊回合曲闌斜。"晏幾道《鷓鴣天》："夢魂慣得無拘檢，又踏楊花過謝橋。"

[2]《詩·鄭風·風雨》："風雨瀟瀟，雞鳴膠膠。"《詩》之"瀟瀟"本是疾雨貌。

[3]唐·韓翃有姬柳氏，以艷麗稱。韓獲選上第歸家省親，柳留居長安，安史之亂起，出家為尼。後韓為平盧節度使侯希逸書記，使人寄柳詩曰："章臺柳，章臺柳，昔日青青今在否？縱使長條似舊垂，亦應攀折他人手。"

板閣微寒酒半消，露桃花底漏迢迢[1]。憑誰説與春宵短，試向銀屏[2]坐寂寥。

【注】

[1]漏：古代滴水記時之器具，此指夜間之時刻。迢迢：時間長久貌。

[2]銀屏：銀飾屏風。

【評】

○渺之曰：三、四轉結之妙，非個中人不足道也。蓋此寂寥，"憑誰説與"則無人可道，"試向"者，只能獨自體味耳。

不教王令迎桃葉[1]，空見宫人送水雲。自信飄零文字海，年年清淚照金尊[2]。

【注】

[1]見《板閣二首》之一注。王獻之曾任中書令，世稱王大令、王令。

[2]金尊：即金樽。酒樽之美稱。

羅帶春餘特地[1]垂，南唐新恨惡禁持[2]。可憐繁杏陰陰[3]地，幾日牆東不再窺[4]。

【注】

[1]羅帶：絲羅衣帶。特地：特意。

[2]禁持：糾纏。

[3]陰陰：幽暗貌。

[4]戰國·楚·宋玉《登徒子好色賦》："天下之佳人，莫若楚國，楚國之麗者，莫若臣里，臣里之美者，莫若臣東家之子……然此女登牆窺臣三年，至今未許也。"

汪子賢[1]宅菊花

平生汪子交情厚，十年同巷更稀有。日日天衢比馬[2]歸，夜或從談月挂斗[3]。心親直置形骸外[4]，豈有物色[5]阻攜手。近營别墅足邱壑[6]，憶向春前乞桃柳。誰能助長[7]煩智力，要令生氣充户牖[8]。先生固是羲皇人[9]，側身竟落乾隆後[10]。年來萬事足悲咤[11]，暮唶朝唏[12]如疾首。既念大忍挂空壁[13]，聊復千金珍敝帚[14]。眼看世事紛棋局，安論文章覆醬瓿[15]。青天白日[16]了無事，紫蟹黄花幾重九[17]。王尼居處滄海流[18]，杜陵老屋秋風吼[19]。且喜官齋得閑曠[20]，掃除一室[21]意不苟。浮花浪蕊雨淹盡，紛紛泥塵同一垢。最念東籬[22]乾淨地，醉倒且擊秦人缶[23]。手攬一枝聊自慰，後時獨立差可久。結根失所[24]古所歎，且從憂患養年壽[25]。

【注】

[1]汪子賢：汪述祖，安徽休寧人。光緒二十年（一八九四年）進士，曾任吏部主事。著有《餘園詩稿》。

[2]天衢：京都大道。比馬：並馬而行。

[3]月挂斗：月挂於星斗之間。

[4]直置形骸外：王羲之《蘭亭集序》："夫人之相與，俯仰一世，或取諸懷抱，晤言一室之内，或因寄所託，放浪形骸之外。"

[5]物色：形貌。

[6]邱壑：指隱逸。邱同"丘"。

[7]助長：幫助生長；促使增長。《孟子·公孫丑上》："必有事焉而勿正，心勿忘，勿助長也。"

[8]户牖：門窗。牖音酉。

[9]羲皇人：即羲皇上人，伏羲氏。羲皇之世，其民恬靜閑適，自足無爭，故隱逸之士自稱羲皇上人。陶潛《與子儼等疏》："常言：五六月中，北窗下卧，遇涼風暫至，自謂是羲皇上人。"

[10]側身：猶"廁身"，置身也。乾隆後：清有所謂"康乾盛世"，乾隆之

後，清廷迅速衰落。

[11]年來：猶白話“這年頭”。悲咤：悲歎。

[12]暮唶朝唏：韓愈《雪後寄崔二十六丞公》：“朝欷暮唶不可解。”唶，音借，歎也。唏：哀歎也。“暮唶朝唏”是互文，即朝暮唶唏也。

[13]用韓愈《雪後寄崔二十六丞公》：“大弨挂壁何由彎。”邵長蘅曰：“弨，弓也。”方世舉注：“此謂籍病目不能入官，猶良弓而無由用也。”弨音超。

[14]陸游《初夏幽居》之二：“寒龜不食猶能壽，弊帚何施亦自珍。”

[15]覆瓿喻著作毫無價值或不被人重視。亦用以表示自謙。瓿音部。陸游《秋晚寓歎》之四：“著書終覆瓿，得句漫投囊。”

[16]青天白日：謂天氣晴好，亦指政治清明。刺也。

[17]紫蟹黃花：元·馬致遠《雙調夜行船·秋思·離亭宴煞》曲：“愛秋來那些：和露摘黃花，帶霜烹紫蟹，煮酒燒紅葉。”幾重九：又經歷了幾個重陽節。

[18]《晉書·王尼傳》：“王尼字孝孫，城陽人也，或云河內人。本兵家子，寓居洛陽，卓犖不羈。……常歎曰：‘滄海橫流，處處不安也。’”

[19]杜陵：即杜甫，杜甫別號“杜陵野老”。杜甫《茅屋為秋風所破歌》：“八月秋高風怒號，捲我屋上三重茅。”

[20]官齋：官舍。閑曠：安靜空闊無人使用。

[21]《後漢書·陳蕃傳》：“(陳)蕃十五，嘗閑處一室，而庭宇蕪穢。父友同郡薛勤來候之，謂蕃曰：‘孺子何不灑掃以待賓客?’蕃曰‘大丈夫處世，當掃除天下，安事一室乎!’勤知其有清世志，甚奇之。”

[22]東籬：陶淵明《飲酒》之五：“採菊東籬下，悠然見南山。”

[23]《史記·廉頗藺相如列傳》記趙相藺相如巧逼秦王，使之為趙王擊缻：“於是，秦王不懌，為一擊缻。相如顧召趙御史書曰：‘某年月日，秦王為趙王擊缻。’”缶同“缻”，為古代瓦製打擊樂器。

[24]杜甫《庭前甘菊花》：“念茲空長大枝葉，結根失所纏風霜。”結根：扎根。

[25]年壽：人壽。

寄題陳簡棲[1] 角山亭

萬山表海[2]煙塵靜，九月微霜塞草青。閑卻行邊舊持節[3]，百金新築角山亭。

【注】

[1]陳簡棲：即陳簡持。見《〈蟄庵詩存〉序》注。

［2］表海：臨海。

［3］行邊：巡視邊疆。持節：節，古代使臣奉命出行，必執符節以為憑證。持節又有持守節操之義。

崇效寺牡丹開後作[1]

悵卧春歸[2]十日陰，落花臺殿[3]更清深。被欄[4]碧葉如相語，辭世青鸞[5]不可尋。物外精藍誰捨宅[6]，亂餘惡竹又成林[7]。迷陽卻曲饒[8]憂患，那得端居[9]長道心。

【注】

［1］崇效寺：位於北京市宣武區白紙坊附近。寺中牡丹頗負盛名。梁啓超《飲冰室詩話》題作"崇效寺看花"。

［2］李商隱《春雨》："悵卧新春白袷衣。"

［3］謝翱《過杭州故宫》："禾黍何人為守閽，落花臺殿黯銷魂。"

［4］被欄：披於欄杆。

［5］青鸞：相傳罽賓王於峻祁之山，獲一鸞鳥，飾以金樊，食以珍饈，然三年不鳴。其夫人曰：嘗聞鳥見其類而後鳴，何不懸鏡以映之。王從其意，鸞睹形悲鳴，哀響中霄，一奮而絕。見《藝文類聚》卷九十引南朝·宋·范泰《鸞鳥詩序》。

［6］精藍：佛寺；僧舍。精，精舍；藍，阿蘭若。捨宅：將宅產捐與寺廟。

［7］杜甫《將赴成都草堂途中有作先寄嚴鄭公五首》："新松恨不高千尺，惡竹應須斬萬竿。"《飲冰室詩話》"惡竹"作"梗莽"。

［8］迷陽：《莊子·人間世》："迷陽迷陽，無傷吾行。吾行卻曲，無傷吾足！"郭象注釋："迷陽，猶亡陽也。亡陽任獨，不蕩於外，則吾行全矣。"成玄英疏："迷，亡也；陽，明也……宜放獨任之無為，忘遣應物之明智。"卻曲：曲折。饒：多。

［9］端居：平常居處。

題永青山人芙蓉峰採藥圖 楊昀谷之祖粹山人所著[1]

採藥看雲忘卻歸，洞房篁竹[2]鎖煙霏。傳鈔粹語如真誥[3]，偶辨星文識少微[4]。暗水但聞笙磬[5]遠，清齋留供茯苓[6]肥。先生未宜逢人道，頗笑東坡怕忍飢[7]。

【注】

[1]永青山人：楊增犖之祖。楊昀谷：楊增犖。見《〈蟄庵詩存〉序》注。

[2]洞房：幽深似洞之房。篁竹：竹叢。

[3]真誥：南朝·梁·陶弘景著有《真誥》一書。誥：告也。真誥蓋為真道之告。陶氏《冥通記》卷二云："真道不交乎世。"《真誥》蓋欲將真道告諸於世云云。

[4]少微：星座名，共四星，在太微垣西南。少微一名處士星，此指永青山人。

[5]笙磬：笙和磬。磬，樂器。以玉石或金屬製成，形狀如曲尺。

[6]茯苓：中藥名。《淮南子·說山訓》："千年之松，下有茯苓。"高誘注："茯苓，千歲松脂也。"此契永青山人之號。

[7]蘇軾《北寺》："信美那能久，應先學忍飢。"

送李梅庵之金陵兼訊海上丁三[1]

風塵臨別意，哀樂勝前賢。逐世原非策[2]，憂時只自煎[3]。舊吟開府[4]地，遙憶過江[5]年。海上逢相好[6]，當春倘寄箋。

【注】

[1]李梅庵：李瑞清（一八六七年至一九二〇年），字仲麟，號梅庵、梅癡、阿梅，晚號清道人、玉梅花庵主，戲號李百蟹。江西撫州人。光緒十九年（一八九三年）舉人，二十一年（一八九五年）進士，選翰林院庶吉士。後任兩江優級師範學堂監督。辛亥後，離南京學堂，移居上海。力倡近代教育改革。金陵：南京。海上：上海。丁三：丁惠康。見《〈蟄庵詩存〉序》注。

[2]逐世：追逐於俗世。謂在世俗中隨波逐流。原非策：本非好策略。

[3]自煎：《莊子·人間世》："山木自寇也，膏火自煎也。"成玄英疏："膏能明照以充鐙炬，為其有用，故被煎燒。豈獨膏木，在人亦然。"

[4]開府：古時高官方可開府設署、選置僚屬。

[5]過江：西晉懷帝、愍帝時期，中原大戰不斷，周邊部族內徙建立政權。釀成永嘉之禍，威脅西晉政權。晉建武年間，晉元帝司馬睿渡長江，建都建鄴（今南京），建立東晉政權。中原衣冠士族相隨渡江，史稱"永嘉之亂，衣冠南渡"。

[6]相好：好友。

郊行

出門何處寄曠快，且喜郊居得面城[1]。草樹經冬未芽蘖[2]，亭臺遲日[3]轉淒清。偶尋履跡徑中澤[4]，相對春風非世情[5]。賸把閑心愚造物，料無好法遣浮生。

【注】

[1]面城：面向城郭。

[2]芽蘖：新芽。蘖音擘。

[3]遲日：《詩·豳風·七月》："春日遲遲。"後以"遲日"指春日。

[4]中澤：澤，草澤、沼澤。"中澤"猶澤中，《詩·鴻雁》："鴻雁於飛，集於中澤。"此詩古以詠流民也。《韓詩外傳》卷九："孔子出遊少源之野，有婦人中澤而哭，其音甚哀。"人處中澤，困也。

[5]世情：世俗情理，世態人情。

和秦晦鳴[1]韻

漠漠雲容澹[2]禁城，亭皋殘雪見微行[3]。端居未必多遐想，萬事真當聽梵聲[4]。畫裏江山慵點筆，眼前珠翠暗抛棨。懸知[5]後日園林價，卻恠何人浪[6]用情。

【注】

[1]秦晦鳴（一八六一年至一九二六年），名樹聲，字晦鳴，又字幼衡、宥横、右衡，號乖庵。清末民初名書家。河南固始人，光緒年間兩中進士，任工部候補主事等職。宣統任官廣東提學使。民國元年（一九一二年），國民政府擬任其為河南提學使，秦樹聲不應。於地理、中西史學多有建樹。

[2]漠漠：密布。澹：搖動。

[3]亭皋：水邊平地。見：讀曰"現"。微行：小徑。

[4]梵聲：念佛誦經之聲。

[5]懸知：料想。

[6]恠：同"怪"。浪：費，空。

和王病山均[1]

萬念支頤[2]丈室寬，三千元祐半叢殘[3]。夢中賸水[4]重來在，心上危棋[5]一着難。漸擬偷閑聊學佛，已成避世未休官。故人好在[6]從相憶，頗耐春城雪色寒。

【注】

[1]王乃徵（一八六一年至一九三三年），字聘三，又字病山，號平珊，晚號潛道人，四川中江人。光緒十六年（一八九〇年）進士，改庶吉士，授翰林院編修，累官貴州布政使。工書，尤長北碑，清亡後隱於申江鬻字。均：同“韻”，即詩韻。

[2]支頤：托頷。

[3]元祐：北宋哲宗趙煦第一個年號，公元一〇八六年至一〇九四年。叢殘：指書殘損。此句指三千元祐年間刻印之宋版書籍今已半被殘損。

[4]賸水：殘山賸水。劫後殘破之江山。

[5]危棋：敗勢危險之棋局。

[6]好在：安好。多用於問候。唐·張鷟《朝野僉載》卷六：“子恭蘇，問家中曰：‘許侍郎好在否？’”

題劉幼雲[1]九峰山居圖二首

入世出世[2]法，此心無端倪[3]。但言美山川，說食如賙飢[4]。得歸復何言，勞生[5]誠無涯。沈吟一夕中，諒哉山澤姿[6]。

【注】

[1]劉廷琛（一八六七年至一九三二年），字幼雲，號潛樓，江西德化（今屬九江）人。光緒二十年（一八九四年）進士。選庶吉士，散館授翰林院編修、陝西提學使、京師大學堂監督、學部副大臣。民國後，往來於徐州、南京，與張勳密謀復辟，被任命為議政大臣。復辟失敗，隱居青島。溥儀成為僞滿洲國皇帝後，鄭孝胥曾派人迎廷琛前往，被斷然拒絕。

[2]入世出世：謂投身或脫身於谷世之中，出或隱。

[3]端倪：頭緒。

[4]說食：佛家語，説食不飽。賙飢：救飢。

[5]勞生：《莊子·大宗師》："夫大塊載我以形，勞我以生，佚我以老，息我以死。"後以"勞生"指辛苦勞累之生活。

[6]諒哉：誠是。陶潛《乙巳歲三月為建威參軍使都經錢溪》："終懷在歸舟，諒哉宜霜柏。"山澤姿：指山野疏放不合時流之人。宋·徐元傑《雲錦堂》："氤氳妙毓山澤姿。"

匡廬多勝概[1]，九峰[2]君始宅。想見幽討[3]勞，斬伐[4]見遺跡。綢繆[5]一畝宮，預備六月息[6]。豈特厭簪組[7]，正爾痼泉石[8]。世事足悲詫，浮生類行役[9]。故山歸不歸，予亦難為臆[10]。暂□從所好，持謝車馬客[11]。

【注】

[1]匡廬：廬山。勝概：美景；美好之境界。

[2]九峰：九嶷山。

[3]幽討：幽尋。

[4]斬伐：征伐。

[5]綢繆：比喻事前做好準備工作。

[6]六月息：《莊子·逍遙遊》："鵬之徙於南冥也，水擊三千里，摶扶搖而上者九萬里，去以六月息者也。"

[7]簪組：冠簪冠帯。仕官也。

[8]痼泉石：即泉石痼。痼：癖也。泉石：山水。

[9]行役：行旅，勞役奔波。

[10]難為臆：難以臆測。

[11]車馬客：歸客。陸機《門有車馬客行》："門有車馬客，駕言發故鄉。"

送趙芷生[1]回里

一時鸞鷟[2]驚朝列，萬古雲霄[3]感逐臣。楚國蘭芬[4]原絕代，宣南故宅近松筠[5]。江湖隱隱千回首，帳殿[6]沈沈一欠伸。欲與昔賢較心力，天回地動不逢人。

【注】

[1]趙芷生：趙啓霖（一八五九年至一九三五年），字芷荪，號瀞園。湖南湘潭人。光緒進士，選庶吉士，授翰林院編修。後遷監察御史、湖南高等學堂監

督、四川提學使。一九一〇年以母老自請開缺回長沙，任湖南船山學社社長。著有《瀞園集》六卷。

[2]鸑鷟：音嶽族，鳳屬，神鳥也。

[3]萬古雲霄：杜甫《詠懷古跡》五首之五："三分割據紆籌策，萬古雲霄一羽毛。"

[4]楚國蘭芬：指屈原。趙芷生湘潭人，屬楚地，因以為寓。

[5]宣南：古都北京始建之地。松筠：松竹。寓節操堅貞。《禮記·禮器》："其在人也，如竹箭之有筠也，如松柏之有心也。二者居天下之大端矣，故貫四時而不改柯易葉。"

[6]帳殿：帝王出行，以帳幕為行宮，稱帳殿。

【評】

〇一時山人曰：首聯可參見《籌筆驛》首聯："猿鳥猶疑畏簡書，風雲長為護儲胥。"玉谿此首得老杜精髓。蟄庵此是學玉谿而上溯老杜，復返滌蕩玉谿。

别蔣性甫[1]

在山猛虎今無用，蔽日浮雲終古陰[2]。三穴未窮饞兔計[3]，一官真擬汨羅沈[4]。似聞賈誼酬宣室[5]，徒遣相如賦上林[6]。惆悵故人成獨往[7]，江湖滿地有遐心[8]。

【注】

[1]蔣性甫：蔣式星，清末官至御史，曾彈劾慶親王奕劻收受賄賂賑災款。梁啓超《飲冰室詩話》題作"送蔣惺甫侍御"。

[2]《文子·上德》"日月欲明，浮雲蓋之"；李白《登金陵鳳凰臺》"總為浮雲能蔽日，長安不見使人愁"；周詠《去國吟》"浮雲蔽日龍蛇蟄，眼中時局如棋枰"。謂奸佞當道也。

[3]《戰國策·齊策四》："狡兔有三窟，僅得免其死耳；今君有一窟，未得高枕而卧也；請為君復鑿二窟。""窮"，《飲冰室詩話》作"营"。

[4]汨羅沈：屈原自沈汨羅江而死。

[5]《史記·屈原賈生列傳》："孝文帝方受釐，坐宣室。上因感鬼神事，而問鬼神之本。賈生因具道所以然之狀。"李商隱有《賈生》詩詠之，見《送江孝通歸里》其二注。"似"，《飲冰室詩話》作"頗"。

[6]司馬相如作《上林賦》，其文極盡大漢帝國之威盛。

[7]獨往：脱逸獨行。

［8］遐心：隱逸之心。

【評】

○一時山人曰：以上二首格近老杜《秋興八首》《詠懷古跡五首》。

除　夕[1]

終年咄咄無一字[2]，去日悠悠有億塵。自信勞生[3]行未已，偶來杯酒坐相親。醉歸馬上聞孤柝[4]，倦枕荒雞[5]滿四鄰。除卻垂腰煩惱帶[6]，不妨謌笑逐時新。

【注】

［1］梁啓超《飲冰室詩話》題作“癸卯除夕”。按：癸卯為一九〇三年。

［2］劉義慶《世說新語·黜免》：“殷中軍被廢，在信安，終日恒書空作字。揚州吏民尋義逐之，竊視，唯作‘咄咄怪事’四字而已。”咄咄：感慨聲。

［3］勞生：辛苦勞累之生活。見《題劉幼雲九峰山居圖二首》其一注。

［4］孤柝：孤零零之擊柝聲。柝：古代巡夜人敲以報更之木梆。

［5］荒雞：未及三更而啼之雞，惡聲，主不祥。《飲冰室詩話》作“雞聲”。

［6］垂腰煩惱帶：指官員腰上皮帶，此指政務、仕宦之身纏惱人。

桂東原[1]臘盡日自營口曉發盖州詩，簡梼[2]、癭公[3]均有和作，因次均寄懷東原，兼呈簡梼、癭公

鐘沈百杵酒微醒，念爾冰天雪海行。絕塞牙旗[4]明殺氣，故家簫管狎春聲。相看袖手真無賴，稍近彈碁[5]便不平。自是中朝重邊禁[6]，當時枉卻棄繻[7]生。

【注】

［1］桂東原：（一八七二年至?），名坫，字東原，以字行。廣東南海人。桂南屏弟。增貢生。歷任北京政府官報總編輯、天津北洋大學史地教習，後駐多國參贊，一九三一年任駐澳大利亞悉尼總領事。回國後閑居廣州。擅書，工小篆。

［2］簡梼：即陳簡持。見《〈蟄庵詩存〉序》注。

［3］癭公：即羅癭公。見《〈蟄庵詩存〉序》注。

［4］牙旗：旗杆上飾象牙之大旗。

[5]彈碁：弈棋。碁同"棊"。
[6]邊禁：邊關通商禁令。
[7]棄繻：繻，音儒，帛邊。書帛裂而分之，合為符信，為出入關卡之憑。《漢書·終軍傳》："初，軍從濟南當詣博士，步入關，關吏予軍繻。軍問：'以此何為？'吏曰：'為復傳，還當以合符。'軍曰：'大丈夫西遊，終不復傳還。'棄繻而去。"

簡棲用沈二歲朝均寄懷依均[1] 奉酬一首

尋常蹋地能生憶，況是高樓一曲謌。哀樂十年殊孟浪[2]，文章百輩枉江河[3]。讀書未恨吾生晚，攬鏡方嗟去日多。不有故人慰慷慨，南山白石[4]行當磨。

【注】

[1]陳簡棲用其朋友沈二《歲朝》詩韻寫寄懷詩一首，蟄庵依韻和一首。
[2]孟浪：本指思想言論文章等疏闊而不精要，荒誕而無邊際。此謂生涯疏闊虛誕，無真實感。
[3]江河：此隱江河日下之意。
[4]南山白石：《詩·小雅·節南山》："節彼南山，維石巖巖。赫赫師尹，民具爾瞻。"

堀江橋旅館[1]

板閣微沾酒，朱樓暗上潮[2]。被熏謌昔昔[3]，簾斷雨瀟瀟[4]。夜氣疑相襲，春紅[5]旋欲消。何因梔子贄[6]，流寓[7]堀江橋。

【注】

[1]堀江橋旅館：不詳。
[2]上潮：漲潮。
[3]昔昔：即《昔昔鹽》，樂府曲辭名。昔昔即夕夕，鹽即引。
[4]瀟瀟：小雨貌。
[5]春紅：春花。
[6]梔子：常綠小喬木，葉對生。春夏花，大而白，香濃烈。贄：執物以求見；贈送。
[7]流寓：流落他鄉寓居。

題鐙影蘭亭[1]

千摹百搨[2]鬥精能，巧樣翻騰見未曾。我與山陰來授記[3]，一花五葉盡傳鐙[4]。

【注】

[1]鐙影蘭亭：以燈影摹拓王羲之《蘭亭集序》。

[2]搨：音榻，影摹也。

[3]山陰：蘭亭在山陰會稽。授記：佛教語。梵語意譯。謂佛對菩薩或發心修行之人給予將來證果、成佛之預記。

[4]一花五葉：佛教傳入中國，禪宗以達摩為祖，謂一花；後衍成曹洞、臨濟、雲門、溈仰、法眼五派，謂五葉。宋·釋道原《景德傳燈錄》卷二十八："一花開五葉，結果自然成。"傳鐙：佛家以燈譬佛法，傳燈謂傳教，傳播佛法。

送王病山守撫州[1]

又見鸞皇下紫閣[2]，更無鷹隼擊秋旻[3]。匡時諫草[4]收行篋，歸路荷花詠聖恩。一郡江湖閑不極[5]，五更朝鼓[6]斷相聞。年來正有新亭歎[7]，更向天涯悵失群。

【注】

[1]王病山：王乃徵，見《和王病山均》注。撫州：位於江西東部，"襟領江湖，控帶閩粵"，東鄰福建，南接贛州市達廣東，北臨鄱陽湖。《飲冰室詩話》載其題為"送王撫州乃徵之官"，詩曰："遠不鸞皇閉九閽，更無鷹隼擊秋原。匡牀諫草收殘篋，歸路荷花感聖恩。一郡江湖閑不極，五更朝鼓斷相聞。王居虛有橫流歎，又向新亭悵失群。"

[2]鸞皇：鸞鳥與鳳凰。喻仁智之士。紫閣：宮門，天門。

[3]李商隱《重有感》："豈有蛟龍愁失水，更無鷹隼與高秋。"鷹隼：鷹、隼，皆猛禽。

[4]諫草：諫書之草稿。

[5]不極：無窮；無限。

[6]朝鼓：古代君臣上早朝時所鳴之鼓。

[7]新亭歎：劉義慶《世說新語·言語》："過江諸人，每至美日，輒相邀新

亭，藉卉飲宴。周侯中坐而歎曰：‘風景不殊，正自有山河之異！’皆相視流淚。唯王丞相愀然變色曰：‘當共戮力王室，克復神州，何至作楚囚相對！’”

送秦晦鳴守曲靖[1]

十年虛煉媧皇石[2]，萬里遙過黑水祠[3]。吾道聖賢妄[4]相許，夢中歌泣復誰知。還休暫動誠何意，悵望蕭條併一時[5]。此去共傳邊郡美，使君獨有鬢如絲[6]。

【注】

[1]秦晦鳴：即秦樹聲。見《和秦晦鳴韻》注。曲靖：位於雲南東北部，西接昆明。梁啓超《飲冰室詩話》題作“送秦曲靖樹聲之官”。

[2]媧皇石：即女媧所煉補天石。《淮南子·覽冥訓》：“往古之時，四極廢，九州裂，天不兼覆，地不周載……於是女媧煉五色石以補蒼天。”

[3]黑水祠：位於昆明北郊黑水潭。“過”，《飲冰室詩話》作“經”。

[4]“妄”，《飲冰室詩話》作“輒”。

[5]杜甫《詠懷古跡》其二：“悵望千秋一灑淚，蕭條異代不同時。”

[6]鬢如絲：鬢髮白如蠶絲。

送夏閏之守湖州[1]

故人從宦起差池[2]，又見湖州杜牧之[3]。四十專城非畹晚[4]，萬人如海獨心期[5]。過江歷數吳興守[6]，作郡偏憐羅友辭[7]。惆悵金羈[8]春繫馬，曉風吹斷綠楊枝。

【注】

[1]夏閏之：（一八五六年至一九四一年），名孫桐，字閏之，號梅生，江蘇江陽人。光緒十八年（一八九二年）進士，湖州知府，民國入清史館。擅詩，有《觀所尚齋詩文存》。湖州：位於浙江省北部，東鄰上海，南接杭州，西依天目山，北瀕太湖，與無錫、蘇州隔湖相望，是環太湖地區唯一因湖而得名之城市。

[2]差池：意外。

[3]唐大中三年（八四九年），杜牧任湖州刺史。

[4]專城：主宰一城之官。樂府《陌上桑》：“三十侍中郎，四十專城居。”

晼晚：年將老。

［5］蘇軾《病中聞子由得告不赴商州三首》其一："萬人如海一身藏。"心期：心中相許。

［6］過江：見《送李梅庵之金陵兼訊海上丁三》注。吳興守：東晉名相謝安曾任吳興太守。此句謂晉室衣冠南渡之後，歷數英傑以謝安為屈指。

［7］羅友：字它仁。東晉人。友家貧，乞祿於桓溫。友性嗜酒，當其所遇，不擇士庶。又好伺人祀，往乞餘食，雖復營團墟肆，不以為羞，桓溫嘗責之云："君太不逮，須食，何不就身求？乃至於此！"友傲然不屑，答曰："就公乞食，今乃可得，明日已復無。"溫大笑之，雖以才學遇之，而謂其誕肆，非治民才，許而不用。有同僚升郡守，桓溫為其餞，友至尤晚，溫問之，答曰："中途遇鬼揶揄云：但見汝送人作郡，不見人送汝作郡。故遲。"溫薦為襄陽太守。歲旱，民串聚為盜，立法賑濟，郡境獲安，有業績。（參見《太平廣記》《世說新語箋疏·任誕第二十三》注引《晉陽秋》）。

［8］金羢：金色茸毛。羢同"絨"。

送李莘夫守廉州[1]

故人獨往[2]真成憶，吾道蒼茫[3]卻向誰。一郡江湖嗟日遠[4]，十年京洛覺塵緇[5]。蕭條異代[6]徒生感，商略藏山[7]或少宜。慚愧部民[8]歸未得，春來先寄草堂詩[9]。

【注】

［1］李經野（一八五五年至一九四三年），字莘夫，號曹南鈍士，山東曹縣人，光緒九年（一八八三年）進士，曾任户部主事、户部貴州司員外郎、福建司郎中兼財政處提調內倉監督、廉州知府、湖北造幣總廠總辦。清亡後不仕。與徐繼孺、姚舒密、陳繼漁為莫逆交，組曹南詩社，有唱酬詩集《唱和集》十二卷。因戰亂，《曹南詩社傳觀稿》十卷未能付印。李經野雖著述繁富，然刊印甚少。擅長書法。廉州：今廣西合浦、北海二縣市。

［2］獨往：超邁獨行。

［3］蒼茫：迷茫模糊。

［4］日遠：劉義慶《世說新語·夙惠》："晉明帝數歲，坐元帝膝上。有人從長安來，元帝問洛下消息，潸然流涕。明帝問：'何以致泣？'，具以東渡意告之。因問明帝：'汝意謂長安何如日遠？'答曰：'日遠。不聞人從日邊來，居然可知。'元帝異之。明日，集群臣宴會，告以此意，更重問之。乃答曰：'日

近。'元帝失色，曰：'爾何故異昨日之言邪？'答曰：'舉目見日，不見長安。'"此指遠離京城、皇帝。

[5]陸機《為顧彥先贈婦》："京洛多風塵，素衣化為緇。"

[6]蕭條異代：見《送秦晦鳴守曲靖》注。

[7]商略：準備。藏山：司馬遷《報任少卿書》："僕誠以著此書，藏諸名山，傳之其人，通邑大都，則僕償前辱之責。"

[8]部民：所統屬之民，邑民。

[9]草堂：茅屋，文人好以草堂名齋，以標其高雅。杜甫在成都有草堂。

送劉幼雲還九江[1]

每向青山吟謝朓[2]，憶逢微雨過蘇端[3]。尋鄰不誤斜川約[4]，涉世真愁隴坂[5]難。舊業[6]別來惟夢寐，訖春[7]歸思入風湍。江湖滿眼今頭白，何日從君把釣竿。

【注】

[1]見《題劉幼雲九峰山居圖二首》注。

[2]青山：又名青林山，南齊謝朓愛其勝，謂其"山水都"，曾筑室山南，李白有詩曰"宅近青山同謝朓"云。

[3]杜甫有《雨過蘇端》一詩，記雨中杖藜訪蘇端宴飲事。詩甚忠厚沈哀。

[4]陶淵明《遊斜川》詩序："辛酉正月五日，天氣澄和，風物閑美，與二三鄰曲，同遊斜川。"

[5]隴坂：隴山。隴坂九曲，極為艱險。张衡《四愁诗》："我所思兮在漢陽，欲往從之隴阪長。"隴阪亦作"隴坂"。

[6]舊業：舊家之業。

[7]訖春：至春，及春。訖同"迄"。

和李亦元[1]春寒四首

懷遠惕高一往[2]深，碧雲回合自愔愔[3]。他鄉翠柳供愁斷，別館朱樓隔雨沈[4]。歌舞漸闌[5]嫌酒惡，風旛不動惱禪心[6]。衰遲[7]亦有閑花草，未中思量且不任[8]。

【注】

[1]李亦元：李希聖。見《〈蟄庵詩存〉序》注。

[2]懷遠：懷念遠方之人。傷高：登高自懷遠，懷遠而傷感，人之常情也。一往：一向，一直。

[3]回合：會聚，匯合。愔愔：幽深貌。

[4]李商隱《春雨》："紅樓隔雨相望冷，珠箔飄燈獨自歸。"别館：客館。

[5]闌：盡也。

[6]《景德傳燈錄·慧能大師》："師寓止廊廡間。暮夜風颺刹幡，聞二僧對論，一云幡動，一云風動，往復酬答，未曾契理。師曰：'可容俗疏輒預高論否？直以風幡非動，動自心耳。'"旛同"幡"。

[7]衰遲：年衰遲暮。

[8]中：去聲。相適，符合。不任：不能忍受。

【評】

○渺之曰："他鄉"一聯，真得玉谿神韻，詩眼正在一"供"字。

夢雨靈風盡日吹[1]，義山哀怨有微詞[2]。相逢旅雁酬佳節，惆悵吴蠶失後期[3]。頗念漳濱新卧病[4]，漫勞中禁[5]費尋思。客嘲賓戲都無賴[6]，一月苔痕斷履綦[7]。

【注】

[1]李商隱《重過聖女祠》："一春夢雨常飄瓦，盡日靈風不滿旗。"

[2]義山：李商隱字。微詞：亦作"微辭"，委婉曲晦、暗含諷喻之言辭。

[3]歐陽修《榴花》："惆悵春期獨後期。"

[4]漢·劉楨《贈五官中郎將》詩之二："余嬰沈痼疾，竄身清漳濱。"後因用為卧病之典實。

[5]中禁：禁中。皇帝所居之處。

[6]無賴：無聊。

[7]履綦：足跡。綦音其。

漸亂春愁不可勝，蕭條花藥共畦塍[1]。酒醒車馬迷蹤跡，别後池臺[2]有廢興。前閣雨簾聞啄木[3]，曉窗風幔暗飄燈[4]。近旬無月臨寒食[5]，一碗齋糜冷似冰[6]。

【注】

[1]畦塍：猶畦田，指田園。

[2]池臺：池苑樓臺。
[3]啄木：啄木鳥也，此指其啄木之聲。
[4]李商隱：《春雨》："珠箔飄燈獨自歸。"
[5]寒食：寒食節，冬至後一百零五日為寒食，在清明節前一日或二日。
[6]李商隱《謁山》："一杯春露冷如冰。"

晥晥[1]年芳一半休，嫩苔生閣坐端憂[2]。寧知沈飲非荒宴[3]，可惜逢春只遠遊。靈鞠才名隨仕宦[4]，嵇康懶性負山邱[5]。白桐花發郊扉[6]靜，不遣東風放紫騮[7]。

【注】
[1]晥晥：同"晥晥"，明貌。
[2]端憂：閑愁。
[3]沈飲：大量飲酒。荒宴：沈溺宴飲。
[4]《南齊書》："丘靈鞠，吳興烏程人也。……靈鞠好飲酒，臧否人物，在沈淵座見王儉詩，淵曰：'王令文章大進。'靈鞠曰：'何如我未進時？'此言達儉。靈鞠宋世文名甚盛，入齊頗減。蓬髮馳縱，無形儀，不治家業。王儉謂人曰：'丘公仕宦不進，才亦退矣。'"
[5]嵇康《與山巨源絕交書》："又人倫有禮，朝廷有法，自惟至熟，有必不堪者七，甚不可者二：卧喜晚起，而當關呼之不置，一不堪也。抱琴行吟，弋釣草野，而吏卒守之，不得妄動，二不堪也。危坐一時，痹不得搖，性復多虱，把搔無已，而當裹以章服，揖拜上官，三不堪也。素不便書，又不喜作書，而人間多事，堆案盈几，不相酬答，則犯教傷義，欲自勉強，則不能久，四不堪也。不喜弔喪，而人道以此為重，已為未見恕者所怨，至欲見中傷者，雖瞿然自責，然性不可化，欲降心順俗，則詭故不情，亦終不能獲無咎無譽如此，五不堪也。不喜俗人，而當與之共事，或賓客盈坐，鳴聲聒耳，囂塵臭處，千變百伎，在人目前，六不堪也。心不耐煩，而官事鞅掌，機務纏其心，世故繁其慮，七不堪也。"
[6]白桐：木名。木可製琴。郊扉：郊外住宅。
[7]紫騮：古駿馬名，此泛指駿馬。

閉門

寒食清明旬日[1]間，海棠初發鬢絲[2]斑。閉門索句真成拙[3]，換水添花稍覺頑。言下枯禪成露地[4]，意中小謝有青山[5]。試思何物容臧否[6]，偶爾逢春一破顏[7]。

【注】

[1]旬日：十日。

[2]鬢絲：鬢上髮絲。

[3]黃庭堅《病起荊江亭即事》之九："閉門覓句陳無已，對客揮毫秦少游。"

[4]露地：佛教語。喻三界（欲界、色界、無色界）煩惱俱盡、無物覆蔽之處。

[5]青山：山名。一名青林山。見《送劉幼雲還九江》注。

[6]臧否：品評；褒貶。

[7]破顏：露出笑容。

【評】

〇渺之曰：此種可謂蟄庵體閑適詩。想見其平居從容，天機活潑，純是一片神行。

寄湘潭齊草衣[1]

蹤跡天隨[2]似較親，聲名白石儗差倫[3]。菰蒲[4]地遠饒嚴淨，風雨秋淫但隱淪[5]。獨念靈修終楚服[6]，頗聞高卧比皇人[7]。埽除一室[8]吾何有，待欲江頭岸角巾[9]。

【注】

[1]齊草衣：齊璜（一八六三年至一九五七年），字瀕生，號白石，又號草衣。湖南湘潭人。後居北京。著名畫家。曾任中國美術家協會主席。生平見胡適《齊白石年譜》。

[2]天隨：唐代詩人陸龜蒙自號天隨子。

[3]白石：宋代詞人姜夔號白石道人。儗：通"擬"，比擬。倫：類也。差倫：稍近，略類也。

[4]菰蒲：菰與蒲，兩種水澤植物。此處借指湖澤。

[5]淫：多也，過也。隱淪：隱居。

[6]靈修：《楚辭・離騷》："指九天以為正兮，夫唯靈修之故也。"王逸注："靈，神也。修，遠也。能神明遠見者，君德也，故以諭君。"楚服：楚人之服。

此句指屈原至死不叛楚國。

[7]皇人：羲皇上人。见《汪子賢宅菊花》注。

[8]埽除一室：見《汪子賢宅菊花》注。埽同“掃”。

[9]岸角巾：見《平谷襍詩十八首》之十五注。

和丁三南淀[1]馬賽

乍困遊車懶見招，愛奇賞俊意能消。水平[2]馳道香塵潤，河外人家節物饒[3]。鄰舍賣漿窺換馬，市樓墜策偶聞簫。逃蜂匿蜨傷春晚，尺五城南只覺遙。

【注】

[1]丁三：丁惠康。見《〈蟄庵詩存〉序》注。南淀：在天津北部。

[2]水平：謂平坦如水。

[3]節物：應節物品。饒：多也。

恭送德宗景皇帝梓宮暫安梁格莊行宮[1]

飄風發發日含光[2]，羽衛迤邐輦路[3]長。入谷川原仍浩蕩，上陵[4]芳樹鬱青蒼。宮官[5]走馬隨塵去，野老將雛[6]拭涕望。三十四年仁愛在，麥苗經雨泣春陽。

【注】

[1]德宗景皇帝：清德宗光緒皇帝愛新覺羅·載湉（一八七一年至一九〇八年）。梓宮：帝王之棺木。梁格莊行宮：乾隆皇帝為謁西陵而建黃新莊、半壁店、秋瀾、梁格莊共四處行宮。

[2]飄風發發：《詩·小雅·四月》：“冬日烈烈，飄風發發。”飄風：回風，旋風。發發：疾貌；疾風聲。含光：蘊含光彩。

[3]羽衛：帝王之衛隊與儀仗。迤邐：緩行貌。輦路：帝王車駕所經道路。

[4]上陵：帝王祭祀祖先陵墓。

[5]宮官：宦官。

[6]野老：村野老人。將雛：攜帶小兒。

輓張文襄[1]師三首

國郵方淹歲[2]，凋零及老成[3]。艱難看世事，枯瘦見平生（《後山詩話》言温公入相枯瘦自如）。東閣遂虛位[4]，西州空復情[5]。士夫同一慟，天地正商聲[6]。

【注】

[1]張文襄：張之洞（一八三七年至一九〇九年），字孝達，號香濤、香巖，又號壹公、無競居士，晚年自號抱冰。直隸南皮人，洋務派代表人物之一，主張“中學為體，西學為用”。同治二年（一八六三年）進士，歷任翰林院編修、湖北學政、四川學政、山西巡撫、兩廣總督、湖廣總督、軍機大臣。謚文襄。

[2]國郵：國患，國難。郵同“恤”。淹歲：猶經年，一年過去。

[3]老成：指年高有德之人。

[4]東閣：明清兩代大學士殿閣之一。明洪武十五年始置。清仍之。虛位：位空置。

[5]西州：晉·謝安死，羊曇弔至西州門，痛哭而去。後為弔輓之典。空復情：李白《沙丘城下寄杜甫》：“魯酒不可醉，齊歌空復情。”

[6]商聲：五音之一，其音悽愴哀傷。

文字三千牘[1]，聲名五十年。訏謨終定命[2]，憂樂過前賢[3]。人物今衰眇[4]，膏蘭久灼煎[5]。蔡公真委篤[6]，短氣獲麟篇[7]。

【注】

[1]三千牘：《史記·滑稽列傳》：“(東方）朔初入長安，至公車上書，凡用三千奏牘。”後指長篇奏疏。

[2]《詩·大雅·抑》：“訏謨定命，遠猶辰告。”“訏謨”謂宏圖大謀。

[3]宋·范仲淹《岳陽樓記》：“先天下之憂而憂，後天下之樂而樂。”

[4]衰眇：衰微眇少。

[5]膏蘭：油脂香草。《漢書·龔勝傳》：“薰以香自燒，膏以明自銷。”謂香草以香致焚燒，膏油以明致銷毀。譬賢而招禍。

[6]委篤：病危。

[7]相傳孔子作《春秋》至哀公獲麟而輟筆。《春秋·哀公十四年》：“春，西狩獲麟。”杜預注：“麟者仁獸，聖王之嘉瑞也。時無明王出而遇獲，仲尼傷周道之不興，感嘉瑞之無應，故因《魯春秋》而修中興之教。絕筆於‘獲麟’

之一句，所感而作，固所以為終也。”

【評】

○《王右軍集》卷一：“蔡公（謨）遂委篤又加席下，日數十行，深可憂慮，得仁祖廿六日間，疾更委篤，深可憂。當今人物眇然，而艱疾若此，令人短氣。”詩中多取其意。

太息[1]吾焉放，天乎不憖遺[2]。他時曾侍坐[3]，斯道要安之[4]。直接揅經室[5]，應崇嶺學祠[6]。向來香一瓣[7]，寧止為恩私。

【注】

[1]太息：大聲長歎，深深地歎息。

[2]憖遺：肯留。《詩·小雅·十月之交》：“不憖遺一老，俾守我王。”憖同“憗”，音印。

[3]他時：昔日；往時。侍坐：在尊長近旁陪坐。《論語·先進》有“侍坐章”。

[4]安之：往何處去。

[5]揅經室：清末阮元（一七六四年至一八四九年）書齋名。阮元一生，力興學堂，提倡樸學，羅致學者大量編書刊印。

[6]嶺學祠：晚清兩廣總督張之洞在廣州建廣雅書院，中有一祠，名“嶺學祠”，乃“禮宋儒諸賢之所”。

[7]向來：從來；一向。香一瓣：猶一炷香。佛教禪宗長老開堂講道，燒至第三炷香時，長老即云此一瓣香敬獻傳授道法之某某法師。後以“一瓣香”指師承或仰慕某人。宋·陳師道《觀兗文忠公家六一堂圖書》：“向來一瓣香，敬為曾南豐。”

孝欽顯皇后梓宮奉安定東陵[1]

風動高原簇羽旗[2]，萬山雲氣接霏微[3]。悠悠輦路[4]埋秋草，鬱鬱琳宮閟寶衣[5]。扶日正瞻元祐治[6]，曉星回望建章[7]稀。十年樹木饒[8]松柏，耐向霜晨作翠圍。

【注】

[1]孝欽顯皇后：即慈禧。東陵：清東陵位於河北省遵化市境。共建有皇陵

五座：順治帝之孝陵、康熙帝之景陵、乾隆帝之裕陵、咸豐帝之定陵、同治帝之惠陵，以及東（慈安）、西（慈禧）太后等后陵四座、妃園五座、公主陵一座，計埋葬十多位皇后和一百多位妃嬪。

[2]羽旗：以翠羽為飾之旌旗。

[3]霏微：濛濛細雨。

[4]輦路：帝王車駕所經道路。

[5]琳宮：仙宮。閟：音臂，閉也。寶衣：貴重華服。

[6]正瞻：正視敬仰。元祐治：宋元豐八年（一〇八五年）春，神宗趙頊病死，哲宗趙煦十歲即位，改號元祐。其祖母宣仁太后高氏以太皇太后垂簾聽政。遂援司馬光、文彥博之黨推翻王安石變法，史稱“元祐更化”。高太后“以復祖宗法度為先務，盡行仁宗之政”，與民休息。元祐八年間（一〇八六年至一〇九三年），天下大治，國家太平，百姓安樂，堪比漢之文景、唐之貞觀，史稱“元祐之治”。

[7]建章：漢武帝太初元年（前一〇四年）建建章宮，其宮規模宏大，有“千門萬户”之稱。

[8]饒：多也。

盤山翠屏峰[1]題壁

高卧田疇自昔聞，攀蘿捫葛[2]一相存。風霄已限樵蘇[3]路，只有蒼髯似隱君。

【注】

[1]盤山翠屏峰：盤山位於京東津北，有“京東第一山”之稱。翠屏峰乃山中之一峰。

[2]蘿、葛：皆纏繞藤類植物。捫：攀、挽。

[3]樵蘇：砍柴刈草。

夜宿天成寺[1]

微微鐘梵[2]隱遙空，虧蔽[3]巖崖直萬重。昔日御題[4]今黯澹，經霜石壁間青紅。樵蘇路斷心先折，丘壑年來意不窮。慚謝山靈[5]晚聞道，整襟纔聽塔鈴[6]風。

【注】

[1]天成寺：在盤山下盤區。舊名天成福善寺，又稱“天成法界”。以“奧穴”景觀享譽京東。天成寺始建於唐，遼、明、清數代曾重修擴建。

[2]鐘梵：寺院之鐘聲與誦經聲。

[3]虧蔽：遮蔽。

[4]昔日御題：清乾隆多次遊覽天成寺，御題“天成寺”等多處牌匾。

[5]山靈：山神。

[6]塔鈴：佛塔檐角之風鈴。

題陳定生[1]釣臺詩軸

一時才地誇江左[2]，五字詩篇落釣臺。猶是詞人聲氣事，斷縑[3]重與蠹函開。

【注】

[1]陳定生：陳貞慧（一六〇四年至一六五六年），字定生，江蘇宜興人。諸生，明末復社重要成員。其父為都察院左都御史陳於廷，其子為明末清初著名詞人、文學家陳維崧。陳定生為人豪放，傾家財結交天下名士，與冒襄、侯方域、方以智合稱“明末四公子”。

[2]江左：長江下游以東一帶。

[3]縑：音兼。雙織淺黃細絹。

夜聽小僮吹簫

簫聲臨夜過堂坳[1]，絲竹[2]年來興欠豪。說似衛公[3]吾亦肯，月中吹笛薛陽陶[4]。

【注】

[1]堂坳：堂低坳處，泛指低窪之地。

[2]絲竹：弦樂器與竹管樂器之總稱。亦泛指音樂。

[3]衛公：李靖（五七一年至六四九年），字藥師，雍州三原（今陝西三原縣東北）人。隋末唐初名將。後封衛國公，世稱李衛公。

[4]薛陽陶：唐人，善吹蘆管，少年成名。白居易有《小童薛陽陶吹觱栗歌》。

漢建昭[1]銅雁足鐙

膩蠟銅盤又一時，銘詞猶見建昭遺。誰知寂莫書窗下，曾與陽平照舞衣[2]。（小詩支微通押，間有攔入齊韻者，自是一時興寄，不欲改之）

【注】

[1]建昭：西漢元帝劉奭第三個年號。共計五年。

[2]清·錢泳《履園叢話》："青浦王蘭泉司寇家有雁足鐙，其鐙檠似雁一足立起，上燃以鐙，燭油並用，製作甚精。上有'建昭三年，考工輔為內者造銅雁足，重三斤八兩'云云五十九字。阮雲臺宮保考為大將軍王鳳之物。鳳於永光二年嗣封陽平侯，陽朔元年成帝所賜也。嘉慶廿五年春，余嘗仿造四具，贈斌笠耕觀察，觀察自為製銘，每當夜宴，四鐙爛然，頗令人發懷古之幽情也。"謝朓《詠燈詩》："孤對相思夕，空照舞衣縫。"

鴨　鑪[1]

明鐙小閣意存存[2]，老退情懷不復論。為有盆梅香較好，經旬斷卻鴨鑪熏[3]。

【注】

[1]鴨鑪：古代熏爐名，形制多作鴨狀，故名。

[2]存存：謂保全、育成已存者。《易·繫辭上》："天地設位，而易行乎其中矣。成性存存，道義之門。"孔穎達疏："此明易道既在天地之中，能成其萬物之性，使物生不失其性，存其萬物之存，使物得其存成也。性謂稟其始也，存謂保其終也。"

[3]李商隱《促漏》："睡鴨香爐換夕熏。"

以乾隆青花甆[1]盆種牡丹

朝朝數葉復量枝，不數金盤芍藥詩。特與此花添色相，千山秋翠越窑甆[2]。

【注】

[1]青花甆：青花瓷又稱白地青花瓷，常簡稱青花，中國瓷器主流品種之一，屬釉下彩瓷。甆同“瓷”。

[2]越窑甆：越窑，古代南方青瓷窑，在古越州，今浙東上虞至寧波一帶。越窑瓷其色青翠，其質晶瑩。有如玉如冰之譽，乃瓷中之極品。唐·陸龜蒙《詠秘色瓷器》：“九秋風露越窑開，奪得千峰翠色來。”

佛手柑[1]

後果前因論已癡，不應性相[2]更爭持。劉郎略識西來意，只摘柑花供祖師。[3]

【注】

[1]佛手柑：枸橼之變種。果樹為常綠小喬木，高丈餘。葉呈長圓狀，花白而香。實色黄而香，下端有裂紋，狀如半握之手，可入藥。

[2]性相：佛家語，性謂本質，相謂表象。

[3]宋·劉克莊《題寺壁二首》其二：“日長讀徹楞伽了，閑折柑花供祖師。”

地　氈

醉睡金堂[1]月正明，屧廊[2]來往寂無聲。亂霞委地葳蕤[3]慣，巾角彈碁[4]感慨平。罷舞似憐紅錦皺，墜鬟潛覺玉釵輕。夜香不斷春微暖，相對調笙到五更。

【注】

[1]金堂：華麗氣派之堂屋。

[2]屧廊：又作“屟廊”，即响屧廊。春秋時吳宫廊名。廊中地面用梓木板鋪成，行走有聲。此詩則鋪之地氈，自寂無聲焉。

[3]委地：散落於地。葳蕤：華美貌；艷麗貌。

[4]巾角：猶角巾，方巾。見《平谷襍詩十八首》之十五注。彈碁：弈棋。

水仙花

葉葉花花相對當，鏡奩官燭照明妝[1]。小名未便輕呼喚，付與琴弦一再行[2]。

【注】

[1]鏡奩：鏡匣。官燭：官家蠟燭。明妝：女子明麗之妝飾。

[2]古有《水仙操》。漢·蔡邕《琴操·水仙操》："《水仙操》者，伯牙所作也。"

唾　壺

始知師德能容物[1]，漸覺王敦是可人[2]。說與英雄同擊節[3]，暮年歌酒事悲辛。

【注】

[1]《新唐書·婁師德傳》："其弟守代州，辭之官，教之耐事。弟曰：'有人唾面，潔之乃已。'師德曰：'未也，潔之，是違其怒，正使自乾耳。'"

[2]王敦：（二六六年至三二四年），字處仲。劉義慶《世說新語·豪爽》："王處仲每酒後輒詠'老驥伏櫪，志在千里。烈士暮年，壯心不已'。以如意打唾壺，壺口盡缺。"可人：可爱之人。

[3]擊節：打節拍。又激賞也。

盆　松

結根寸土勢扶疏[1]，謖謖高風照座隅[2]。乞與仲圭臨尺幅[3]，石橋南畔第三株。

【注】

[1]扶疏：枝葉繁茂紛披貌。

[2]謖謖：勁風聲。座隅：座側。

［3］仲圭：吳鎮（一二八〇年至一三五四年），字仲圭，號梅花道人，浙江嘉興人。工詞翰，草書學䂓輿，擅畫水墨山水，又長松竹。尺幅：畫幅。

晴窗

狂風只在外境界[1]，暖日烘窗性海[2]溫。自與楞伽參八識[3]，年來真覺意存存[4]。

【注】

［1］外境界：即外界。

［2］性海：佛家謂真如之理之性深廣如海。

［3］楞伽：即《楞伽經》。梵名。此經提出五法、三性、八識等大乘教義。八識：佛教法相宗術語。眼、耳、鼻、舌、身、意為前六識，亦名六根。末那為第七識，意謂執持我見。阿賴耶為第八識，意為藏，謂能藏一切法，即所謂神識、性靈。合稱八識。

［4］存存：見《鴨鑪》注。

箋紙

河北膠東寫玉臺[1]，緘璫[2]常得親手開。欲將暮雨瀟瀟意，寄與朝雲[3]葉葉裁。二月桃花輕著色，經年龍腦暗生煤[4]。中庭蕙草饒清潤[5]，只是當時卻費才[6]。

【注】

［1］南朝·陳·徐陵《玉臺集·序》："三臺妙跡，龍伸蠖屈之書；五色花箋，河北膠東之紙。"膠東：山東。

［2］緘璫：玉璫緘札之略。璫，玉製耳飾。緘之信札，以寄所愛。李商隱《夜思》詩："寄恨一尺素，含情雙玉璫"；又《春雨》："玉璫緘札何由達。"

［3］朝雲：宋玉《高唐賦·序》：楚襄王與宋玉遊雲夢之臺，望高唐之觀。其上有雲氣變化無窮。玉謂此氣為朝雲，謂王云，先王曾遊高唐，怠而晝寢，夢一婦人，自稱巫山之女，愿侍王枕席，王因幸之。巫山之女臨別語王曰："妾在巫山之陽，高丘之阻，旦為行雲，暮為行雨，朝朝暮暮，陽臺之下。"

［4］龍腦：香料，又稱龍腦香、冰片。南朝·梁·任昉《述異記》卷下：

"成陽山中有神農鞭藥處，一名神農原藥草山，山上紫陽觀，世傳神農於此辨百藥，中有千年龍腦。"古人書齋書篋中常備各種香料，以其有殺蟲、提神之效也。龍腦亦常用香料也。煤：煙塵。

[5]中庭：庭院之中。饒：豐沃。清潤：清麗溫潤。

[6]費才：耗費才思。

迎春花

宜春[1]小閣侍更衣，生物[2]趨功入細微。愁裏弄妝慵不覺，東風先與約黃歸。

【注】

[1]宜春：南朝·梁·宗懍《荊楚歲時記》："立春之日，悉剪綵為燕，戴之，帖'宜春'二字。"

[2]生物：指一切有生命之物。

【評】

〇一時山人曰："東風先與約黃歸"，迎春初開之時，已與約花黃之時，同歸殘敗，溫厚深情。

梳

下九初三月半奩[1]，晚妝無力費春纖[2]。泥人鏡檻[3]尋都遍，幾日蘭膏[4]色漸淹。到處垂鬟[5]憐委墜，時新覆額助端嚴[6]。龍紋玉夾稱名異，願向閑情賦[7]裏添。

【注】

[1]下九：陰曆每月十九日。半奩：古時閨房器具，多為精巧匣盒狀，用以盛香物梳妝品。吳文英《生查子·秋社》："當樓月半奩。"

[2]春纖：形容女子手指。

[3]泥人：形容女子軟求、軟纏人。鏡檻：鏡臺。

[4]蘭膏：一種潤髮香油。

[5]垂鬟：一種古代女子髮型，結鬟垂墜而下。此句狀女子慵懶嬌媚之態。

[6]覆額：齊髮覆蓋前額。《蕙風詞話》續編卷一："閨人時妝，鬌髮覆額，如黝髹可鑒。以梳之小而絕精者，約正中片髮，入其牙齒中，闊與梳梳相若，梳齒藏不見，則翦起為美觀。《花間集·毛熙震〈浣溪沙〉》云：'象梳欹鬢月生雲。'清姒嘗改為'象梳扶鬌雲藏月'，蓋賦此也。"端嚴：端莊嚴肅。

[7]閑情賦：陶淵明有《閑情賦》，閑有防、禦之意。閑情猶正情也。文中有大段對美人之描寫，始則蕩以思慮，而終歸閑正。《閑情賦》有"願在衣而為領，承華首之餘芳""願在髮而為澤，刷玄鬢於頹肩"云云。"願向閑情賦裏添"即願爲美人所用。

種蘭二首

種蘭培蘭根，根土氣相接。但得春風生，憐取葳蕤[1]葉。

【注】

[1]葳蕤：草木茂盛枝葉下垂貌。

非誇手足烈，要自心靈濫。閑階好風日，來伺洗頭盆。

【評】

○渺之曰："要自心靈濫"，蟄庵一生情性之寫照也。

腰帶

八尺輕羅繡折枝[1]，墜襟餘幅[2]更教垂。相逢交甫明珠佩[3]，惆悵東陽白袷衣[4]。幾日離愁看漸緩，一春幽恨只空持[5]。誰家桃葉挑鴦綬[6]，羡爾樽前處處宜。

【注】

[1]折枝：花卉畫法之一。不畫全株，只畫連枝折下部分，故名。

[2]幅：衣裳之緣飾。

[3]漢·劉向《列仙傳·江妃二女》："江妃二女者，不知何所人也，出遊於江漢之湄，逢鄭交甫，見而悅之，不知其神人也，謂其僕曰：'我欲下請其佩。'……遂手解佩與交甫。"

[4]東陽白袷衣：見《嬰武詞》注。

[5]持：約束，矜持。

[6]桃葉：王獻之愛妾名，見《板閣二首》其一注。挑鸞綬：挑針繡鸞鳳於綬上。

屏 風

霧閣雲窗杳去蹤，月明中婦畫堂空[1]。清宵未必無惆悵[2]，咫尺應須直萬重。香燭有光秋正永[3]，孤鼙一掩思何窮。蜀山夢斷金鵝冷[4]，流恨熏衣[5]曉夜風。

【注】

[1]李賀《惱公》："月明中婦覺，應笑畫堂空。"

[2]李商隱《無題二首》其二："重帷深下莫愁堂，卧後清宵細細長。"

[3]永：長也。

[4]李賀《洛姝真珠》："金鵝屏風蜀山夢，鸞裾鳳帶行煙重。"

[5]流恨：遺恨。熏衣：以香料熏衣，使衣香且免蟲蛀。

鸚 鵡

煩惱聰明不自期，金籠日日故山思。惜哉此子巧言語，悽絕文人見道[1]時。

【注】

[1]見道：照見真道，洞徹通達。

手 巾

縫霧裁雲總不如，領襟常是鎮相於[1]。鈿車元夜[2]相逢處，湯餅何郎試色初[3]。隔歲遺香鉛粉[4]在，東風彈淚鏡奩[5]虛。鮫宮[6]不管閑兒女，乞與先生讀道書[7]。

【注】

[1]相於：相厚，相親近。

[2]鈿車：金寶嵌飾之車。元夜：元宵。

[3]劉義慶《世說新語》："何晏面絕白，文帝疑其著粉。後以湯餅啖之，大汗出，隨以衣自拭，色轉皎然。"

[4]鉛粉：也稱鉛白。古代女子用以搽臉。

[5]鏡奩：鏡匣。

[6]任昉《述異記》卷上："南海出鮫綃紗，泉室潛織，一名龍紗。其價百餘金，以為服，入水不濡。"

[7]道書：佛家或道家典籍。

夜起食柑

中宵酒渴月侵軒，此際黃柑價勿論。猛憶西川窮杜甫，千株猶足瀼西原[1]。

【注】

[1]瀼西原：唐代宗大曆二年（七六七年），杜甫五十六歲。在夔州。春，自西閣移居赤甲。三月，遷居瀼西草屋。有詩《阻雨不得歸瀼西甘林》："園甘長成時，三寸如黃金。諸侯舊上計，厥貢傾千林。"甘同"柑"。

彈弓二首

春後園林日漸遲[1]，輕裝愜煞五陵兒[2]。似聞小玉黃衫客[3]，最愛行郎柘彈詩[4]。嘶馬故憐穿苑路[5]，驚禽忽動亞牆[6]枝。悶來欲語簾前鵲，那有情懷似舊時。

【注】

[1]日漸遲：日漸長。

[2]五陵兒：見《別夢五首》之三注。

[3]唐·蔣防《霍小玉傳》載長安霍小玉與唐朝詩人李益歡愛，二人山盟海誓，後李益薄行終棄，小玉相思成疾，豪士黃衫客挾李益與霍小玉相會。

[4]見《昔夢四首》之二注。

[5]見《瑤華琵琶詞》注。

[6]亞牆：矮牆也。

語鵲飛鴉稍稍[1]春，平林抛彈[2]賭腰身。故教桃葉挑鸞綬[3]，不惜金丸委麝塵[4]。流水游龍徒一閧[5]，禿襟小袖自相親。長安兒戲今浮侈[6]，頭白潛夫感槩[7]新。

【注】

[1]稍稍：猶紛紛。

[2]平林：平原林野。抛彈：謂以彈射鳥雀。

[3]見《腰帶》注。

[4]溫庭筠《達摩支曲》："搗麝成塵香不滅。"茲"麝塵"，塵埃之美稱爾。

[5]閧：同"哄"，喧鬧。

[6]浮侈：浮華奢侈。

[7]潛夫：隱者。東漢王符有《潛夫論》。感槩：謂情感憤激而有節概。槩同"概"。

小金佛

縷縷袈裟葉葉雲，相宗衰眇[1]僅能存。青鴛影下尋初地[2]，金粟香中淨六根[3]。收拾華嚴歸自性[4]，捴持塵刹[5]故稱尊。誤疑宋玉工微詠[6]，涓滴[7]何曾報佛恩。

【注】

[1]相宗：佛教法相宗也。衰眇：衰微。

[2]青鴛：見《崇效寺牡丹開後作》注。初地：佛教謂修行十个階位中第一階位。三乘共"十地"中，以"乾慧地"為"初地"；大乘菩薩"十地"中，以"歡喜地"為"初地"。

[3]金粟：即金粟如來，維摩詰大士。維摩，意為淨名。六根：眼、耳、鼻、舌、身、意。根為能生之意，眼為視根，耳為聽根，鼻為嗅根，舌為味根，身為觸根，意為念慮之根。

[4]收拾：領略。華嚴：即大乘境界。自性：佛教語。指諸法各自具有不變不滅之性。

[5]捴持：梵語陀羅尼之意譯。謂持善不失，持惡不生，具備衆德。捴同"總"。塵刹：佛教語。刹同"剎"，為梵語國土之意。塵刹謂微塵數無量世界。

[6]傳宋玉有《微詠賦》一篇。

[7]涓滴：小水滴。喻極小或極少。

小身金天王[1]像

至道[2]塞天地，其小亦無外。峩峩[3]金天王，迺[4]可繫裙帶。夢中識眉宇[5]，約略[6]竪指內。被體萬纓絡[7]，承以青霞蓋。昔者吳道子[8]，工寫天蓬[9]態。小身維摩[10]象，絹素易損壞。幸託金剛力[11]，常存粟粒界[12]。稽首西方仙[13]，四十九佛會[14]。天龍與神鬼[15]，圍繞佛自在[16]。惟王遍護衛，一一證無礙[17]。爾來[18]五千年，末法[19]足感槩。法輪[20]倘停轉，衆生究何賴。我有竺國[21]經，護惜比金薤[22]。久憂蟲鼠耗，頗嫌塵土穢。得王為守藏[23]，不覺額手拜[24]。稍修香火緣，願王發光恠。戈劍髮如神，在靈不在大。（以上諸小題是新春閑暇拈鬮之作，過而存之）

【注】

[1]天王：印度宗教中天界之王。佛家稱護法神為天王，如毗沙門天王、四天王。

[2]至道：極精深微妙之道。

[3]峩峩：同“峨峨”，高貌。

[4]迺：同“乃”。

[5]眉宇：眉額之間。

[6]約略：仿佛，依稀。

[7]被：音披。纓絡：以珠玉串成之頸飾。

[8]吳道子（約六八〇年至七五九年），唐代畫家。畫史尊稱吳生，又名道玄，陽翟（今河南禹州）人。少孤貧，初為民間畫工。曾任兗州瑕丘（今山東滋陽）縣尉，不久即辭職。後流落洛陽，從事壁畫創作。開元年間以善畫被召入宮廷，歷任供奉、內教博士。曾隨張旭、賀知章習書法，觀公孫大娘舞劍，悟用筆之道。擅佛道、神鬼、人物、山水、鳥獸、草木、樓閣等，尤精於佛道、人物，長於壁畫創作。

[9]天蓬：天神名。

[10]維摩：維摩詰大士之省稱。

[11]金剛力：指金剛般若之力，即智慧之力，銳利堅固，無堅不摧。

[12]粟粒：穀粒。粟粒界謂世界如粟粒之大，禪宗有公案云：“盡大地撮來如粟粒米大。”亦納須彌於芥子之謂也。

[13]稽首：叩首。西方仙：謂西方極樂淨土諸神聖仙佛。

[14]四十九：釋迦牟尼說法四十九年。佛會：佛菩薩聖衆會聚講法。

[15]天龍：諸天與龍神，佛教護法神。"天龍與神鬼"即佛教所謂天龍八部也。

[16]自在：佛教謂心離煩惱之繫縛，可通達無礙之境界。

[17]無礙：佛家謂通達自在、無有障礙之境界。

[18]爾來：自彼時而來。

[19]末法：佛法衰微之時。感槩：見《彈弓二首》其二注。

[20]法輪：比喻佛語。謂佛說法，圓通無礙，運轉不息，能摧破終生煩惱。释迦牟尼佛成道之初，三度宣講"苦、集、滅、道"四諦，稱為"三轉法輪"。

[21]竺國：天竺國，古印度也。

[22]金薤：倒薤書也，一種篆體書體名。金薤喻文字之美。

[23]守藏：貯藏保管。

[24]額手拜：雙手加額，頂禮膜拜。

花朝江亭讌集

疲蹇倦皇路[1]，遊遨欣近郊。所思緩鬱紆[2]，得閑輕脫逃。茲晨始妍暖[3]，條風[4]遞林梢。曠朗兀崇基[5]，棲沖秘神皋[6]。遠矚春稍稍[7]，側聽鳴交交[8]。招邀飲文字[9]，酌略窺夷巢[10]。履跡[11]歲既深，顛毛[12]時屢搔。浮沈憫慮[13]新，遷斥嗟物勞[14]。適道[15]貴無為，委心[16]信所遭。悵望斜川遊[17]，流連步兵庖[18]。諒無自調情，且進杯中醪。

【注】

[1]疲蹇：疲憊之蹇驢，謙言愚鈍無能。皇路：仕途。

[2]鬱紆：憂思縈繞貌。

[3]妍暖：晴朗暖和，暄妍。

[4]條風：東風。《淮南子·墜形訓》："東方曰條風。"

[5]曠朗：曠闊明亮。崇基：高壇。

[6]棲沖：淡泊沖淡之棲居。謝朓《移病還園示親屬詩》："河關秘棲沖。"神皋：指京畿。

[7]遠矚：遠望。稍稍：微微。

[8]交交：鳥鳴聲。《詩·秦風》"交交黃鳥。"以興哀事。

[9]招邀：邀請。飲文字：以文字之事為主題之宴飲。蘇軾《次韻奉和錢穆父蔣穎叔王仲至詩四首》其一："良辰飲文字。"

[10]夷巢：伯夷、巢父，指品行高潔者。

[11]履跡：足跡。
[12]顛毛：衰老稀短之髮。
[13]憫慮：憂慮。
[14]遷斥：貶斥。物勞：物役，謂身為物所勞役。
[15]適道：合乎道。
[16]委心：由心之所自然。
[17]見《送劉幼雲還九江》注。此指嗟羨隱逸雲遊也。
[18]步兵庖：見《平谷秋興》注。

【評】

○一時山人曰："條風遞林梢"，"遞"字煉字之功化於無形，察物之細極於微忽。五言第三字之法乳每在於此。

清明日同社約訪萬柳堂[1]遺址，予到遲，社散，僧方掩樓扉，獨自登樓凝望，蒼然晚暮矣

舊栽楊柳半成薪[2]，愧爾尋枝摘葉人[3]。異代同時俱悵望[4]，良辰佳約阻逡巡[5]。固知萬事歡難並，卻恐孤遊跡又陳。獨立小樓無可語，偶從暝色得清新[6]。

【注】

[1]萬柳堂：北京名別墅。初由元右丞相廉希憲建於右安門外草橋側。後清初大學士馮溥慕其名，亦建一別墅於廣渠門內，名"萬柳堂"。
[2]薪：柴木。
[3]宋·嚴羽《滄浪詩話·詩評》："建安之作，全在氣象，不可尋枝摘葉。"蟄庵此僅斷章取詞耳。
[4]杜甫《詠懷古跡五首》其二："悵望千秋一灑淚，蕭條異代不同時。"
[5]逡巡：滯留。
[6]融馮延巳《鵲踏枝》"獨立小樓風滿袖"與李白《菩薩蠻》"暝色入高樓"於一聯。

上巳飲陳石遺[1]宅小秀野舊址也

遊好共城郭，觴詠[2]連上巳。豈伊排日[3]歡，固云覿[4]得美。主人陳後

山[5]，閉門參太始[6]。春風入牖户[7]，明月耀桃李[8]。慨然撫疏節[9]，拂拭事巾履[10]。佳遊還命酌[11]，澄觀究今視。草堂跡未掃，迩来[12]三百祀。年年惜餘春[13]，日日取寸箠[14]。政爾[15]事言句，終然趣轍軌。淨業[16]妙雙遣，徹悟惟一唯[17]。逐世謝勇功，端居貴明耻[18]。庶屏元規汙[19]，來謌滄浪水[20]。

【注】

[1]上巳：農曆三月初三。古有洗濯祭祖修禊之俗、郊遊吟詠流觴之風。中古之後漸失此風俗。陳衍（一八五六年至一九三七年），字叔伊，號石遺。福建侯官（今福州市）人。清光緒八年（一九八二年）舉人。曾入臺灣巡撫劉銘傳幕。二十四年（一八九八年），在京城，為《戊戌變法榷議》十條，提倡維新。政變後，湖廣總督張之洞邀往武昌，任官報局總編纂，與沈曾植相識。後為學部主事、京師大學堂教習。清亡後，在南北各大學講授，編修《福建通志》，最後寓居蘇州，與章炳麟、金天翮共倡辦國學會，任無錫國學專修學校教授。陳衍《石遺室詩話》："庚戌一春，堯夫、瘦唐、剛甫、毅夫、叔海、掞東諸同人，創為詩社。上巳余與叔海為主人，集於天寧寺，晚飲余寓齋。剛甫詩云云。"

[2]觴詠：王羲之《蘭亭集序》："一觴一詠，亦足以暢敘幽情。"後指飲酒作詩。

[3]豈伊：猶豈，難道。伊，語中助詞，無義。排日：每日。

[4]固云：都說。蹔：暫。

[5]陳後山：陳師道號後山居士。此以擬陳衍。

[6]太始：《列子·天瑞》："太始者，形之始也。"

[7]牖户：窗與門。

[8]韓愈《寄盧仝》："偶逢明月曜桃李。"

[9]疏節：孤高之節操。

[10]巾履：頭巾與鞋履。指衣著。

[11]命酌：泛指飲酒。

[12]迩来：近來。

[13]蘇軾《黃州寒食二首》："年年欲惜春，春去不容惜。"

[14]《莊子·天下》："一尺之捶，日取其半，萬世不竭。"箠同"捶"。

[15]政爾：正當。

[16]淨業：淨除惡業罪孽。

[17]一唯：毋庸思考，即此無疑。《論語·里仁》："子曰：'參乎！吾道一以貫之。'曾子曰：'唯。'"

[18]孟浩然《望洞庭湖贈張丞相》："端居耻聖明。"

[19]東晉庾亮，字元規，以國舅身歷仕三朝，權傾一時。《晉書·王導傳》：

“時亮雖居外鎮，而執朝廷之權，既據上流，擁強兵，趣向者多歸之。(王)導內不能平，常遇西風塵起，舉扇自蔽，徐曰：“元規塵污人。”汙同“污”。

[20]《楚辭·漁父》：“漁父鼓枻而去，歌曰：滄浪之水清兮，可以濯吾纓；滄浪之水濁兮，可以濯吾足。”

法源寺[1]看花

車馬尋常去殷轔[2]，春光報答[3]果何曾。千年戰伐[4]空陳跡，滿眼芳菲似中興。忙裏偷閑寧[5]惜醉，花間著語故生矜。沈沈萬念旋生滅，媿[6]爾東廊掃地僧。

【注】

[1]法源寺：位於北京宣武門外教子胡同南端東側。建於唐太宗貞觀十九年(六四五年)，為北京最古老之名剎，唐時名憫忠寺，清雍正時重修並改為今名。

[2]殷轔：馬車聲。

[3]杜甫《江畔獨步尋花七絕句》其三：“報答春光知有處。”陳師道《南鄉子》：“報答春光舊有期。”

[4]戰伐：戰爭。

[5]寧：豈。

[6]媿：古同“愧”，慚愧。

送楊昀谷[1]

昔賢每惜中年別，此地曾聞大隱[2]居。扣篋待商揚子字[3]，經時遲枉阮公書[4]。固應不寐[5]宵頻起，卻悔相過[6]近較疏。寥落故人[7]今可數，秋風庭樹[8]意何如。

【注】

[1]楊昀谷：楊增犖。見《〈蟄庵詩存〉序》注。

[2]大隱：晉·王康琚《反招隱詩》：“小隱隱陵藪，大隱隱朝市。伯夷竄首陽，老聃伏柱史。”

[3]篋：小書箱。揚子字：《漢書·揚雄傳》載，揚雄多識古文奇字，劉棻曾向揚雄學奇字。

［4］經時：歷久。遲枉：遲誤。阮公書：指王羲之《阮公帖》。

［5］不寐：不眠。

［6］相過：相訪。

［7］寥落：蕭條衰敗。劉得仁（或作杜牧、許渾作）《哭鮑溶有感》："寥落故人宅，今來身已亡。"

［8］唐·劉禹錫《團扇郎》："秋風入庭樹，從此不相見。"又《秋風引》："秋風何處至，蕭蕭送雁群。朝來入庭樹，孤客最先聞。"

别葉玉甫[1]

崐玉秋霜[2]絕世姿，本來窈窕足哀思[3]。一時人物徐中論[4]，白日才名沈亞之[5]。因病得閑殊不惡，還休蹔動與誰期。沈吟自有交親[6]涕，莫道東阿怨刺詩[7]。

【注】

［1］葉玉甫：葉恭綽。見《〈蟄庵詩存〉序》注。

［2］崐玉：崑崙山美玉。崐同"崑"。崐玉、秋霜皆以喻高潔。《後漢書·孔融傳論》："（孔融）懍懍焉，皓皓焉，其與琨玉秋霜比質量可也。"

［3］窈窕：優雅美好貌，又深遠玄奥貌。《隋書·樂志》："音韻窈窕，極於哀思。"

［4］徐中論：徐幹（一七〇年至二一七年），字偉長。北海郡（今山東昌樂附近）人。建安七子之一。著有《中論》，故稱徐中論。《三國志·魏書·王粲傳》載，曹丕稱徐幹："獨懷文抱質，恬淡寡欲，有箕山之志，可謂彬彬君子矣。著《中論》二十餘篇，辭義典雅，足傳於後。"

［5］沈亞之：（七八一年至八三二年），字下賢，吴興人。工詩文。李賀《送沈亞之歌》譽之"吴興才人"。有句曰："春卿拾材白日下，擲置黄金解龍馬。"此為蟄庵詩中"白日才名"之來歷。

［6］交親：親近交往之朋友。

［7］東阿：指曹植，植曾封東阿王。植詩雅怨憤刺，千悲萬恨。

寄題藤戒軒　節庵師同趙芷生[1]侍御藤戒軒照相

豈有令名兼壽考[2]，最難佳客共谿山。樓頭圓月來攜手，鏡里清霜與鍊顏[3]。滿眼江湖私感喟[4]，一軒藤石耐躋攀[5]。春蘭秋菊長無絕，悵望花時涕欲潸[6]。

【注】

[1]節庵：梁鼎芬。見《〈蟄庵詩存〉序》注。趙芷生：見《送趙芷生回里》注。

[2]令名：好名聲。壽考：長壽。

[3]鍊顏：修煉以使容顏常保青春。

[4]感喟：感歎。

[5]躋攀：攀登。

[6]潸：流淚。

題詒晉齋[1]手札

承平玉邸[2]今非昨，賓客梁園[3]世亦無。別有惕心異豪舉，百金聊買廿行書。

【注】

[1]詒晉齋：（一七五二年至一八二三年），姓愛新覺羅，名永瑆，號少庵、鏡泉、詒晉齋主人。滿洲人。成親王。嘉慶間在軍機處行走。精書法，與翁方綱、劉墉、鐵保並稱“翁劉成鐵”。刻有《詒晉齋法帖》，著有《詒晉齋詩文集》等。

[2]承平：太平。玉邸：太子行宮。

[3]梁園：即梁苑，西漢梁孝王之東苑。此指皇室宅第園林。

題鄺海雪[1]遺墨

哀麗為文意可知，一生所得頗經奇。猺嬢[2]書記翩翩甚，誰見援琴死節[3]時。

【注】

[1]鄺海雪：名露，號海雪。明末廣東詩人。生於書香門第，工詩詞駢文，通兵法、騎馬、劍術、射技，精古物鑒賞，善琴，善書，篆隸行草各體兼擅。秉性狂傲放蕩，奔放不羈，蔑視禮法，不慕功名利祿。頗為禮法之士所仇。崇禎

間，醉狂犯南海縣令，遂北上遠走，歷時五年。在瑤民“岑、藍、胡、侯、盤”五姓土司境，蒙當地瑶民女將云䩞孃之賞識。南明唐王時任中書舍人，永曆出使廣州。清兵入粤，鄺露與諸將戮力死守，凡十餘月，城陷，不食，抱琴而死。

[2]猺：今之瑶族也。孃：同“娘”。

[3]援琴死節：援琴，彈琴。死節，為保節操而死。嵇康為司馬昭所害，臨刑援琴奏《廣陵散》。此蓋有所擬也。

歲朝大雪書初唐應制詩[1]題後

心喜歲朝飛瑞雪，眼明發興到烏絲[2]。試將晚宋瘦金格[3]，來寫初唐應制詩。

【注】

[1]歲朝：正月初一。應制詩：奉皇帝之命而作之詩。

[2]發興：興發，激發意興。烏絲：即烏絲欄。上下以烏絲織欄，其間以朱墨界行之素絹。後泛指黑絲綫界行格之箋紙。

[3]宋徽宗赵佶楷書學唐代薛稷，筆劃瘦硬，自稱“瘦金書”。

【評】

○一時山人曰：屋外白雪，齋内烏絲；白雪萬里之境，放眼蒼茫，烏絲方寸之間，界行嚴整。所謂視覺衝擊是也。若夫烏絲瘦金寫應制詩，真文人大雅之小趣也。然試觀夫：晚宋瘦金書，氣格瘦硬，衰國末世之書也；初唐應制詩，氣象開來，大國盛世之格也，則知蟄庵真非第雅趣而已矣！以落落爾雅之語，作沈重深切之歎，真不易。

為溫毅夫[1]題慈仁寺[2]訪松畫卷

昔我謁[3]顧祠，初為慈仁會。其時寺半圮[4]，零落殆[5]百載。肇構既崇閎[6]，重規[7]難狹隘。晚近少物力[8]，時會非清泰[9]。剝落遂兼常[10]，顧瞻渺殊嘅[11]。潭潭[12]光明殿，一二餘彩繪。嚴淨毘尼額[13]，雍正御書大。殿前亘長軸，供奉傅雯[14]畫。高丈有六尺，其闊四丈殺[15]。卷中指畫佛，一一具神采。頗憐殿西偏，像設兩破塊。以笪[16]蓋覆之，僧笑不可耐。顧我所發願[17]，於佛信無礙[18]。側左觀音閣，窑變事瑋恠[19]。屈腕支頤[20]坐，相好起敬愛。霞帔萬纓絡[21]，藍翠類輕靄。座趺[22]御題記，宛是乾隆代。我時足筋力[23]，好事出儕輩[24]。毘盧[25]登廢址，高瞰城内外。鬱鬱雙松樹，扶欄正偃盖[26]。側聞康雍[27]盛，朝市攤書賣。我來每秋節，寂寥但餘慨。堦墀[28]淨若掃，草芳紛可佩。叢叢黃葵[29]花，狼藉西風内。真賞豈在遠，恣情寧遽汰。百好固難足，一往諒不悔。人事多好乖，亂生始無賴。劫灰餘瓦礫，私耘遍瓜菜。雙松舊偃蹇[30]，兩淚定相對。李賀銅仙移，盧仝玉碑碎。百見百惕心，一讀一感喟。[31]向來[32]賞心處，車驅不容睞[33]。沈沈渺孤懷，兒輩那足話。昭忠[34]新祠宇，憑基得製裁[35]。我意固亦肯，於心微蒂芥[36]。披圖見松樹，諦視[37]欲下拜。松如我故人，我詩倘[38]所解。

【注】

[1]溫毅夫：溫肅，原名聯瑋，字毅夫，號檗庵。廣東順德人。光緒二十九年（一九〇三年）進士，改翰林院庶吉士，後散館授編修，繼任國史館、實錄館協修官，補授掌湖北道監察御史。一九一七年參與張勳復辟，被授都察院副都御史，失敗後歸里。一九二二年後追隨溥儀，曾“奉旨”在南書房行走。一九二九年受聘在香港大學教授哲學、文詞兩科。晚年因病告假歸鄉。卒，謚文節。有《貞觀政要講義》《溫文節公集》等傳世。

[2]慈仁寺：北京城區寺廟。始建於遼代，初名報國寺。明代塌毀，成化二年（一四六六年）重修，改名慈仁寺，俗稱報國寺。清乾隆十九年（一七五四年）重修，更名大報國慈仁寺。寺中有毗盧閣。

[3]謁：拜訪。

[4]圮：毀壞。

[5]殆：近也。

[6]肇構：創始之基構。崇閎：高大宏偉。

[7]重規：因襲舊制。

[8]晚近：近世。物力：物資。

[9]時會：時運。清泰：清靜平安。

[10]剝落：流落。兼常：甚為平常。

[11]顧瞻：回首，回視。渺殊嘅：謂少特別之感慨。嘅古同“慨”。

[12]潭潭：深廣貌。

[13]嚴淨毘尼額：毘同“毗”。毗尼，佛教語，意為律。《楞嚴經》卷一：“嚴淨毗尼，弘範三界。”額，匾額。

[14]傅雯：清奉天廣寧（今遼寧北鎮）人，家閭山之南。官驍騎校。善畫。乾隆時供奉内廷。傅雯畫如來、羅漢等佛像備極神采。

[15]四丈殺：不足四丈。

[16]筶：竹片。

[17]發願：佛教語。謂發下願心。

[18]無礙：見《小身金天王像》注。

[19]窑變：燒瓷之時，窑內溫度變化，瓷泥局部材質不同，瓷器燒成之時，表面自現瑰麗變幻之圖案顏色。此窑變之謂。瑋恠：猶瑋異。

[20]支頤：托頜。

[21]霞帔：以雲霞為服。帔，帔肩。纓絡：以珠玉串成之頸飾。

[22]座趺：猶趺坐，盤腿打坐。

[23]筋力：體力。

[24]儕輩：同輩，朋輩。

[25]毘盧：即慈仁寺毗盧閣，見注［2］。

[26]偃盖：車篷或傘蓋。此譬松樹枝葉横垂之貌。

[27]康雍：康熙、雍正之朝。

[28]堦墀：堦同“階”。墀，階梯之平臺。堦墀謂階梯也。

[29]黄葵：草本植物。莖直立，全株被粗硬毛，葉長花黄色，中暗紅，花期在夏秋。可入藥。

[30]偃蹇：高聳貌。

[31]李賀有《金銅仙人辭漢歌》，詩甚瑰艷深婉。李賀同時詩人盧仝有《哭玉碑子》，詩甚清悲，有“百見百傷心”句。二詩皆作造物無情、逝物不逆之歎。李賀云：“天若有情天亦老”，盧仝《哭玉碑子》云：“向人若有情，似痛滴無血。”蟄庵此聯拈此二詩，不寧寫詩，兼賞詩也。

[32]向來：從來；一向。

[33]睐：眺望。

[34]昭忠：昭顯忠良。

[35]製裁：猶裁製，構製也。

[36]蒂芥：猶芥蒂，謂心中積而不化之結。

[37]諦視：細看。

[38]倘：或許。

花朝[1] 同陳弢老[2]、鄭蘇堪[3]、林畏盧[4]、趙堯生[5]、陳石遺[6]、胡漱唐[7]、林山腴[8]、梁衆異[9]、冒鶴汀[10]、溫毅夫[11]、羅掞東[12]、潘若海[13] 詣花之寺[14]

空色[15]難強名，欣慨[16]每交併。尋常萬花谷，寂寂招提[17]境。餘寒淹節序[18]，積陰[19]失朝暝。近郭少棼事[20]，春鳩鳴逾靜[21]。探幽果宿諾[22]，耽寂愜微秉[23]。即事[24]難為歡，得途不可騁。嘉遨緬宛洛[25]，良儔類汝潁[26]。往跡既如掃[27]，來蹤復誰省。寥落[28]愧吾徒，花時一延頸[29]。

【注】

[1]花朝：農曆二月初二。花朝節，簡稱花朝，俗稱“花神節”“百花生日”“花神生日”“挑菜節”。

[2]陳弢老：陳寶琛（一八四八年至一九三五年），字伯潛，號弢庵、陶庵。福建閩縣（今福州市）螺洲人。清同治戊辰（一八六八年）進士，授翰林院庶吉士、編修，擢翰林院侍講，充日講起居註官、內閣學士兼禮部侍郎。中法戰爭後因參與褒舉唐炯、徐延投統辦軍務失當事，遭部議連降九級，從此投閑家居達二十五年之久。賦閑期間，熱心家鄉教育事業。辛亥革命期間出任山西巡撫，一九〇九年復調京充禮學館總裁，辛亥革命後仍為溥儀之師，一九三五年卒於京寓，得遜清“文忠”特謚及“太師”覲贈。

[3]鄭蘇堪：鄭孝胥（一八六〇年至一九三八年），字蘇堪（亦作蘇戡、蘇龕），一字太夷，號海藏。福建福州人。光緒八年（一八八二年）舉人，歷任廣西邊防大臣，安徽、廣東按察使，湖南布政使等。辛亥革命後以遺老自居。一九三二年出任偽滿州國總理兼文教部總長等。一九三五年下臺。為詩壇“同光體”宣導者之一，有《海藏樓詩集》。

[4]林畏盧：林紓（一八五二年至一九二四年），字琴南，號畏廬、畏廬居士，別署冷紅生，晚稱六橋補柳翁、春覺齋主人，室名春覺齋、煙雲樓等。福建閩縣（今福州）人。舉人。著有《畏廬文集》《諷喻新樂府》《巾幗陽秋》等四十餘部，翻譯外國文學著作百七十多部。

[5]趙堯生：趙熙。見《〈蟄庵詩存〉序》注。

[6]陳石遺：陳衍。見《上巳飲陳石遺宅小秀野舊址也》注。

[7]胡漱唐：胡思敬（一八六九年至一九二二年），字漱唐，號退廬，江西新昌（今江西宜豐）人。光緒乙未（一八九五年）進士，次年補殿試，選翰林院庶吉士。歷任吏部考功司主事、遼沈道監察御史、廣東道監察御史。不畏權貴，對權奸、貪吏、妖人、宄黨無不指名彈劾。任職不及三年，共上疏四十八次。辛亥革命前挂冠離京，定居南昌，潛心著作，校輯圖書。

[8]林山腴：林思進（一八七二年至一九五三年），字山腴，別號清寂翁。四川華陽人。舉人。曾任內閣中書。後歸蜀，絕意仕途，埋頭典籍，教書育人。

[9]梁衆異：梁鴻志（一八八二年至一九四六年），字衆異，一字仲毅，晚年號迂園，福建長樂人。光緒二十九年（一九〇三年）舉人。後入京師大學堂讀書，從陳衍學詩。畢業後歷任學部職員、山東登萊膠道公署科長、奉天優級師

範學堂教員。入民國後，混跡政壇，後任汪僞政府監察院院長，淪為漢奸。一九四六年以叛國罪被處決。

[10]冒鶴汀：冒廣生（一八七三年至一九五九年），字鶴亭，又字鶴汀，號疚翁，別署疚齋。蒙古族。江蘇如皋人。系元世祖忽必烈第九子脫歡（鎮南王，駐揚州）後裔，為明末清初名人冒襄（辟疆）裔孫。從外伯祖周星譽（昀叔）受詞章之學，從外祖周星詒（季貺）受校讎、目錄之學。

[11]溫毅夫：見《為溫毅夫題慈仁寺訪松畫卷》注。

[12]羅掞東：羅惇曧，見《〈蟄庵詩存〉序》注。

[13]潘若海：潘博，原名又博，字弱海，後改若海。廣東南海人。師事康有為，與麥孟華、梁啓超同學。清宣統間，嘗往來津滬，與黨人通聲氣，所交皆一時豪俊。時歸安朱祖謀、義寧陳三立，並以詩詞領袖壇坫。若海皆與之往還，有詩詞見二家集中。因反袁被通緝，乃走香港，匿亞賓律道康南海宅，悲憤嘔血而死。時民國五年（一九一六年）也。

[14]花之寺：位於北京西。夏仁虎《舊京瑣記》卷八云："京西花之寺，其名甚雅，而無故實可考。"

[15]空色：謂物質虛幻之本性及其形相。

[16]欣慨：欣喜感慨。陶潛《時運》詩序："偶影獨遊，欣慨交心。"

[17]招提：梵語。音譯為"拓鬥提奢"，省作"拓提"，後誤為"招提"。其義為"四方"。四方之僧稱招提僧，四方僧之住處稱為招提僧坊。北魏太武帝造伽藍，創招提之名，後遂為寺院之別稱。杜甫《遊龍門奉先寺》："已從招提遊，更宿招提境。"

[18]節序：節令，節氣。

[19]積陰：猶久陰。

[20]棼事：紛雜之事。

[21]南朝·梁·王籍《入若耶溪》："蟬噪林逾靜，鳥鳴山更幽。"

[22]果宿諾：踐行預先之許諾。

[23]微秉：精微之秉尚。

[24]即事：面對眼前事物。陶潛《癸卯歲始春懷古田舍》："雖未量歲功，即事多所欣。"

[25]嘉遨：佳遊。緬：思念。宛洛：《文選·謝朓〈和徐都曹出新亭渚詩〉》："宛洛佳遨遊，春色滿皇州。"張銑注："宛，南陽也；洛，洛陽也；皇州，帝都也。時都在江東，而言宛洛者，舉名都以言之也。"

[26]良儔：好友。汝潁：東漢末年，汝南、潁川地區盛產名士，陳蕃、黃憲、李膺、荀淑、陳寔為其中之傑出者，皆清流代表。

[27]明·張廷枚《遊仙詩》："丹梯近可陵，一往跡如掃。"

[28]寥落：蕭條衰敗。

[29]延頸：伸長頭頸。引申指仰慕，渴望。

陳衍《石遺室詩話》"陳弢老"作"陳弢庵"，"冒鶴汀"作"冒鶴亭"，"往跡"作"徑跡"，"良儔類汝潁。往跡既如掃"之間多出"偶巾下澤車，稽首華嚴頂"二句。

【評】

○渺之曰：前一大段皆理語，貌似揮麈玄談。後四曲終奏雅，終歸有情。後世學六朝，至多能得其理。然六朝之佳處，更有一種深情在。王戎所謂："聖人忘情，最下不及情；情之所鍾，正在我輩。"吾於蟄庵得之。

雪晴江亭社集[1]

匝月重陰正鬱陶[2]，稍晴妍日麗神皋[3]。偶陪杖履經中澤[4]，試拓軒窗聽伯勞[5]。春色還人應倍好[6]，鬢絲流恨只空搔[7]。文章末技[8]今無用，報答春光歲一遭[9]。

【注】

[1]社集：詩社聚會。

[2]匝月：滿一個月。重陰：指雲層密布之陰天。鬱陶：憂鬱貌。

[3]神皋：指京畿。

[4]杖履：對老者、尊者之敬稱。中澤：草澤之中。見《郊行》注。

[5]聽：去聲。伯勞：鳥名，又名鶪或鴂。額部與頭部兩旁黑色，頸部藍灰色，背部棕紅色，有黑色波狀橫紋。善鳴。《詩·豳風·七月》"七月鳴鶪。"毛傳："鶪，伯勞也。"

[6]唐·杜審言《春日京中有懷》："寄語洛城風日道，明年春色倍還人。"

[7]鬢絲：鬢髮。此句融杜甫《春望》"白頭搔更短，渾欲不勝簪"、李商隱《贈司勳杜十三員外》"鬢絲休歎雪霜垂"於一爐。

[8]文章末技：陳師道《出清口》："文章末技將自效，語不驚人神可嚇。"

[9]陳師道《南鄉子》："酒到更須辭，報答春光舊有期。"歲一遭：一年一回。

【評】

○渺之曰："春色還人應倍好，鬢絲流恨只空搔"，一正一反，春色還人者，希望之所寄，正也；鬢絲流恨者，失望之必然，反也。一聯之中，陰陽互生，正反相成，故跌宕而有張力。此其勁氣潛注也。騰挪變化，全賴虛詞流轉，“正、稍、偶、試、應、只”六字何其精妙，動他一字不得。此等緊要處，若冬烘亂換一字，則全詩俱廢。信矣詩之難談也！

南河泡[1]

春遊戀近郊，勝處未可置。荷泃[2]遊亦舊，歲輒一二至[3]。襟袖發真想[4]，心賞屢幽異[5]。有如溫陳編[6]，意外得文字。軒車隘通衢[7]，此或沮洳[8]棄。豈知埃壒[9]外，一泓足清泚[10]。荷芰晚未茁[11]，茗荈[12]新堪試。水鄉吾生長，愛水固其理[13]。淵渟[14]非近姿，回轉有餘思。雖非川上歎[15]，似是濠梁詣[16]。解帶差為適[17]，濯纓良可洎[18]。懷哉劉凝之[19]，棄官清潁尾[20]。

【注】

[1]陳衍《石遺室詩話》，題作“河南泊”，“荷芰晚未茁”作“荷芰晚生香”，“淵渟非近姿”作“淵渟無近姿”，“似是濠梁詣”作“似是濠濮詣”。

[2]泃：天津水名。

[3]此句謂一年只來一兩次。

[4]襟袖：借指胸懷。真想：猶本心。

[5]幽異：幽深奇異。

[6]陳編：指古籍、古書。

[7]軒車：有屏障之车。古代大夫以上所乘。後亦泛指車。通衢：四通八達之道路。

[8]沮洳：低濕之地。此二句言車馬隘塞通衢，然似此低濕之地，則車馬絕跡。

[9]埃壒：塵紛。

[10]清泚：清澈。

[11]荷芰：指荷葉與菱葉。晚未茁：遲而未長。

[12]茗荈：泛指茶。

[13]固其理：本來就合情合理。

[14]淵渟：潭水積聚不流貌，引申為深靜。《魏書・宗欽傳》：“肅志琴書，恬心初素，潛思淵渟，秀藻雲布。”此二句即由“潛思淵渟”化出。

[15]川上歎：《論語・子罕》：“子在川上曰：逝者如斯乎，不舍晝夜。”

[16]濠梁詣：《莊子・秋水》：“莊子與惠子遊於濠梁之上。莊子曰：‘儵魚

出游從容，是魚之樂也?'惠子曰：'子非魚，安知魚之樂?'莊子曰：'子非我，安知我不知魚之樂?'惠子曰：'我非子，固不知子矣；子固非魚也，子之不知魚之樂，全矣。'莊子曰：'請循其本。子曰'汝安知魚樂'云者，既已知吾知之而問我。我知之濠上也。'"此句指彷彿修證到莊子知魚樂之境界。

[17]解帶：解開衣帶。表示熟不拘禮，或表示閑適。差為適：差堪適意。

[18]濯纓：洗濯冠纓。語本《孟子·離婁上》："滄浪之水清兮，可以濯我纓。"後以"濯纓"比喻超脫世俗，操守高潔。良可洎：應可達到。

[19]劉凝之：《宋書·隱逸列傳》："劉凝之，字志安，小名長年，南郡枝江人也。……凝之慕老萊、嚴子陵為人。……性好山水，一旦攜妻子泛江湖，隱居衡山之陽。登高嶺，絕人跡，為小屋居之。"

[20]黃庭堅《拜劉凝之畫像》："棄官清潁尾，買田落星灣。"

【評】

○渺之曰：賞其錯綜經史，不用唐以後語，純是六朝神理。

三月十五日夕照寺[1]拜冒巢民先生生日　冒鶴汀[2]主人

桃葉衣冠初結社，問年三百風中馬。一春陰雨罕逢晴，瓣香蕭寺徒悲咤[3]。冒生舊是文章裔，折簡招邀置杯斝[4]。當時水繪盛賓客，聞風色動況親炙[5]。千場謌舞見平生，一老東南搘風雅[6]。只今轍跡[7]久如掃，極目江河真日下[8]。品覈裁量[9]兩無用，暮唶朝唏[10]徒自詫。縱論往事致惋慨[11]，略遣詞流[12]供慰藉。僧寮[13]冒雨有何好，歸路春泥役役轣[14]。固知猶是聲氣事[15]，誰信能無僮僕訝。終當萬事不挂眼[16]，一醉千憂聊可寫[17]。漠漠吹花滿四鄰[18]，依依風柳搖臺榭。皇天[19]會有晴霽時，散策春林觀物化[20]。

【注】

[1]夕照寺：位於北京崇文區夕照寺中街，為北京名剎。

[2]冒鶴汀：冒廣生。見《花朝同陳弢老……潘若海詣花之寺》注。

[3]瓣香：敬仰。蕭寺：佛寺。悲咤：悲歎。

[4]折簡：指書札或信箋。杯斝：酒杯，酒器。

[5]親炙：謂親受教育、熏陶。

[6]李履庵《壽冒鶴亭六十五生日》："三載親杖履，東南搘風雅。"搘同"支"。

[7]轍跡：車子行駛痕跡。

[8]清·顧炎武《答徐甥公肅書》："昊天不弔，大命忽焉，山嶽崩頹，江河

日下，三風不儆，六逆彌臻。”

[9]品覈：品核。裁量：鑒別，衡量。

[10]見《汪子賢宅菊花》注。

[11]惋慨：惋惜感慨。

[12]詞流：詞人。

[13]僧寮：僧舍。

[14]役役：勞苦不息貌。輠：古代車上盛潤滑油之器具。

[15]聲氣事：指朋友間共同之旨趣與愛好。

[16]韓愈《贈張籍》：“吾老著讀書，餘事不挂眼。”挂眼謂關注。

[17]寫：傾吐；消除。

[18]四鄰：周圍鄰居。

[19]皇天：對天及天神之尊稱。

[20]散策：拄杖散步。物化：見《落葉四首》之二注。

弢庵[1]師傅招遊淨業寺[2]

臨流臺殿鬱叅差[3]，碧瓦朱欄[4]自一時。已倦春遊花正發，未和哀樂鬢先絲[5]。烹魚漑釜[6]能生憶，去軫抽琴欲致辭[7]。舊是承平觴詠[8]地，百年寥落到今茲[9]。

【注】

[1]弢庵：陳寶琛。見《花朝同陳弢老……潘若海詣花之寺》注。

[2]淨業寺：建於明嘉靖三十七年（一五五八年），由內官監太監袁享、司禮監太監妙福捐資修建，額曰智光寺，後改名淨業寺，清重修。位於北京市，今什刹海、西海因與寺相近，明、清兩代多稱之為淨業湖。寺坐北朝南，中軸綫上依次有山門、前殿、東西配殿、後殿、西配樓。

[3]叅差：即參差，不齊貌。

[4]歐陽修《棖子》：“朱欄碧瓦清霜曉。”

[5]鬢先絲：頭先白。

[6]烹魚漑釜：《詩·檜風·匪風》：“誰能亨魚？漑之釜鬵。”毛傳：“亨魚煩則碎，治民煩則散，知亨魚，則知治民矣。”亨同“烹”。烹魚漑釜喻治民也。

[7]見《平谷褉詩十八首》其十五首注。

[8]承平：治平相承；太平。觴詠：語本王羲之《蘭亭集序》：“一觴一詠，亦足以暢敘幽情。”後以“觴詠”謂飲酒賦詩。

[9]寥落：蕭條衰敗。今茲：現在。

潘若海[1]約極樂寺[2]看海棠，阻風未預，晚飯西安樓

千憂謀一嬉，強引終不近。茲遊固何與，一失數日悶。荒荒國花堂[3]，海棠稱老本[4]。潘矦有宿約[5]，結束寧待勸。今年春重陰，遊事頗遲鈍。豈知稍晴霽，陡覺[6]風力奮。崩騰[7]挾萬馬，顛頓襍塵坌[8]。積陰風易作，始信後山論[9]。年光殊可憐，尺箠日取寸[10]。黃塵[11]三月尾，高卧類酒困[12]。發謌賸五噫[13]，著說比孤憤[14]。人生妄意必[15]，一笑有定分。眼看春尚在，未致愁茵溷[16]。遊乎可再來，且辦西安飯[17]。

【注】

[1]潘若海：潘博。見《花朝同陳弢老……潘若海詣花之寺》注。

[2]極樂寺：北京極樂寺位於海淀區東升鄉五塔寺東約五百米處，臨高梁河。一說為元代至元年間（一三三五年至一三四〇年）所建，另說為明成化年間（一四五六年至一四八七年）所建。今存正殿與正殿耳房。

[3]國花堂：極樂寺國花堂，明代即為觀賞牡丹之勝處。

[4]老本：老株。

[5]潘矦：即潘若海。宿約：事先或舊時之約言。

[6]陡覺：陡然覺得。

[7]崩騰：奔騰。

[8]顛頓：顛簸。塵坌：灰塵，塵土。

[9]陳師道《梁山泊》："積陰風易作。"師道號後山居士。

[10]見《上巳飲陳石遺宅小秀野舊址也》注。

[11]黃塵：比喻俗世；塵世。

[12]酒困：謂飲酒過多，神志迷亂。

[13]五噫：即《五噫歌》。相傳為東漢・梁鴻所作。全詩五句，句末均有"噫"字。《後漢書・逸民傳・梁鴻》："因東出關，過京師，作五噫之歌，曰：'陟彼北芒兮，噫！顧覽帝京兮，噫！宮室崔嵬兮，噫！人之劬勞兮，噫！遼遼未央兮，噫！'"為抨擊黑暗政治之作。

[14]孤憤：韓非所著書篇名。《史記・老子韓非列傳》："（韓非）悲廉直不容於邪枉之臣，觀往者得失之變，故作《孤憤》。"司馬貞索隱："孤憤，憤孤直不容於時也。"

[15]妄意必：《論語・子罕》："子絕四，毋意、毋必、毋固、毋我。"

［16］茵溷：《梁書·儒林傳·范縝》："（范縝曰）人之生譬如一樹花，同發一枝，俱開一蒂，隨風而墮，自有拂簾幌墜於茵席之上，自有關籬牆落於糞溷之側。"後因以"茵溷"喻人際遇之好壞不同。

［17］西安飯：指在西安樓吃飯。

初夏崇效寺讌集[1]牡丹未開

丁香亭亭玉雪色，梨花才似過寒食。四月連陰未牡丹，遙帷悵卧[2]兼愁疾。高柳黄塵百萬家，卻於蕭寺[3]問年華。老懷正覺春遲好，明日來煎穀雨茶[4]。

【注】

［1］崇效寺：見《崇效寺牡丹開後作》注。讌集：宴集。

［2］李商隱《回中牡丹為雨所敗二首》其一："有人惆悵卧遙帷。"

［3］蕭寺：佛寺。見《三月十五日……冒鶴汀主人》注。

［4］穀雨茶：穀雨時節採製之春茶，又名二春茶。明·許次紓《茶疏》曰："清明太早，立夏太遲，穀雨前後，其時適中。"

【評】

〇渺之曰：於平淡處見真淳。

趙堯生[1]招同法源寺[2]看丁香

遊心難再羈，迫此青陽[3]暮。投鞭事初地[4]，把臂獲良晤[5]。沈沈[6]大雄殿，丁香覆兩廡[7]。峭蒨[8]資文字，香潤及巾屨[9]。連簷竟晻靄[10]，久坐宛清曙[11]。固知佛日[12]長，稍覺天倪[13]露。平生趙御史，補缺匡王度[14]。似爾風霆手[15]，正要玉雪句[16]。入世有生老，隨緣無迎拒[17]。長年眇歡悰[18]，及春理芳緒。餘花今未歇，陳跡昔已屢。初非兩眸計，似深一宿悟[19]。達生[20]幸能託，淨義[21]略可樹。春芳固外物，且任騰騰[22]去。

【注】

［1］趙堯生：趙熙。見《〈蟄庵詩存〉序》注。

［2］法源寺：見《法源寺看花》注。

[3]青陽：指春天。

[4]投鞭：扔掉馬鞭，借謂下馬。初地：指寺院。

[5]把臂：握持手臂，表示親密。良晤：猶歡聚。

[6]沈沈：盛貌。

[7]兩廡：祠廟之東西兩廊。

[8]峭蒨：鲜明貌。

[9]巾屨：頭巾與鞋，借指全身。

[10]晻靄：蔭蔽貌；重疊貌。

[11]清曙：清晨。

[12]佛日：對佛之敬稱。佛教認為佛之法力廣大，普濟衆生，如日之普照大地，故以日為喻。

[13]天倪：《莊子·齊物論》："何謂和之以天倪？"郭象注："天倪者，自然之分也。"

[14]王度：猶王法。

[15]宋·李曾伯《八聲甘州》："少運風霆手，整頓何難。"

[16]宋·陳造《贈廣教主人》："擬掇茗果供，飽玩玉雪句。"

[17]迎拒：歡迎與拒絕。

[18]眇：同"渺"，遠也。歡悰：歡樂。

[19]清·祝以豳《曹溪禮六祖真相》："倘許排頓門，蘧然一宿悟。"

[20]達生：《莊子·達生》："達生之情者，不務生之所無以為。"郭象注："生之所無以為者，分外物也。"後因以"達生"指參透人生、不受世事牽累之處世態度。

[21]淨義：遠法師撰《大乘義章》："四一切種淨義。四一切種淨。如地持說。佛德離垢。名之為淨。淨隨義別。一門說四。四名是何。一者身淨。二者境界淨。三者心淨。四者智淨。"

[22]騰騰：猶冉冉、緩緩。

天寧寺[1] 看牡丹

流芳迅不停，杪春迺紆餘[2]。盈盈[3]牡丹叢，初日秦羅敷[4]。好色始國風[5]，意行不趦趄[6]。障扇章臺街[7]，走馬城西隅。入門眼先明，紅笑語則無。誰謂驚艷篇，小說等虞初[8]。生物日趨功[9]，愛好理詎殊[10]。想見造化心，以此愚凡夫。年年看花遊，未肯自作疏[11]。共聞車馬塵，誰為達者徒。斜陽經塔院，烈風與之俱[12]。高標兀崢嶸[13]，堊像森[14]模糊。半日溫柔中，迺復心膽麤[15]。

【注】

[1]天寧寺：位於北京宣武區，始建於北魏孝文帝年間，北京最古老寺院之一。

[2]杪春：暮春。紆餘：迂回曲折。

[3]盈盈：儀態美好貌。

[4]秦羅敷：古代美女名。見《度陌》注。

[5]《史記·屈原賈生列傳》："《國風》好色而不淫，《小雅》怨誹而不亂，若《離騷》者，可謂兼之矣。"

[6]趑趄：欲進而猶豫不前回頭觀望。

[7]障扇：長柄扇。晉·崔豹《古今注·輿服》："障扇，長扇也。漢世多豪俠，象雉尾扇而製長扇也。"章臺街：漢長安街名。《漢書·張敞傳》："敞無威儀，時罷朝會，過走馬章臺街，使御史驅，自以便面拊馬。"

[8]《漢書·藝文志》載有《虞初周說》。張衡《西京賦》稱"小說九百，本自虞初"。虞初舊釋人名，為漢武帝時一方士，後人將其當為"小說家"之始祖，虞初亦成"小說"之代名詞。

[9]趨功：趨於功利。

[10]理詎殊：理豈殊，即理相同。

[11]自作疏：自己使疏遠。

[12]與之俱：與其在一起。

[13]高標：高枝，高樹。 崢嶸：高峻突兀。

[14]堊像：塗刷過之佛像。森：陰沈幽暗貌。

[15]麤：同"粗"。

題楊昫谷[1] 西樵[2] 山居吟卷

西樵勝處似朱霞，難恠先生苦憶家。割得山光入詩卷，歸裝應向陸郎[3]誇。

【注】

[1]楊昫谷：楊增犖。見《〈蟄庵詩存〉序》注。

[2]西樵：位於廣東省南海市西南部，地處廣州、佛山、順德、江門、高明之間，以風光清幽秀麗聞名。

[3]陸郎：見《昔夢四首》之四注。

【評】

○渺之曰：三句“割”字從柳子厚《與浩初上人同看山寄京華親故》“海畔尖山似劍鋩，秋來處處割愁腸”、李義山《房中曲》“割得秋波色”化來。割山光以入詩卷之意，王介甫《題畫》“異域山川能斷取”庶幾近之。

題胡漱唐[1]侍御匡廬[2]觀瀑圖

眼看臺妙曲聯翩，百轉煩憂只自煎。何處更求千日酒[3]，此行真泛九江船[4]。聲名惜向菰蒲[5]老，隱退終依水石便。吾有羅浮[6]歸未得，正思頑鈍[7]借君鞭。

【注】

[1]胡漱唐：胡思敬。見《花朝同陳弢老……潘若海詣花之寺》注。

[2]匡廬：廬山。

[3]千日酒：傳說中山人狄希能造千日酒，飲後醉千日。劉玄石好飲酒，求飲一杯，醉眠千日。見晉·張華《博物志》卷十。

[4]九江船：指白居易《琵琶行》所記事。江西九江，古稱江州、潯陽。

[5]菰蒲：借指湖澤。蘇軾《夜泛西湖》：“菰蒲無邊水茫茫。”

[6]羅浮：山名。在廣東省東江北岸。粵中遊覽勝地。晉·葛洪曾在此山修道，道教稱為“第七洞天”。

[7]頑鈍：愚昧遲鈍。

題朱彊邨[1]侍郎歸鶴圖

忠蹇流聞出禁廷[2]，十年湖海但冥冥[3]。要知鸞翮有時鎩[4]，商略閑房養鶴經[5]。

【注】

[1]朱彊邨：邨同“村”。朱祖謀（一八五七年至一九三一年），原名朱孝臧，字藿生，一字古微，一作古薇，號漚尹，又號彊村，浙江吳興人。光緒九年（一八八三年）進士，官至禮部右侍郎，因病假歸作上海寓公。工倚聲，為晚清四大詞家之一，著作宏富。書法融顏、柳於一爐，寫人物、梅花多饒逸趣。卒年

七十五。有《彊村詞》。

[2]忠蹇：忠誠正直。禁廷：猶宮廷。

[3]冥冥：渺茫貌。黃庭堅《寄黃幾復》："江湖夜雨十年燈。"

[4]南朝·宋·顏延之《五君詠·嵇中散》："鸞翮有時鎩，龍性誰能馴。"

[5]商略：商量。養鶴經：浮丘公有《相鶴經》。

陳麓賓[1]乞罷，客過之，方灌菊畦，語客曰："頃頓[2]間有園居之適，然每傍晚澆花，望平西之日[3]，覺正異也。"予聞其語而悲之

投老[4]歸來幸未遲，菊叢猶賸兩三枝。可憐看到平西日，不是尋常墮甑[5]時。

【注】

[1]陳麓賓：陳恒慶《諫書稀庵筆記》："東阿陳麓賓宗嬀，庚辰進士，官户部。為人端嚴，不苟言，不苟笑。為部丞堂，司度支，一絲不妄費，為尚、侍所倚重。俗例，外官入京饋送炭敬别敬，麓賓概拒弗受，誠所謂庸中佼佼者，故同鄉稱為'至聖'。一歲管同鄉印結，得結費六七千金。分所應得者，存於仙源局銀號。號中主人任觀亭，亦山東人，議為之加息。麓賓曰：'吾一生不言利，毋庸也。'仙源局將倒閉，任觀亭問之曰：'君之存款，明日將送還。'麓賓不知其情，央其暫存。觀亭曰：'君既不用銀，有一房，為君買之，不勝於租屋而居乎！'麓賓曰'唯唯'。爰以六七千金購一大宅。數日後，仙源局倒閉，虧欠他人生息銀數十萬。麓賓以不牟利而保其貲，可見利之為害大矣。清朝讓位，民國政府再三徵之不出。西望泰岱，芳範尚存，可令人起敬焉。"

[2]頃頓：頃，頭不正也。頓，下首也。故引申為順側之意。

[3]元·薛昂夫《蟾宮曲·題烂柯石橋》："恰待持杯，酒未沾唇，日又平西。"

[4]投老：告老。宋·趙以夫《漢宮春·次方時父元夕見寄》："投老歸來，記踏青堤上，三度逢君。"

[5]墮甑：《後漢書·郭泰傳》："（孟敏）客居太原，荷甑墮地，不顧而去。"

郭五琴[1]夜吹簫，予被酒[2]偃卧，訝曰："此何聲[3]？休和[4]若是。"答云："此北正宫調也。"感而有作

故人去看平西日，簫譜來聽北正宫。但使和平神聽[5]在，不妨酣酒傲陶公。[6]

【注】

[1]郭五琴（一八七九年至一九三九年），名玉琴，字楚琴、五琴，廣東揭陽人。光緒二十九年（一九〇三年）舉人，考取直隸鹽大使，候補入都。民國後執教於揭陽、新加坡等地。著有《楚琴詩文集》。

[2]被酒：醉酒。

[3]歐陽修《秋聲賦》："余謂童子：'此何聲也？汝出視之。'"

[4]休和：安定和平。

[5]神聽：英明之聽察力。

[6]陶公：陶潛。後二句用王昌齡《出塞二首》"但使龍城飛將在，不教胡馬度陰山"句式。

為袁覺生[1]題潘蓮巢[2]焦山圖

滿眼江山涕淚成，廿年浮玉[3]舊題名。故山好在今難訊，柰此江流日夜聲[4]。

【注】

[1]袁覺生（一八七七年至一九三五年），名勵準，字覺生、珏生，號中舟。江蘇武進人。光緒二十四年進士，授編修，任京師大學堂提調。民國後任清史館編撰，北京輔仁大學教授。喜收藏，富藏墨，有《中舟藏墨錄》。工書能詩。

[2]潘蓮巢：潘恭壽（一七四一年至一七九四年），字慎夫，號蓮巢。丹徒（今江蘇鎮江）人。山水初無師承，王文治以書家用筆之道授之，其畫日進，既而王宸以"宿雨初收，曉煙未泮"八字真言授之，復取古跡證仿，畫日進。能詩，故畫多含詩意。山水得董其昌、米友仁墨韻，清腴妍冷，又善沒骨法。林巒秀逸，花卉取法惲壽平，兼工寫生，濯濯如迎風凝露。佛像則出入丁雲鵬、吳文中之間。人物、仕女、竹石亦秀韻。其畫時得王文治題，人稱"潘畫王題"，世

尤寶之。晚年喜刻印章。卒年五十四。著有《龜仙精舍集》。巢同“巢”。

[3]浮玉：指今江苏省鎮江市之金山、焦山。蘇軾《潤州甘露寺彈箏》：“白浪翻空動浮玉。”宋·周必大《二老堂雜誌·記鎮江府金山》：“焦山大江環遶，每風濤四起，勢欲飛動，故南朝謂之浮玉山。”柰同“奈”。

[4]謝朓《暫使下都夜發新林至京邑贈西府同僚》：“大江流日夜，客心悲未央。”

詠 懷

詠懷曾讀阮公詩，淪跡佯狂事可悲。[1]乞食終慚冥報[2]遠，閉門始覺掃除[3]癡。沈吟只自憐莊舄[4]，嗒丧寧能似子綦[5]。坐盡鑪灰心尚熱，屋椽斗柄夜何其[6]。

【注】

[1]阮籍借酒佯狂。作《詠懷》詩八十二首，“憂時憫亂，興寄無端”（諸宗元語）。杜甫《不見》：“佯狂真可哀。”

[2]陶淵明《乞食》：“銜戢知何謝，冥報以相貽。”冥報：謂死後在幽冥中報答。

[3]掃除：見《汪子賢宅菊花》注。

[4]莊舄：《史記·張儀列傳》：“惠王曰：‘子去寡人之楚，亦思寡人不?’陳軫對曰：‘王聞夫越人莊舄乎?’王曰：‘不聞。’曰：‘越人莊舄仕楚執珪，有頃而病。楚王曰：‘舄，故越之鄙細人也，今仕楚執珪，貴富矣，亦思越不?’中謝對曰：‘凡人之思故，在其病也。彼思越則越聲，不思越則楚聲。’使人往聽之，猶尚越聲也。今臣雖棄逐之楚，豈能無秦聲哉?”

[5]《莊子·齊物論》：“南郭子綦隱機而坐，仰天而嘘，苔焉似喪其耦。”

[6]斗柄：北斗之柄。指北斗第五至第七星，即衡、開泰、瑤光。北斗，第一至第四星象斗，第五至第七星象柄。何其：為何如此。表感慨。

次韻汪子賢[1]立春

鼕鼕鼉鼓[2]竟相催，急聘春陽一日回。異事蓂墀仍吐莢[3]，故鄉冰岸已飛梅[4]。欲從魯史論王正[5]，愁與胡僧淪劫灰[6]。賸有斜川遊[7]約在，賦詩酣酒待歸來。

【注】

[1]汪子賢：汪述祖。見《汪子賢宅菊花》注。

[2]臘鼓：古人於臘日或臘日前一日擊鼓驅疫，謂之逐除。

[3]蓂莢，傳說之瑞草。蓂音冥。《竹書紀年》卷上："有草夾階而生，月朔始生一莢，月半而生十五莢；十六日以後，日落一莢，及晦而盡；月小，則一莢焦而不落。名曰蓂莢，一曰曆莢。"

[4]吴文英《倦尋芳·餞周糾定夫》："暮帆挂雨，冰岸飛梅。"

[5]魯史：指《春秋》。王正：欽定正月。首書王正於魯史之元年者，大一統也。《春秋》卷一《隱公》："元年王正月。"

[6]《太平御覽》引曹毗《志怪》："漢武鑿昆明池，深極悉是灰黑，無復土。以問東方朔，朔曰：'臣愚不足以知之，可試問西域胡僧也。'以朔不知，難以核問。至後漢明帝時，外國到人來入洛陽，時有憶朔言者，乃試以武帝時灰黑問之。胡人云：'天地大劫將盡則劫燒，此劫燒之餘。'乃知朔言旨。"古印度謂一劫為數萬年毁滅重生之輪回。李商隱《寄惱韓同年二首時韓住蕭洞》之一："年華若到經風雨，便是胡僧話劫灰。"

[7]見《送劉幼雲還九江》注。

【評】

〇渺之曰：故鄉句佳絕。寄深愁於飄逸之中，更覺風神綿邈，動人心魄。

〇一時山人曰：首聯賦之筆，興之神。字字皆勃發春意。立春在元月前後，"一年之計在於春"，躊躇希望；然方生方死，又愁劫灰，蓋涵家國劫灰之恨，又有杞人形上之愁。

既乞罷[1]，移舊居，仍與子賢[2]對宇。子賢以詩見貽[3]，依韻奉酬

久憂北壟翻騰笑[4]，慚謝南雲枉寄欽[5]。五畝柴桑[6]容嘯傲，三年裘氏舊呻吟[7]。滄波久有横流[8]歎，晏歲[9]難為去國心。蹈海棲山差一間[10]，春暉[11]遠道思方深。

【注】

[1]乞罷：向皇帝乞辭官。

[2]子賢：汪述祖。見《汪子賢宅菊花》注。

[3]見貽：見贈。

[4]南朝·齊·孔稚珪《北山移文》："於是南嶽獻嘲，北壟騰笑。"

[5]南雲：南飛之雲。見《嬰武詞》注。寄欽：寄欽慕之意。

[6]柴桑：陶潛故里。《宋書·隱逸傳·陶潛》載，潛晚年隱居故里柴桑。其《歸去來兮辭》曰："倚南窗以寄傲，審容膝之易安。"

[7]《莊子·列御寇》："鄭人緩也呻吟裘氏之地。只三年而緩為儒，河潤九里，澤及三族，使其弟墨。儒墨相與辯，其父助翟。十年而緩自殺。其父夢之曰：'使而子為墨者，予也，闔胡嘗視其良，既為秋柏之實矣?'"

[8]橫流：大水不循道而泛濫。比喻動亂，災禍。

[9]晏歲：指遲暮之年。語本《楚辭·九歌·山鬼》："留靈修兮憺忘歸，歲既晏兮孰華予。"

[10]蹈海：《史記·魯仲連鄒陽列傳》："彼秦者，棄禮義而上首功之國也，權使其士，虜使其民。彼即肆然而為帝，過而為政於天下，則連有蹈東海而死耳，吾不忍為之民也。"棲山：棲息於山。指隱遁。一間：謂相距極近。

[11]春暉：喻慈母。語出孟郊《遊子吟》："誰言寸草心，報得三春暉。"

題關山行旅圖

極目關山日暮時，勞勞行客去何之[1]。當樓殘照霜風緊，如讀甘州柳永詞[2]。

【注】

[1]勞勞：忧愁伤感貌。何之：往何處去。

[2]柳永《八聲甘州》："漸霜風淒緊，關河冷落，殘照當樓。"

書何蔚高[1]襍感詩後三首

慟哭西臺記[2]，淒涼北狩篇[3]。自愁過十日[4]，沈恨[5]類千年。冠冕[6]今真毀，膏蘭久灼煎[7]。向來[8]蕭瑟意，歸臥在春前。

【注】

[1]何蔚高：即何翽高，順德何國炎。

[2]西臺記：東漢嚴子陵隱居浙江桐廬富春山，山腰有東西二臺，為子陵垂

釣處，人稱子陵臺。文天祥抗元失敗被殺後八年，南宋遺民謝翱與友人等赴西臺祭之，作《登西臺慟哭記》。

[3]北狩：皇帝被擄到北方去之婉詞。宋·王明清《揮麈後錄》卷四："逮二聖（宋徽宗、宋欽宗）北狩，彭以無名位，獨得留內庭。"本句直用李商隱《風雨》"淒涼寶劍篇"句式。

[4]用十日黃花典。九日重陽賞菊，十日則成明日黃花矣。鄭谷《十日菊》："節去蜂愁蝶不知，曉庭還繞折殘枝。自緣今日人心別，未必秋香一夜衰。"蘇軾《南鄉子》："萬事到頭都是夢，休休，明日黃花蝶也愁。"

[5]沈恨：深恨。

[6]冠冕：古代帝王、官員所戴之帽。

[7]《文選·潘尼〈贈侍御史王元貺〉詩》："膏蘭孰為銷？濟治由賢能。"呂向注："膏蘭為物，以明燭暗，以香變臭，自致銷爍，不辭其勞。賢能濟理，亦猶是也。"

[8]向來：從來；一向。

故國看遼鶴[1]，新詩似董狐[2]。將軍原不負[3]，戍卒竟成呼[4]。曹社[5]謀應久，堯臺[6]事未誣。建章[7]千户閉，臨曉一星孤[8]。

【注】

[1]遼鶴：指遼東人丁令威得仙化鶴歸里事。丁令威學道後化鶴歸遼，徘徊空中而言曰："有鳥有鳥丁令威，去家千年今始歸。"事見陶潛《搜神後記》卷一。

[2]董狐：春秋晉國太史，亦稱史狐。以秉筆直書聞名。《左傳·宣公二年》載，趙穿殺晉靈公，趙盾身為正卿不管此事，董狐認為趙盾應負責任，便在史策上記載曰："趙盾弒其君"。後孔子讚曰："董狐，古之良史也，書法不隱。"

[3]將軍原不負：易宗夔《新世說》卷七《排調篇》云："左季高（宗棠）體胖腹大，嘗於飯後茶餘自捧其腹曰：'將軍不負腹，腹亦不負將軍！'一日，顧左右曰：'汝等知我腹中所貯何物乎？'或曰：'滿腹文章'，或曰：'滿腹經綸'，或曰：'腹中有十萬甲兵'，或曰：'腹中包羅萬象'。左皆曰：'否！否！'忽有小校出而大聲曰：'將軍之腹，滿貯馬絆筋耳！'左乃拍案大讚曰：'是！是！'因拔擢之。蓋湘人呼牛所食之草為'馬絆筋'。左素以牛能任重致遠，嘗以己為牽牛星降世。曾於後園鑿池，左右列石人各一，肖牛女狀，並立石牛於旁，隱寓自負之意。及聞小校言，適夙志符合，故大賞之。"

[4]戍卒竟成呼：杜牧《阿房宮賦》："獨夫之心，日益驕固。戍卒叫，函谷舉，楚人一炬，可憐焦土。"用陳勝、吳廣率戍卒揭竿起義事。

[5]曹社：《左傳·哀公七年》："初，曹人或夢衆君子立於社宫，而謀亡曹。"後以"曹社"為國家將亡之典故。

[6]堯臺：河北寧晉縣堯臺相傳為堯禪位於舜處，後此村建堯帝廟，以示紀念，故名堯臺。見清《趙州志》《寧晉縣志》。

[7]建章：見《孝欽顯皇后梓宫奉安定東陵》注。

[8]唐·崔曙《明堂火珠詩》："曙後一星孤。"

九錫威弧矢[1]，三旬斷鼓鼙[2]。惕心秦博士[3]，慚德漢征西[4]。篝火妖狐塚[5]，春風桃李蹊[6]。謂予今不信[7]，杜宇[8]已成啼。

【注】

[1]九錫：魏晉六朝掌政大臣奪取政權、建立新王朝率皆襲王莽謀漢先邀九錫故事，後以九錫為權臣篡位先聲。弧矢：弓箭。《易·繫辭下》："弦木為弧，剡木為矢，弧矢之利，以威天下。"

[2]鼓鼙：古代軍中常用樂器。指大鼓與小鼓。《禮記·樂記》："君子聽鼓鼙之聲，則思將帥之臣。"

[3]秦博士：秦始皇三十四年（公元前二一三年），博士淳于越根據古制，建議分封子弟。丞相李斯反對儒生以古非今，以私學誹謗朝政，建議除秦記、醫藥、卜筮、種樹書外，民間所藏《詩》《書》與諸子百家書一律焚毀；談論《詩》《書》者處死；以古非今者族誅；學習法令者以吏為師。始皇準之。次年，方士、儒生求仙藥不得，盧生等又逃亡，始皇怒，在咸陽坑殺諸生四百六十餘人。史稱"焚書坑儒"。見《史記·秦始皇本紀》。

[4]慚德：因言行有缺失而内愧於心。漢征西：曹操《讓縣自明本志令》："後征為都尉，遷典軍校尉，意遂更欲為國家討賊立功，欲望封侯作征西將軍，然後題墓道言'漢故征西將軍曹侯之墓'，此其志也。"此刺袁世凱不如曹操也。

[5]篝火妖狐塚：《史記·陳涉世家》："又間令吴廣之次所旁叢祠中，夜篝火，狐鳴呼曰：'大楚興，陳勝王。'"用陳勝、吴廣起義事。

[6]春風桃李蹊：《史記·李將軍列傳》："太史公曰：《傳》曰：'其身正，不令而行；其身不正，雖令不從。'其李將軍之謂也？余睹李將軍悛悛如鄙人，口不能道辭。及死之日，天下知與不知，皆為盡哀。彼其忠實心誠信於士大夫也！諺曰：'桃李不言，下自成蹊。'此言雖小，可以喻大也。"

[7]謂予今不信：若以我之話為不真實。《詩經·大車》："謂予不信，有如皦日。"

[8]杜宇：即杜鵑鳥。據《成都記》載：杜宇又曰杜主，自天而降，稱望帝，好稼穡，治郫城。後望帝死，其魂化為鳥，名曰杜鵑。

題汪吏部[1]半山課耕圖

投老田園弟與兄，眼前歸計迫春生。題詩明日君酬我，我得家書共此情。

【注】

[1]汪吏部：汪述祖。見《汪子賢宅菊花》注。

題寶瑞臣[1]侍郎上元夜飲圖二首

梟雁張鐙[2]酒復清，東華[3]臨夜馬蹄聲。固應圓月無離恨[4]，只有春風不世情[5]。

【注】

[1]寶瑞臣：寶熙（一八七一年至一九三〇年），滿洲正藍旗人，愛新覺羅氏，字瑞臣，號沈盦，室名獨醒庵。河北宛平（今北京）人。光緒十八年（一八九二年）進士，曾任山西學政，後任學部侍郎，溥儀之內務府大臣。馮玉祥發動"北京政變"，溥儀出宮後，攝政內閣國務院發布命令，組織"辦理清室善後委員會"，寶熙與羅振玉等五人作為清室代表參加。寶熙在清宗室中詩文、書法皆有佳譽，且富收藏，精鑒賞，著有《工餘談藝》。

[2]李希聖《寄樊按察》："偶臨梟雁夜張鐙。"

[3]東華：明清時中樞官署設在宮城東華門內，因以借稱中央官署。

[4]宋·石曼卿詩："月如無恨月長圓。"

[5]不世情：不通曉世俗情理、世態人情；不勢利。

【評】

〇渉之曰：司馬光《迂叟詩話》："李長吉歌'天若有情天亦老'，人以為奇絕無對。石曼卿對以詞曰：'月如無恨月長圓'，足為勁敵。"蟄庵圓月春風一聯，足可繼武，堪稱絕對。此皆存於尋常之中，而出之意料之外也。若非深洞乎人情，至察於天道，孰能至此？

九衢簫鼓[1]元宵節，廿載承平帝里[2]游。我是王孫舊賓客，眼看樂事此生休。

【注】

[1]九衢：縱横交叉之大道；繁華之街市。簫鼓：簫與鼓。泛指樂奏。

[2]承平：治平相承；太平。帝里：猶言帝都，京都。

自題畫竹

夾江篁竹萬琅玕[1]，自别棉湖[2]見亦難。聊與羈人[3]慰鄉思，膩香春粉[4]兩三竿。

【注】

[1]篁竹：竹叢。琅玕：翠竹之美稱。

[2]棉湖：蟄庵故里在揭陽棉湖鎮。

[3]羈人：羈旅在外之人。

[4]李賀《昌谷北園新筍》之二："斫取青光寫楚辭，膩香春粉黑離離。"膩香：猶濃香。

自題荷花水亭畫扇

老退耽書[1]愛日長，披披[2]荷葉晚風涼。廿年不坐蓮韜館[3]，每到臨流憶故鄉。

【注】

[1]耽書：嗜書。

[2]披披：飄動貌。

[3]蓮韜館：廣州廣雅書院有蓮韜館，匾額為張之洞手書。蟄庵早年就讀於此。

【評】

○渺之曰：情老而彌深，詩老而彌永。

自題荒洲蘿月畫扇

蘿月洲前氣已秋，晚潮㴩汩[1]更乘流。人生難得蕭閑[2]境，着我扁舟畫裏遊。[3]

【注】

[1]㴩汩：水流激蕩貌。汉·枚乘《七發》："㴩汩潺湲，披揚流灑。"李善注："㴩，淢㴩，波相擊也；汩，瀄汩，水流疾也。"

[2]蕭閑：瀟灑悠閑。

[3]後二句用姜夔《平甫見招不欲往二首》其一"人生難得秋前雨，乞我虛堂自在眠"句式。

為王叔衡[1]題馬守真[2]叢蘭畫軸

當年桃葉[3]馬姬家，日日芳塵走鈿車[4]。誰信閉門饒遠思[5]，露蘭啼眼[6]滿天涯。

【注】

[1]王叔衡：王式通（一八六三年至一九三一年），原名儀通，字書衡，號志盦，又號研廬。祖籍浙江紹興，改籍山西汾陽。清末民初政治人物，學者。

[2]馬守真：馬湘蘭（一五四八年至一六〇四年），"秦淮八艷"之一。據《秦淮廣記》載，原名守貞，字湘蘭，小字玄兒，又字月嬌，因在家中排行第四，人稱"四娘"。秉性靈秀，能詩善畫，尤擅畫蘭竹，故以"湘蘭"著稱。

[3]桃葉：王獻之愛妾名。見《板閣二首》其一注。

[4]鈿車：用金寶嵌飾之車。

[5]饒：多也。思：去聲。

[6]李賀《蘇小小墓》："幽蘭露，如啼眼。"

感 輿

梧葉霜黃蓼穗紅，秋光都在蕩搖中。枯蟬閲世餘殘噫[1]，歸燕將雛[2]傍露叢。舉國醉鄉同失日[3]，楞伽性海盡飄風[4]。凡夫未有安禪[5]法，對此茫茫百感同。

【注】

[1]化王沂孫《齊天樂·蟬》："病翼驚秋，枯形閲世，消得斜陽幾度?"兼用李商隱《桂林路中作》："空餘蟬嘒嘒。"

[2]宋·張元幹《點絳唇》："燕將雛去。又是流年度。"

[3]宋·竇苹《酒譜》："紂為長夜之飲，而失其日。問於百官，皆莫知。問於箕子，箕子曰：國君飲而失日，其國危矣；國人不知，而我獨知之，我其危矣！辭以醉而不知。"

[4]楞伽：見《晴窗》注。性海：見《晴窗》注。飄風：旋風；暴風。

[5]安禪：佛教語。指靜坐入定。

【評】

〇渺之曰：同光得此一格，真乃生面别開。用典、化用，信手拈來，而寄慨遙深，三復無盡。蟄庵七律，至此已自成一脉，可謂蟄庵體。

壬子[1]八九月所讀書題詞

曹子建[2]集

子建沈摯宛篤[3]，敦[4]於性情，鍾記室謂"情兼雅怨"[5]是也。昔王弇州讀"謁帝承明廬"便回環往覆百數十遍不可休[6]，予於"初秋涼氣發"一篇亦然。每至"子其寧爾心，親交義不薄"[7]，蓋不知涕之何從也!

雅怨[8]兼深見性情，交親[9]不薄涕縱橫。君王故有憂生歎，未覺中和始可經[10]。

【注】

[1]壬子：一九一二年。

[2]曹植（一九二年至二三二年），字子建，沛國譙縣（今安徽省亳州市）人。建安文學之代表人物。魏武帝曹操之子，魏文帝曹丕之弟，生前曾被封為陳王，薨後謚號"思"，故又稱陳思王。謝靈運曰："天下才有一石，曹子建獨占八斗。"

[3]宛篤：婉曲而誠摯。

[4]敦：厚重；篤實。

[5]南朝·梁·鍾嶸《詩品》"魏陳思王植"條:"其源出於《國風》。骨氣奇高,詞采華茂,情兼雅怨,體被文質,粲溢古今,卓爾不群。嗟乎!陳思之於文章也,譬人倫之有周孔,鱗羽之有龍鳳,音樂之有琴笙,女工之有黼黻。俾爾懷鉛吮墨者,抱篇章而景慕,映餘暉以自燭。故孔氏之門如用詩,則公幹升堂,思王入室,景陽、潘、陸,自可坐於廊廡之間矣。"

[6]明·王世貞《藝苑卮言》:"子建'謁帝承明廬''明月照高樓',子桓'西北有浮雲''秋風蕭瑟',非鄴下諸子可及。仲定量公幹遠在下風。吾每至'謁帝'一章,便數十過不可了。悲婉宏壯,情事理境,無所不有。"

[7]曹植《贈丁儀詩》:"初秋涼氣發,庭樹微銷落。凝霜依玉除,清風飄飛閣。朝雲不歸山,霖雨成川澤。黍稷委疇隴,農夫安所獲。在貴多忘賤,為恩誰能博。狐白足禦冬,焉念無衣客。思慕延陵子,寶劍非所惜。子其寧爾心,親交義不薄。"

[8]雅怨:雅正與怨誹。

[9]交親:親近交往。

[10]中和:中正平和。始可經:始可以之為典範也。

謝康樂[1]集

康樂詩,記室讚許允矣[2],至其製題簡淨,正復妙絕今古,倘張天如所謂"出處語默"[3]。然無一近人者耶?柳州[4]五古刻意陶謝,兼學康樂,製題如《湘口館瀟湘二水所會》《登蒲州石磯望江口潭島深迴斜對香零山》等題皆極用意。惜此旨自柳州至今無問焉。不賢識小,正爾慚皇,後有大雅,或哂我南人學問,有牖中窺日[5]而已。

漫道[6]凡夫聖可齊,不經意處耐攀躋[7]。後人率爾[8]談康樂,且向前賢學製題。

【注】

[1]謝靈運(三八五年至四三三年),浙江會稽人,原為陳郡謝氏士族。東晉名將謝玄之孫,小名"客",人稱謝客。又以襲封康樂公,稱謝康公、謝康樂。主要創作活動在劉宋時代,中國文學史上山水詩派之開創者。由靈運始,山水詩乃成中國文學史上一大流派。

[2]鍾嶸《詩品》"宋臨川太守謝靈運"條:"其源出於陳思,雜有景陽之體。故尚巧似,而逸蕩過之,頗以繁蕪為累。嶸謂若人興多才高,寓目輒書,內無乏思,外無遺物,其繁富宜哉!然名章迥句,處處間起;麗典新聲,絡繹奔會。譬猶青松之拔灌木,白玉之映塵沙,未足貶其高潔也。初,錢塘杜明師夜夢

東南有人來入其館，是夕，即靈運生於會稽。旬日，而謝安亡。其家以子孫難得，送靈運於杜治養之。十五方還都，故名'客兒'。"

[3]明·張溥《漢魏六朝百三名家集·謝康樂集題辭》："彼出處語默，無一近人，予固知其不殺不止。"

[4]柳州：柳宗元。

[5]劉義慶《世説新語·文學》："支道林聞之曰：'聖賢固所忘言，自中人以還，北人看書，如顯處視月；南人學問，如牖中窺日。'"

[6]漫道：莫説，不要講。

[7]攀躋：猶攀登。

[8]率爾：輕率貌。

謝宣城[1]集

元暉風華明麗，實開唐格。當時鍾記室稱為後進士子所嗟慕[2]。至其名章秀句，有唐一代沾溉[3]不絕，不止太白再四稱服已也[4]。大謝終唐世只柳州一人問津，他無問焉。譬之禪宗，不幾讓臨濟[5]特盛耶。

康樂元言[6]餘晉法，宣城麗句啓唐風。馬駒踏殺倘成讖[7]，後代終稱臨濟雄。

【注】

[1]謝朓（四六四年至四九九年），字玄暉。陳郡陽夏（今河南太康縣）人。與謝靈運同族，有詩名，時與謝靈運對舉，亦稱"小謝"。初任豫章王蕭嶷太尉行參軍，後在隨王蕭子隆、竟陵王蕭子良幕下任功曹、文學等職，頗得賞識，為"竟陵八友"之一。南齊建武二年（四九五年），出任宣城太守，故有"謝宣城"之稱。因告發岳父王敬則謀反事受賞，舉為尚書吏部郎，得齊明帝信任。後因不參與蕭遙光謀反被誣陷，死於獄中。

[2]鍾嶸《詩品》"齊吏部謝朓"條："其源出於謝混，微傷細密，頗在不倫。一章之中，自有玉石，然奇章秀句，往往警遒，足使叔源失步、明遠變色。善自發詩端，而末篇多躓，此意鋭而才弱也，至為後進士子之所嗟慕。朓極與余論詩，感激頊挫過其文。"

[3]沾溉：比喻使人受益。

[4]李白對謝朓推崇備至。李白《宣州謝朓樓餞別校書叔雲》詩云："蓬萊文章建安骨，中間小謝又清發。俱懷逸興壯思飛，欲上青天覽明月。"

[5]臨濟：中國佛教禪宗南宗五家（溈仰、臨濟、曹洞、雲門、法眼）之一。屬於南嶽懷讓法系。經馬祖、百丈、黄蘗而至唐河北臨濟院義玄禪師，義玄

正式創立此宗，故名臨濟宗。

[6]元言：玄言。清避康熙玄燁諱，《蟄庵詩存》手鈔本“玄”皆書“元”。

[7]馬駒踏殺：《六祖大師法寶壇經機緣品》第七之八：“懷讓禪師，金州杜氏子也。初謁嵩山安國師，安發之曹溪參扣。讓至，禮拜。師曰：甚處來？曰：嵩山。師曰：甚麼物，怎麼來？曰：說似一物即不中。師曰：還可修證否？曰：修證即不無，污染即不得。師曰：只此不污染，諸佛之所護念；汝既如是，吾亦如是。西方般若多羅讖：‘汝足下出一馬駒，踏殺天下人。’應在汝心，不須速說。讓豁然契會，遂執侍左右一十五載，日臻玄奧；後往南嶽，大闡禪宗。”指後來懷讓之徒弟馬祖道一禪師，使南宗大暢。倘成讖：倘若預兆真能應驗。

柳河東[1]集

柳州五言大有不安唐古之意。胡應麟舉《南棡》一篇，以為六朝妙詣[2]，不知五言諸篇多摹大謝[3]也。有唐一代刻意大謝，柳州一人而已。

不安唐古氣堂堂[4]，五言直逼華子岡[5]。後人未識儀曹[6]旨，只與時賢較短長。

【注】

[1]柳宗元（七七三年至八一九年），字子厚，世稱“柳河東”，因官終柳州刺史，又稱“柳柳州”，祖籍河東（今山西省永濟市運城、芮城一帶）。有《柳河東集》。

[2]明·胡應麟《詩藪》：“世多謂唐無五言古。篤而論之，才非魏晉之下，而調雜梁陳之際，截長絜短，蓋宋齊之政耳。如文皇帝京之什……柳儀曹南澗……皆六朝之妙詣，兩漢之餘波也。”按，“棡”應為“澗”，柳宗元有《南澗中題》篇。

[3]大謝：謝靈運。

[4]堂堂：形容志氣宏大。

[5]謝靈運有《入華子岡是麻源第三谷詩》。

[6]儀曹：指柳宗元。儀曹，唐代禮部郎官之別稱，柳宗元曾任禮部員外郎，因稱。

初唐四子[1]集

初唐四子承六代[2]藻麗之製；陳杜沈宋[3]繼起，迺漸工體格；至王孟高岑[4]，加以神韻而已。椎輪[5]之功，四子不可沒矣[6]。

梁陳藻麗入唐初，四子雍容語甚都[7]。沈宋王岑詩格韻，若論絢素此權輿[8]。

【注】

[1]初唐四子：即初唐四傑，王勃、楊炯、盧照鄰、駱賓王。

[2]六代：指魏、晉、宋、齊、梁、陳六朝。

[3]陳杜沈宋：指初唐詩人陳子昂、杜審言、沈佺期、宋之問。

[4]王孟高岑：指盛唐詩人王維、孟浩然、高適、岑參。

[5]椎輪：比喻事物草創。

[6]四子不可沒矣：謂四傑之功勞不可埋沒。

[7]雍容：溫文大方。都：美好；嫻雅。

[8]絢素：《論語·八佾》："子夏問曰：'巧笑倩兮，美目盼兮，素以為絢兮。何謂也？'子曰：'繪事後素。'曰：'禮後乎？'子曰：'起予者商也，始可與言《詩》已矣。'"權輿：起始。

陳杜沈宋[1]集

胡元瑞以有唐一代律有餘、古不足歸咎於文皇《帝京篇》[2]，不知當時既以詩賦為制科[3]，則拘限聲病[4]，專攻體格，勢所必至矣。四家實唐詩格調之祖。少陵必簡孫[5]，迺集一代大成。楊誠齋謂三世之後莫之與京也[6]。

陳杜精思沈宋才，有唐詩格此坯胎[7]。閆年三百饒[8]工律，坐見諸賢揖讓來。[9]

【注】

[1]陳杜沈宋：見上首注。

[2]胡應麟《詩藪》："唐初惟文皇《帝京篇》，藻贍精華，最為傑出，視梁、陳神韻少減，而富麗過之。無論大略，即雄才自當驅走一世。然使三百年中，律有餘，古不足，已兆端矣。"

[3]制科：此指科舉。唐之科舉最重以詩賦取士。

[4]聲病：聲律之病。沈約有"四聲八病"之說。

[5]少陵必簡孫：杜甫為杜審言之孫。審言字必簡。

[6]楊萬里《杜必簡集》序："至如'往來花不發，新舊雪仍殘'，如'日氣抱殘虹'，如'愁思看春不當春，明年春色倍還人'，如'飛花攪獨愁'，皆佳句也。三世之後，莫之與京，宜哉。"

[7]坯胎：比喻事物之开始或起源。近體詩格律至陳杜沈宋始完善。

[8]饒：多，甚也。

[9]揖讓：賓主相見之禮儀。末二句意謂：若問有唐三百年詩何以工於格律，此乃陳杜沈宋開創之功，之後諸位大詩人都得向其揖讓，施賓主之禮。

靖節桃花源記[1]

《桃花源記》是性境現量[2]，所謂三界唯心[3]，萬法唯識[4]也。

八識[5]都歸性境真，桃花夾岸自通津[6]。相逢便問今何世[7]，始覺陶潛是恨人[8]。

【注】

[1]靖節：陶淵明謚號"靖節先生"。淵明有《桃花源記》。見《平谷襍詩十八首》之十五注。

[2]性境現量：《八識規矩頌》："性境現量通三性。"現量為古印度因明學用語，與比量、非量合為三量。量為量度、呈現之意。性境現量指眼耳鼻舌身五識對事物之直接反映。所緣各種色聲香味觸止於五識，未達於第六識，不著於心，未有分別，此所緣之境界為性境，所謂"性境不隨心"。（參見後《自題蕉桐涼月畫扇》一時山人評說）

[3]三界唯心：謂欲、色、無色等三界中，一切諸法皆由一心所變現。又名三界唯一心、三界一心等。《華嚴經》卷二十五《十地品》云："三界虛妄，但是心作。十二緣分，是皆依心。"

[4]萬法唯識：佛教語，也稱"一切唯識"。為古印度大乘佛教瑜伽行派與中國唯識宗主要教義之一。唯識宗認為，宇宙萬物，皆非獨立存在，乃由"識"變現而來。心識之外，世無獨立存在之客體。《成唯識論》卷一曰："由假說我法，有種種相轉，彼依識所變。"由"識"變出"見分"與"相分"，始有宇宙萬物。故曰"三界唯心，萬法唯識"。

[5]八識：佛法唯識學中之"八識心王"是指眼、耳、鼻、舌、身、意、末那、阿賴耶。前五識為感識，認識具體物件；後三識具有抽象感念而非現實。

[6]《桃花源記》："忽逢桃花林，夾岸數百步，中無雜樹，芳草鮮美，落英繽紛。漁人甚異之。復前行，欲窮其林。"

[7]《桃花源記》："自云先世避秦時亂，率妻子邑人來此絕境，不復出焉，遂與外人間隔。問今是何世，乃不知有漢，無論魏晉。"

[8]饒宗頤《重刊〈曾剛父詩集〉跋》："其詩云：'相逢便問今何世，始覺陶潛是恨人。'實前賢所未道，足見其於陶公所得者深。"信然。

【評】

〇一時山人曰："性境現量""相逢便問今何世，始覺陶潛是恨人"，《桃花源記》千古定評之翻案。《桃花源記》表面築建一無限美好之世外桃源，人皆樂道於此，謂淵明之隱逸達觀、桃花源之人間仙境云云，唯蟄庵解得"性境現量""陶潛恨人"，此乃慧者之解慧者也。蟄庵讀書真勇猛，眼光如無厚入有間，直切維微維危之致。"相逢便問"四字真乃人性之一劍封喉，打通後壁，觸目盡血淋淋之殘忍。

以佛學解淵明，始知淵明之偉大。淵明記桃花源也，通三性，無善、無惡、無記，不有比量，無分別心，是性境現量。桃花源斯境斯界由淵明心識所緣，故蟄庵謂之"三界唯心，萬法唯識"。蟄庵說淵明是恨人，此則桃源境外之淵明也。"《桃花源記》是性境現量"是淵明相分，"相逢便問今何世，始覺陶潛是恨人"是蟄庵見分。

性境現量，淵明詩境往往臻此四字。淵明"採菊東籬下，悠然見南山"，王靜安謂"無我之境"終覺勉強，若謂之"性境現量"則立為盡解。王氏《叔本華之哲學教育學說》煞費口舌講述叔本華"空間時間"中之"特別之物""非特別之物"。殊不知叔本華之論始終"有隔"，隔得一層，唯識學"性境現量"則解得透徹矣。王氏以流為源，亦可歎也！（參見後《自題蕉桐涼月畫扇》一時山人評說、《蟄庵詞・蘭陵王》一時山人評說）

元次山[1]集

唐文蹇澀極於樊宗師[2]，開其先者次山也。然次山究為雅正所編，篋中詩如沈千運、孟雲卿等六七人[3]咸與次山同聲氣，蓋於唐古中自為一格，非盧玉川[4]、馬河南[5]比也。皇甫持正[6]心儀次山，而以其碎為可惋[7]，不知次山固自成為一種狷介[8]文字也。

沈憂涉世言幽約[9]，狷介為文氣苦辛[10]。若信杯樽足斟酌，酣謌猶是太平人。

【注】

[1]元結（七一九年—七七二年），字次山，號漫叟、聱叟。河南魯山人。明人輯有《元次山文集》。

[2]樊宗師（約七六五年至八二四年），字紹述。南陽（今屬河南）人，一作河中（府治今山西永濟西）人。為韓愈古文運動參加者之一。為文力主詼奇險奥，刻意求奇，喜用生僻詞語，流於艱澀怪僻，時號"澀體"。

[3]元結收沈千運、趙微明、孟雲卿、張彪、王季友等詩二十四首，命名為《篋中集》。冷眼旁觀，以悲憤之感寫人生疾苦，走向寫實。

[4]盧玉川：盧仝（約七九五年—八三五年），早年隱少室山，自號玉川子。為韓孟詩派重要人物之一。

[5]馬河南：馬異，字不詳。河南人。生卒年均不詳，約唐德宗貞元十五年前後在世。少與皇甫湜同學。性高疏，詞調怪澀。盧仝以為同志，與之訂交。

[6]皇甫持正：皇甫湜（七七七年—八三五年），字持正，睦州新安（今浙江建德淳安）人。古文師從韓愈。有《皇甫持正文集》六卷。

[7]皇甫湜《題浯溪石》："次山有文章，可惋只在碎。"

[8]狷介：孤高潔身。

[9]涉世：經歷世事。幽約：幽雅婉約。

[10]苦辛：猶辛苦。

王右丞[1]集

予官右丞[2]時，何翽高[3]以詩戲之曰："此真詩人官職也！"自愧文質無底，何敢比輞川。特以夙敦禪悅，於公似有同情。萬一他時有會處，則某甲雖不識一字，要須還他堂堂地做個人[4]。

惝皇[5]官職偶同公，寥落[6]千年悵望中。但得晚來修白業[7]，不妨文字馬牛風[8]。

【注】

[1]王維（七〇一年至七六一年），字摩詰。官至尚書右丞，晚年居於蓝田輞川别墅。有《王右丞集》。

[2]蟄庵曾官度支部右丞。

[3]何翽高：順德何國炎。

[4]宋·陸九淵《象山語錄》卷四："若某則不識一個字，亦須還我堂堂地做個人。"某甲：自稱之代詞。

[5]惝皇：惝惶。

[6]寥落：蕭條衰敗。杜甫《詠懷古跡五首》之二："搖落深知宋玉悲，風流儒雅亦吾師。悵望千秋一灑淚，蕭條異代不同時。"

[7]白業：佛教語。謂善業。《五燈會元·東土初祖·菩提達磨大師》："當勤修白業，護持三寶，吾去非晚，一九即回。"

[8]馬牛風："風馬牛不相及"之省稱。《左傳·僖公四年》："君處北海，寡人處南海，唯是風馬牛不相及也。"孔穎達疏引服虔曰："牝牡相誘謂之風……

此言‘風馬牛’，謂馬牛風逸，牝牡相誘，蓋是末界之微事，言此事不相及，故以取喻不相干也。”一說：風，放逸，走失。謂齊楚兩地相離甚遠，馬牛不會走失至對方地界。後用以喻事物之間毫不相干。

岑嘉州集[1]

盛唐衆體皆工數右丞、嘉州。《蚤朝》詩[2]，岑為特絕，元瑞欲推右丞，予未許也[3]。

兼工衆體盛唐時，屈指王岑有定辭[4]。強與較量聊舉似[5]，玉階仙仗蚤朝詩。

【注】

[1]岑參（七一五年至七七〇年），荊州江陵人。早歲孤貧，博覽經史。官至嘉州刺史。以邊塞詩與高適齊名，世稱“高岑”。其詩雄健奔放，想象奇特，色彩瑰麗，尤長於七言古詩。有《岑嘉州詩集》。

[2]岑參《和賈舍人早朝》：“雞鳴紫陌曙光寒，鶯囀皇州春色闌。金闕曉鐘開萬户，玉階仙仗擁千官。花迎劍佩星初落，柳拂旌旗露未乾。獨有鳳凰池上客，陽春一曲和皆難。”

[3]胡應麟《詩藪》：“《早朝》詩妙絕古今……王、岑二作俱神妙，間未易優劣。昔人謂王服色太多，余以它句猶可，至冕旒、龍袞之犯，斷不能為詞。嘉州較似工密，乃曙光、曉鍾，亦覺微類。又春字兩見篇中，則二君之作，尚匪絕瑕之璧也。於戲，不易哉！細校王、岑二作，岑通章八句，皆精工整密，字字天成。頸聯絢爛鮮明，早朝意宛然在目。獨頷聯雖絕壯麗，而氣勢迫促，遂致全篇音韻微乖。王起語意偏，不若岑之大體；結語思窘，不若岑之自然；頸聯甚活，終未若岑之駢切。獨頷聯高華博大，而冠冕和平，前後映帶，遂令全首改色，稱最當時。大概二者力量相等，岑以格勝，王以調勝，岑以篇勝，王以句勝。岑極精嚴縝匝，王較寬裕悠揚。令上官昭容坐昆明殿，窮歲月較之，未易墜其一也。”

[4]定辭：公論。

[5]舉似：奉告。

韋蘇州集[1]

蘇州少作豪縱，餘清澹似張曲江[2]，晚學陶，世稱韋柳[3]。其不及柳州者，少一“峭”字耳。《郡齋讌集》一篇[4]，殆與儀曹南磵[5]爭俊也。

少年卓犖頗矜奇[6]，老去為文多素詞[7]。我愛齊梁遺制[8]在，凝香畫戟郡齋詩[9]。

【注】

[1]韋應物（七三七年至七九二年），長安（今陝西西安）人。有《韋蘇州集》。因曾任蘇州刺史，世稱“韋蘇州”。詩風恬淡高遠，以善於寫景和描寫隱逸生活著稱。

[2]張曲江：張九齡（六七八年至七四〇年），字子壽，一名博物，韶州曲江（今廣東韶關市）人。長安年間進士。官至中書侍郎同中書門下平章事。後罷相，為荊州長史。詩風清澹。有《曲江集》。

[3]韋應物晚年學陶淵明，與柳宗元並稱“韋柳”。

[4]韋應物《郡齋雨中與諸文士燕集》：“兵衛森畫戟，燕寢凝清香。海上風雨至，逍遙池閣涼。煩屙近消散，嘉賓復滿堂。自慚居處崇，未睹斯民康。理會是非遣，性達形跡忘。鮮肥屬時禁，蔬果幸見嘗。俯飲一杯酒，仰聆金玉章。神歡體自輕，意欲凌風翔。吳中盛文史，群彥今汪洋。方知大藩地，豈曰財賦強。”

[5]儀曹：指柳宗元。見《柳河東集》注。南磵：柳宗元《南澗中題》：“秋氣集南澗，獨遊亭午時。回風一蕭瑟，林影久參差。始至若有得，稍深遂忘疲。羈禽響幽谷，寒藻舞淪漪。去國魂已遊，懷人淚空垂。孤生易為感，失路少所宜。索寞竟何事？徘徊只自知。誰為後來者，當與此心期。”“磵”同“澗”。

[6]卓犖：超絕出衆。矜奇：炫耀新奇。

[7]素詞：樸素之詞。

[8]齊梁遺制：指繼承齊梁香艷之遺風。

[9]韋應物《郡齋雨中與諸文士燕集》：“兵衛森畫戟，燕寢凝清香。”

穆天子傳[1]

“我祖黃竹”三章[2]，眷念民瘼，其詞甚哀，又繼以自數其過，此祖宗仁厚開基[3]之澤也。穆王此節便應獲設祈宮，雖有徐偃，其不足以搖天下明矣。[4]然於此見當日遨遊實鮮樂趣，非止居樂甚寡也。

黃竹三章悔可追，周家[5]仁厚有流遺。君王寡樂吾真信，不待歸途哭盛姬。

【注】

[1]《穆天子傳》：記述周穆王事跡而帶虛構成分之傳記作品。又名“周王傳”“周王遊行記”。作者不詳。為晉咸寧五年（二七九年）汲縣民盜掘魏襄王墓所得竹書之一。共六卷。前五卷記周穆王駕八駿馬西征之事，後一卷記穆王美人盛姬卒於途中而返葬事，別名《盛姬錄》。

[2]《穆天子傳》：丙辰三十七年，穆天子遊黄臺之丘，獵於蘋澤，有陰雨，天子乃休。日中大寒，北風雨雪，有凍人，天子作詩三章以哀民，其一曰："我徂黄竹，㓯員□寒，帝收九行。嗟我公侯，百辟冢卿：皇我萬民，旦夕勿忘。"其二曰："我徂黄竹，㓯員□寒，帝收九行。嗟我公侯，百辟冢卿：皇我萬民，旦夕勿窮。"其三曰："有皎者駱駱，翩翩其飛。嗟我公侯，百辟冢卿：居樂甚寡，不如遷土，禮樂其民。"

[3]開基：猶開國。謂開創基業。

[4]《左傳》載，楚右尹子革曰：昔穆王欲肆其心，周行天下，將必有車轍馬跡。祭公謀父作祈招之詩，以止王心，是以獲沒後祈宫。又曰：茫茫夏跡，畫為九州。按：偃王是西周徐國國君，建都泗水，他趁周穆王赴瑤池會西王母之際，率軍西進，緊迫黄河。周穆王"畏其方熾，乃分東方諸侯命徐偃王主之"。徐偃王對下屬以仁義相待，有三十六名諸侯向其朝貢臣服。後來周穆王命造父聯合楚軍進攻徐國，徐偃王主張仁義不肯戰，遂敗逃。（見《史記·周本紀》）

[5]周家：指西周朝。

玉川子[1]集

許彦周稱《春秋盧傳》："僕家有之，今亡矣。"[2]辭簡而遠，得聖人意為多。是《盧傳》宋時猶存。"孔經在衣裳"[3]，玉川自信之語，跡[4]其終身，固窮於道[5]，當有所得。退之數干時宰[6]，嫌於躁進，無怪其不敢窺涯涘矣[7]。

水北水南起隱居[8]，玉川破屋[9]老攻文。孔經自信衣裳在，惜哉盧傳今無存。

【注】

[1]玉川子：即盧仝。見《元次山集》注。

[2]宋·許顗《彦周詩話》："'《春秋》三傳束高閣，獨抱遺經究終始'，此詩退之稱盧玉川也。玉川子《春秋傳》，僕家舊有之，今亡矣。詞簡而遠，得聖人之意為多，後世有深於經而見《盧傳》者，當知退之之不妄許人也。"

[3]盧仝《冬行三首》："我報果有為，孔經在衣裳。"

[4]跡：考核；推究。

[5]窮於道：《吕氏春秋·慎人》："孔子曰：'……君子達於道之謂達，窮於道之謂窮。'"

[6]韓愈《三上宰相書》："等干進之文，喋喋以求一官，歷來詬之者衆矣。"

[7]韓愈《寄盧仝》："先生固是余所畏，度量不敢窺涯涘。"

[8]韓愈《寄盧仝》："水北山人得名聲，去年去作幕下士。水南山人又繼

往，鞍馬僕從塞閭里。”

[9]韓愈《寄盧仝》：“玉川先生洛城裏，破屋數間而已矣。”

昌黎[1]詩鈔

予向不愛選本詩文，頃偶於地攤上買《昌黎詩鈔》一冊，親與綫裝，不覺失笑。

平生選本不挂眼[2]，偶愛茲編[3]亦大奇。親與綫裝完一冊，不知閑卻已多時。

【注】

[1]韩愈（七六八年至八二四年），字退之，河内河阳（今河南孟县）人。自謂郡望昌黎，世稱韩昌黎。

[2]挂眼：關心。韓愈《贈張籍》：“吾老著讀書，餘事不挂眼。”

[3]兹編：此篇。

【評】

○渺之曰：蟄庵之意不在《昌黎詩鈔》，在乎鄉情也。後半至情之語，以平淡出之，正所謂“不經意處耐攀躋”。

譚友夏[1]集

竟陵[2]、公安[3]，世斥僞體，然明自隆、萬以降[4]，摹擬剽竊，流弊萬端，楚風一扇，變而之詭俊纖巧，文章關世運，蓋至是明業[5]亦衰焉。世無鉅子[6]，而悍言變法，多見其不知量而已[7]，至小品文字，間亦冷雋[8]可觀，又不容概沒[9]矣。[10]

次山有文碎可惋[11]，東野佳處時一遭[12]。颺下甜瓜栽苦瓠[13]，楚風當日亦心勞。

【注】

[1]譚元春（一五八六年至一六三七年），字友夏，號鵠灣，别號蓑翁。明湖廣竟陵（今湖北天門市）人。天啓七年（一六二七年）鄉試第一。與同里鍾惺共選《詩歸》，一時名聲甚赫，世稱“鍾譚”，因創竟陵派。

[2]竟陵：竟陵派，明代後期文學流派，因主要人物鍾惺、譚元春皆竟陵人，故被稱為竟陵派，主張性靈說，反對擬古。

[3]公安：公安派，明代後期之文學流派，以“公安三袁”為領袖，其中袁宏道聲譽最高，成就最大，其次為袁中道，袁宗道又次之。公安派反對前七子、後七子之擬古風氣，主張“獨抒性靈，不拘格套”，發前人之所未發。其創作成就主要在散文，清新活潑，自然率真，然多局限於抒寫閑情逸致。

[4]隆、萬以降：明朝隆慶、萬曆以後。

[5]明業：明朝之王業。

[6]鉅子：先秦墨家稱墨學之大師。泛指巨子、大人物。

[7]此句意謂每見此類人不自量力而已。

[8]冷雋：意味深長。

[9]概沒：一概否定。

[10]清・紀昀《帝京景物略序》：“明之末年，士風佻，偽體作。竟陵、公安以詭俊纖巧之詞，遞相唱導。劉同人楚產也，故宗楚風，於司直稔與同人遊，故其習亦變而楚，所作《帝京景物略》八卷，其胎胚則《世說新語》《水經注》，其門徑則出入竟陵、公安，其序致冷雋，亦時復可觀。蓋竟陵公安之文雖無當於古之作者，而小品點綴則其所宜，寸有所長，不容沒也。”

[11]見《元次山集》注。

[12]指讀譚元春詩時不時遇到如孟郊般寒苦之作。東野：指晚唐詩人孟郊。

[13]宋・釋雲岫《寄智門石心和尚》：“我栽苦瓠連根苦，君種甜瓜苦更多。”

任公[1] 歸國為賦

更生強聒[2]曾無補，楚老[3]相逢泣已遲。起陸龍蛇[4]先有讖，納隍蕉鹿[5]世猶癡。及關李叟聞長歎[6]，歸國梁鴻賸五噫[7]。最念望門投止[8]日，眼中豪俊已生髭[9]。

【注】

[1]任公：梁啓超。見《曾剛父詩集序》注。

[2]更生：康有為號更生。強聒：指維新失敗後，康有為猶組保皇黨，鼓吹保皇。

[3]楚老：《漢書・兩龔傳》載，王莽篡漢，龔勝恥事二姓，堅不應莽徵，絕食死，“有老父來弔，哭甚哀，既而曰：‘嗟乎！薰以香自燒，膏以明自銷。龔生竟夭天年，非吾徒也。’遂趨而出，莫知其誰”。此老父隱居彭城，後因稱之“楚老”。

[4]《陰符經》:“天發殺機，移星易宿。地發殺機，龍蛇起陸。人發殺機，天地反覆。”

[5]納隍：漢·張衡《東京賦》：“人或不得其所，若己納之於隍。”謂推入城池中。按，《孟子·萬章下》稱伊尹“思天下之民，匹夫匹婦，有不與被堯舜之澤者，若己納之溝中”，張賦本此意。後以“納隍”指出民於水火之迫切心情。《宋書·王僧達傳》:“民有諮瘼之聲，君表納隍之志。”蕉鹿：《列子·周穆王》:“鄭人有薪於野者，遇駭鹿，御而擊之，斃之。恐人見之也，遽而藏諸隍中，覆之以蕉，不勝其喜。俄而遺其所藏之處，遂以為夢焉。”蕉，通“樵”。後以“蕉鹿”指夢幻。

[6]及關李叟：趙景真《與嵇茂齊書》:“昔李叟入秦，及關而歎；梁生適越，登嶽長謠。”《列子》:“楊朱南之沛，老聃西遊於秦，邀於郊。至梁而過老子。老子中道仰天歎曰：‘始以汝為可教，今不可教也。’楊朱曰：‘請聞其過。’老子曰：‘睢睢而盱盱，而誰與居?’”李叟指老子。

[7]見《潘若海約極樂寺看海棠，阻風未預，晚飯西安樓》注。

[8]望門投止：《後漢書·張儉傳》:“儉得亡命，困迫遁走，望門投止。”比喻情況急迫，來不及選擇存身之處。譚嗣同《獄中題壁詩》:“望門投止思張儉，忍死須臾待杜根。我自橫刀向天笑，去留肝膽兩崑崙。”

[9]生髭：長鬍鬚。

送溫毅夫還山[1]

尋常惜別到今非，反袂[2]翻無涕可揮。下國未聞桑實美[3]，故山誰信蕨芽肥[4]。鴻毛生死[5]聽時論，燕羽差池賦大歸[6]。去與遺民談野史，一亭宛在雪初飛。

【注】

[1]溫毅夫：溫肅，見《為溫毅夫題慈仁寺訪松畫卷》注。還山：致仕；退隱。

[2]反袂：用衣袖拭淚。形容哭泣。

[3]《魯頌·駉之什·泮水》:“食我桑黮，懷我好音。”《毛傳》:“黮，桑實也。”《泮水》篇頌魯僖公能紹先業，修泮宮，征淮夷，修文武。“未聞”者，傷清廷之衰也。

[4]《詩經·召南·草蟲》:“陟彼南山，言採其蕨。未見君子，憂心惙惙。”方玉潤《詩經原始》曰：“思君念切也”。

[5]鴻毛生死：司馬遷《報任少卿書》："人固有一死，或重於泰山，或輕於鴻毛，用之所趣異也。"

[6]燕羽差池：《詩·邶風·燕燕》："燕燕於飛，差池其羽。"大歸：已嫁之婦永歸娘家稱大歸。《詩》孔穎達疏："言大歸者，不返之辭。以歸寧者有時而反，此即歸不復來，故謂之大歸也。"此言毅夫歸隱不復出也。

【評】

○渺之曰：極滄桑之事，寫來仍不失溫厚，真修養也。

送汪子賢[1]還休寧

桑田滄海人間世[2]，白嶽黃山歸去來[3]。謖謖磵松[4]原絕垢，青青陵麥故含哀[5]。久經喪亂添霜鬢[6]，暫捲蒼茫入酒杯。離別尋常無可說，但勤書札得親開。

【注】

[1]汪子賢：汪述祖。見《汪子賢宅菊花》注。

[2]桑田滄海：麻姑自說云，接待以來，已見東海三為桑田。見葛洪《神仙傳·麻姑》。比喻世事變化巨大。人間世：人世。

[3]白嶽：齊雲山，古稱白嶽，四大道教名山之一。位於徽州休寧縣城西十五公里處。黃山：位於安徽省南部黃山市境內。為"三山五嶽"中"三山"之一，有"天下第一奇山"之美稱。歸去來：即歸來。陶潛有《歸去來兮辭》。

[4]謖謖磵松：劉義慶《世說新語·賞譽》："世目李元禮謖謖如勁松下風。"謖謖：喻剛勁嚴峻。

[5]《史記·宋微子世家》："箕子朝周，過故殷虛，感宮室毀壞生禾黍……乃作《麥秀》之詩以歌詠之。"

[6]霜鬢：白鬢髮。

【評】

○一時山人曰：頸聯學李義山《安定城樓》："永憶江湖歸白髮，欲回天地入扁舟。"

○渺之曰："暫捲蒼茫入酒杯"一句，何等氣概。"暫"見其從容也，"捲""入"之動詞搭配，既有力度又不失風度。強聒之輩，至死不能夢見，政在此等處。

〇一時山人曰：渺之所言甚然。只曰“暫捲蒼茫入酒杯”，已極顯氣概，然若第如此則只見氣概，加一“暫”字，稍壓此氣沈之一分也。此類誇張筆法，大氣豪言，並不難為，然亦極易落乎粗、硬、直、亢、急、空，是往而不返也。是以粗者必知潤之，直者必知曲之，硬者必知柔之，亢者必知抑之，急者必知緩之，空者必知收之。蟄庵此句納須彌於芥子，此等四兩撥千斤之拿捏功夫，全於動詞、虛字之選擇、搭配、點綴處見之，猶夫國畫之留白是也。一陰一陽之道在其中矣。羌氣概易見，而氣度難成，蓋一性情，一修養也。詩見性情，使人悅目愛之，詩見氣度，則使人賞心慕之。性情乃天生，修養氣度乃先天後天內外修得，譬之馬術，性情是馬，修養是馬師，唯以修養馭性情，始臻上善之境。

大行皇太后[1]哀詞

補天煉石[2]徒虛語，扶日乘雲空復辭[3]。禪讓[4]久成亡國例，哭臨猶見舊朝儀[5]。九疑[6]有恨都相似，一慟遲來但益悲。差幸移宮[7]還未及，旛竿猶傍萬年枝[8]。

【注】

[1]大行皇太后：指慈禧。光緒三十四年十月二十二日（一九〇八年十一月十五日）下世。

[2]補天煉石：古代神話傳說，女媧煉石補天。《淮南子·覽冥訓》：“往古之時，四極廢，九州裂，天不兼覆，地不周載……於是女媧煉五色石以補蒼天，斷鼇足以立四極。”

[3]空復辭：成空話。

[4]禪讓：指光緒皇帝之權力實際掌握在慈禧手上。

[5]朝儀：朝廷之禮儀。

[6]九疑：山名，在湖南寧遠縣南。《山海經·海內經》：“南方蒼梧之丘，蒼梧之淵，其中有九嶷山，舜之所葬，在長沙零陵界中。”郭璞注：“其山九溪皆相似，故云‘九疑’。”《史記·五帝本紀》：“（舜）葬於江南九疑，是為零陵。”

[7]乾清宮為內廷正宮，皇帝皇后所居。明光宗朱常洛病危，在乾清宮，西李隨住。朱常洛臨終，召大臣入宮，西李見諸臣來，攜朱常洛長子朱由校避入內房。朱常洛吩咐群臣，封李選侍為貴妃，西李聞之，使朱由校出求封李選侍為皇后。朱常洛不應，諸臣不滿。翌日，群臣齊集慈慶宮外，求朱由校下詔，移西李出乾清宮。西李乃移鸞宮，鸞宮為宮女養老之地。西李一移，遂失勢。此即移宮

案之始末。

[8]旛竿：繫幡之杆。旛為用以招魂之幟。萬年枝：樹名。即冬青。

初宿楊漕[1]田舍

二畒田廬草草成，略無軒檻[2]足幽清。緣河稊柳垂垂發[3]，過雨滮池浼浼平[4]。噉[5]藥忍饑誠拙事，鮮衣高卧慰勞生[6]。讀書正在牛欄側，一世巢經[7]共此情。

【注】

[1]楊漕：天津楊漕。蟄庵晚歲寄居此地，歸隱躬耕。

[2]軒檻：欄板。

[3]稊柳：柳樹開花，生柳絮。《大戴禮記·夏小正》："正月……柳稊。稊也者，發孚也。"《周易·大過》"九二"："枯楊生稊。"王弼注："稊者，楊之秀也。"孔穎達疏："稊者，楊之穗，故云楊之秀也。"垂垂發：杜甫《和裴迪登蜀州東亭送客逢早梅相憶見寄》："江邊一樹垂垂發，朝夕催人自白頭。"

[4]《詩·小雅·白華》："滮池北流，浸彼稻田。嘯歌傷懷，念彼碩人。"《毛傳》："滮，流貌。"《箋》云："池水之澤，浸潤稻田，使之生殖。喻王無恩意於申后，滮池之不如也。豐、鎬之間，水北流。碩，大也。碩大之人，謂褒姒也。申后見黜，褒姒之所為，故憂傷而念之。"浼浼，水貌。一曰水流平貌。《詩·邶風》："河水浼浼。"

[5]噉：同"啖"。

[6]鮮：同"解"。勞生：辛苦勞累之生活。見《題劉幼雲九峰山居圖二首》注。

[7]清·鄭珍號巢經巢。有《巢經巢經說》。

田間襍詩 十四首

摒擋浮名辦一邱[1]，得坻無意更乘流[2]。天教小試鉏犁[3]手，欲看黃淤[4]十里秋。

【注】

[1]摒擋：除去。辦一邱：宋·趙必象《錢陳匝峰之濂泉》："不辦一邱費，

猶為九品官。”

[2]漢·賈誼《鵩鳥賦》：“乘流則逝兮，得坻則止。”坻：水中小塊高地。

[3]鉏犁：鋤與犁。借指耕作。

[4]黃淤：洪水過後淤積之肥沃黃土。

蛙聲閣閣水平畦[1]，秔稻[2]初秧綠漸齊。雨後斜陽紅較好，小船搖曳過河西。

【注】

[1]閣閣：象蛙鳴聲。畦：田界。

[2]秔稻：粳稻。《文選·揚雄〈長楊賦〉》：“馳騁秔稻之地，周流梨栗之林。”李善注：“《說文》曰：‘秔，稻屬也。’《聲類》以為，秔不黏稻也。”

【評】

○渺之曰：可與徐俯《春遊湖》“春雨斷橋人不度，小舟撑出柳陰來”和王安石《南浦》“南浦隨花去，回舟路已迷。暗香無覓處，日落畫橋西”並觀。

夜起微茫月墜霄，青蘆風動響蕭蕭。平生久慣江鄉味，卻又關心早夜潮。

【評】

○渺之曰：早晚潮亦喻世變，蟄庵雖隱，仍關心時局之變，士大夫心志也。

天生粉本奪徐熙[1]，百草千花日弄姿[2]。第一撩人[3]秋色現，潮痕半沒水紅枝。

【注】

[1]粉本：畫稿。古人作畫，先施粉上樣，後依樣落筆，故稱畫稿為粉本。徐熙：五代南唐畫家。江寧（今南京）人。一作鍾陵（今江西進賢）人。出身於“江南名族”。生於唐僖宗光啓年間，後在宋開寶八年（九七五年）隨李後主歸宋，不久病故。一生未官，郭若虛稱之為“江南處士”。沈括稱其為“江南布衣”。其性情豪爽曠達，志節高邁，善畫花竹林木，蟬蝶草蟲。

[2]弄姿：謂做出種種姿態。

[3]撩人：誘人；動人。

【評】

○一時山人曰：此蟄庵寫景之詩第一艷。

豆莢壺盧[1]傍屋栽，一花五葉類安排[2]。要知真種囊中有[3]，不遣閑花歷亂[4]開。

【注】

[1]壺盧：即葫蘆。

[2]一花五葉：既貼葫蘆一花五葉，又暗用禪宗“一花開五葉”典。見《題鐙影蘭亭》注。類安排：好似上天安排。

[3]劉義慶《世說新語·簡傲》：“（劉道真）性嗜酒，禮畢，初無他言，唯問：‘東吳有長柄壺盧，卿得種來不?’”

[4]歷亂：紛亂，雜亂。

【評】

○渺之曰：後半全是修道功夫，理語寄於格物之中。曾子曰：“吾日三省吾身。”神秀曰：“時時勤拂拭，莫使有塵埃。”此是用功夫處。

牆陰過雨艾蒿[1]光，隙地初無車馬妨。老去勤辳[2]寧惜力，自鉏瓦礫種黃桑[3]。

【注】

[1]艾蒿：艾草，多年生草本植物。一般用於針灸術之“灸”。

[2]辳：同“農”。

[3]鉏：同“鋤”。瓦礫：破碎之磚瓦。蘇軾《次韻孔毅甫久旱已而甚雨三首》：“去年東坡拾瓦礫，自種黃桑三百尺。”

新鑿方塘號鏡渠[1]，晚栽楊柳尚疏疏。一詩與結明年約，半種菱荷半種魚[2]。

【注】

[1]宋·朱熹《觀書有感》：“半畝方塘一鑒開。”

[2]種魚：養魚。陸龜蒙有《種魚》詩。

【評】

○渺之曰：“詩”字見於詩中，每滑俗令人生厭。蟄庵用之，但覺其可愛，因其為真詩人也。

並舍荒蕪足數廛[1]，黄昏飯罷每流連。此間添個書堂好，分貯湖樓種樹編[2]。

【注】

[1]並舍：傍屋。廛：古代平民一家在城邑中所占之房地。

[2]種樹編：即種樹書。有關種植之書籍；農書。韓愈《送石處士赴河陽幕》："長把種樹書，人云避世士。"

夾岸稊楊水繞村，浣花今有瀼西原[1]。他時倘得逢蕭八，乞覓桃栽五百根。[2]

【注】

[1]浣花：指杜甫。瀼西原：唐代宗大曆二年（七六七年），杜甫五十六歲。在夔州。春，自西閣移居赤甲。三月，遷居瀼西草屋。

[2]杜甫《蕭八明府實處覓桃栽》："奉乞桃栽一百根，春前為送浣花村。河陽縣裏雖無數，濯錦江邊未滿園。"

掠波雙燕故飛飛，何處雕梁忘卻歸。小立茅齋試招手，晚風蒲稗[1]水深圍。

【注】

[1]蒲稗：蒲草與稗草。

【評】

〇渺之曰：此組詩深似半山退隱後之作。辭平淡而理綿緲，返璞歸真。

豎子[1]尋源去不回，渴心日晚生塵埃。龍團蒼璧[2]那可得，聊飲溪流三兩杯。

【注】

[1]豎子：小孩。

[2]龍團：宋代貢茶名。餅狀，上有龍紋，故稱。蒼璧：新製成青綠色之小片龍團茶。周紫芝《攤破浣溪沙·茶詞》："蒼璧新敲小鳳團。"

落日回風逼發生[1]，野田黄雀報初更[2]。燈窗夜氣侵危坐[3]，還我當年舊短檠[4]。

【注】

[1]發生：指萬物。

[2]初更：舊時每夜分為五個更次。晚七時至九時為初更。

[3]危坐：古人以兩膝著地，聳起上身為“危坐”，即正身而跪，表示嚴肅恭敬。後泛指正身而坐。

[4]短檠：矮燈架。此指當年寒窗苦讀之小燈。

故書百本鎮[1]相隨，長夏村莊日倍遲。溫罷公羊[2]剛餅熟，家風還是秀才時。

【注】

[1]鎮：長，常。

[2]公羊：《春秋公羊傳》，儒家經典之一。上起魯隱公元年，止於魯哀公十四年，與《春秋》起迄時間相同。相傳其作者為子夏之弟子，戰國時齊人公羊高。初為口說流傳，西漢景帝時，傳至玄孫公羊壽，由公羊壽與胡毋生（子都）並將《春秋公羊傳》著於竹帛。

白髮填詞吳祭酒[1]，天涯耕稼顧圭年[2]。吾生頑薄誠知趣[3]，回首風塵一惘然。

【注】

[1]吳祭酒：指吳偉業。《四庫全書總目》：“王士禎詩稱‘白髮填詞吳祭酒’。亦非虛美。”

[2]顧圭年：指顧炎武。顧義不仕清，常熟吳龍錫有詩讚道：“到底不曾書鶴版，江南惟有顧圭年。”

[3]頑薄：愚鈍淺薄。知趣：謂識時務。

李漁叔曰：“余尤愛剛甫所作七言絕句，可謂豐神絕世。其佳處在全不用典實，稱意書之，無格格不吐之辭，而低徊往復，使人味之無盡。……至其田園諸詩，則饒有逸趣，一種閑適之致，謂可方駕放翁、石湖。如《田間雜詩》。作詩愛用典實，動輒堆砌滿紙，窒塞性靈，自是一病，上列剛父所作，皆平實顯豁，而風華朗潤，何嘗矜奇炫異，以獰態向人耶？七絕最不易作，唐人雖工為此，標舉萬首，絕佳者亦復寥寥。宋以後多以意為主，末流稍近棘塞，清初漁洋專主風神，以救其弊，然過矜神韻，又蹈空疏。若剛父獨秀兼工，奄有宋、唐之勝，則近百年來，不易數覯也。”

自題蕉桐涼月畫扇

蕉桐得雨色逾淨，雲月通宵氣已秋。攲枕[1]乍聞初雁過，拂簾低見一螢流。

【注】

[1]攲枕：倚枕。

【評】

○渺之曰：前三句將一“涼”字烘出，末句神來之筆，“低見”二字，何等風致。

○一時山人曰：末句蓋如陳亦峰所云“此種語自是衝口而出，卻非天人兼到者不能”（見《白雨齋詞話》）者也。此句是性境現量，所謂前念不生，後念不滅也。此“見”同淵明“悠然見南山”之“見”，眼識之現量。此句緊要處不在“見”，而在“低”，“低”則猶淵明之“悠然”，若換以“俯”則全失此妙，“俯”乃主動之動作，有目的性，且俯見之後，得到結果，一切結束。“低”是身識（動作、運動）之現量，不期於心而“低”，無意識，無目的，無因，無果，“低”雖是動作，更是狀態，完成低見之動作，仍保持低之狀態，至於靜止之定境。然則觀夫陶氏之“見”與曾氏之“見”，客觀上二“見”實皆“忽見”，然非忽見，乃不期而遇見，而第止於眼，未至心也。忽者從心，心、意始有“忽”之識（或曰“概念”）也。是以“見”雖是見而讀“現”也。耳鼻舌身，亦復如是。此謂前五識性境現量通三性（曰善、惡、無記）也。近夫詩家所求之“自然”焉。（參見《靖節桃花源記》注與一時山人評說）

十一月十七日，德宗景皇帝、孝宣景皇后奉安崇陵[1]泣紀

落落周民歎孑遺[2]，春秋書葬[3]已逾時。未終惕厲憂勤[4]事，誰補神功聖德碑（前代各陵均有神功聖德碑，道光間始諭停止）。七恨[5]至今無可說，重泉[6]相待有餘悲。奉安泣告諸陵日（奉安例告各陵），悽絕靈禽樹上枝。

【注】

[1]德宗景皇帝：清光緒皇帝愛新覺羅・載湉。孝宣景皇后：光緒之皇后隆

裕皇后。崇陵：光緒之陵寢，位於泰陵東南面約四公里之金龍峪。光緒在位三十四年（一八七五年至一九〇八年）。崇陵為中國歷代皇帝中最後一座陵寢，宣統元年（一九零九年）破土興建，民國四年（一九一五年）竣工。地宮中合葬光緒帝與隆裕皇后。

[2]孑遺：殘存者；遺民。

[3]春秋書塟：《春秋左氏傳·隱公》："有死者，不書葬。不成喪也。"塟同"葬"。

[4]惕厲：警惕，戒懼。《易·乾》："君子終日乾乾，夕惕若厲。"憂勤：指帝王或朝廷為國事而憂慮勤勞。

[5]七恨：努爾哈赤起兵反明，有七大恨之說：明朝無故殺害努爾哈赤父、祖；明朝偏袒葉赫、哈達，欺壓建州；明朝違反雙方劃定之範圍，強令努爾哈赤抵償所殺越境人命；明朝派兵保衛葉赫，抗拒建州；葉赫由於得明朝支持，背棄盟誓，將其"老女"轉嫁蒙古；明當局逼迫努爾哈赤退出已墾種之柴河、三岔、撫安之地，不許收穫莊稼；明朝遼東當局派遣守備尚伯芝赴建州，作威作福。

[6]重泉：猶九泉。舊指死者所歸。

大雪臨陶隱居仙人舊館壇碑[1]

隱居遺跡故幽奇，骨體漫詫吳興兒[2]。偶與歐虞[3]求出處，雪窗來寫館壇碑。

【注】

[1]陶弘景（四五六年至五三六年），字通明，丹陽秣陵人，齊梁道士，自號華陽隱居。《梁上清真人許長史舊館壇碑》為陶弘景撰並書，為南朝小楷之傑作。楊守敬《學書邇言》云："南朝小楷，陶隱居舊館壇為傑作。舊館壇碑唯首一行是陶隱居親筆，然通體亦自高古絕倫。"

[2]袁昂《古今書評》曰："陶隱居書如吳興小兒，形容雖未成長，而骨體甚駿快。"吳興為今之湖州。

[3]歐虞：唐代書家歐陽洵與虞世南。

【評】

〇渺之曰：章士釗詩："二樵不出名天下，蟄庵宦遊人罕知。南海潮音動虛牖，十年靜寫館壇碑。"注曰："梁任公告余：剛父酷嗜館壇，聞余有佳拓，恨未得見。"（見《三百年來詩壇人物評點小傳彙錄》第七十四頁，中州古籍出版社，一九八六年）可添掌故。

田居

漸緩愁年入渺漫[1]，村居二月尚嚴寒。未應開口逢人喝[2]，且試將心與汝安[3]。遲日[4]野陰殘照在，新潮春漲斷冰寬。荷鉏已是餘生事，報答東風只肺肝[5]。

【注】

[1]渺漫：猶渺茫。

[2]喝：佛教禪宗用語。禪師接待初機學人，對其所問，不用言語答復，而以口喝，以驗知其根機之利鈍。相傳喝之使用，始於臨濟義玄，故有"臨濟喝"之稱。

[3]慧可聞達摩誨勵，潛取利刃，自斷右臂，置於祖前。祖知是法器，乃曰："諸佛最初求道，為法忘形，汝今斷臂吾前，求亦可在？"祖遂因與易名，曰慧可。乃曰："諸佛法印，可得聞乎？"祖曰："諸佛法印，匪從人得。"可曰："我心未寧，乞師與安。"祖曰："將心來，與汝安。"可良久曰："覓心了不可得。"祖曰："我與汝安心竟。"詳見《五燈會元》並《指月錄》。

[4]遲日：《詩·豳風·七月》："春日遲遲。"後以遲日指春日。

[5]肺肝：喻內心。

【評】

〇渺之曰：頸聯見氣象，末聯見情性。

二月十一日大風雨雪

入夜風怒號，雨雪倏[1]兼至。晨興[2]起半户，浩浩勢未已。河流驟生波，簷雀俱斂翅。春鉏正入手，今日適無事。坐誦淵明詩，閑臨隱居字（臨舊館壇碑）。我牛緩齝草[3]，亦似有閑意。一杯聊引滿，不覺及三四。村醪雖云薄，餉[4]我一美睡。

【注】

[1]倏：忽然。

[2]晨興：早起。

[3]齝草：牛反芻時回嚼草。齝音癡。
[4]餉：贈送。

【評】
〇渺之曰：心閑故筆緩。
〇一時山人曰：賞其疏筆。發於《詩》，止於陶（淵明）。

夜晴有月

飄風驟雨遂終日[1]，星月娟娟[2]夜復晴。出户偶然成履跡，隔河隱約有歌聲。注湯煮餅供宵餓，兀坐挑燈宛故情。真妄世間誰與辨，明朝叱犢[3]事深耕。

【注】
[1]《老子》："希言自然。故飄風不終朝，驟雨不終日。"
[2]娟娟：明媚貌。
[3]叱犢：大聲驅牛。

【評】
〇一時山人曰：《老子》云"飄風不終朝，驟雨不終日"，然蟄庵此卻"飄風驟雨遂終日"，是謂天荒地變，物極不反也。置之絕地而逼出夜晴。首聯乃蟄庵心境、詩境之自道。真至情至性者。子曰："歲寒，然後知松柏之後凋。"此修養氣骨洵不易到，然蟄庵有此第一等之氣骨，更復有第一等之性情，真不愧"第一完人"之譽也。

"星月娟娟"，清艷。至媚至清。讀蟄庵詩，初易悦目，蓋其早年得玉谿之芳馨哀艷，溫婉悱惻。及深味之，則第知賞心，蓋其晚作得淵明之自然淵泊，已臻慧聖之境。予最愛其晚作不覺而出之早年餘艷。蓋為格日高，而為艷日損，其綺艷洗伐，鉛華滌盡，然一往深情則彌顯矣，以清剛之骨格植乎溫艷之性情，可以玉德譬之矣。

渠上新結草亭

把茅盖頂事非常[1]，禪寂[2]童心兩不妨。欲與蓮花同坐夏，一亭新置水中央。

【注】

[1]非常：不平常。

[2]禪寂：釋家以寂滅為宗旨，故謂思慮寂靜為禪寂。

即事呈葵霜閣[1]

長鑱木柄傍畦町[2]，自劚[3]閑花種湜亭。愧爾西臺晞髮叟，年年寒食哭冬青。[4]

【注】

[1]葵霜閣：梁鼎芬，葵霜閣為其齋號。見《〈蟄庵詩存〉序》注。

[2]長鑱：古代一種掘土器。裝以彎曲長柄，用以掘土，故稱長鑱。鑱音巉。畦町：田壟；田界；亦泛指田園。

[3]劚：同"斸"。斫也，音亦同。

[4]謝翱有《登西臺慟哭記》《冬青樹引》等文哀宋之亡。翱著有《晞髮集》，故稱晞髮叟。見《書何蔚高禊感詩後三首》之一注。冬青：常綠喬木，耐寒，經冬不凋。

題陳後山妾薄命[1]詩後

瓣香[2]不忍更他師，壓卷今傳薄命辭。一死實難天地窄，世間方笑後山癡。

【注】

[1]陳師道（一〇五三年至一一〇二年），字履常，一字無己，號後山居士，宋彭城（今江蘇徐州）人。元祐初蘇軾等薦其文行，起為徐州教授，歷仕太學博士、潁州教授、秘書省正字。為蘇門六君子之一，江西詩派重要詩人。有《後山先生集》。陳師道《妾薄命二首》："（其一）主家十二樓，一身當三千。古來妾薄命，事主不盡年。起舞為主壽，相送南陽阡。忍著主衣裳，為人作春妍。有聲當徹天，有淚當徹泉。死者恐無知，妾身長自憐。（其二）葉落風不起，山空花自紅。捐世不待老，惠妾無其終。一死尚可忍，百歲何當窮。天地豈不寬，妾身自不容。死者如有知，殺身以相從。向來歌舞處，夜雨鳴寒蛩。"二詩為紀念其師曾鞏而作。

［2］瓣香：師承；敬仰。

湜亭[1]六絕句

青銅磨鏡舒荷葉，碧玉抽簪長嫩蒲。賸看黃鶯掮過蝀，時有白鷺窺游魚。

【注】

［1］湜亭：蟄庵躬耕楊漕所築草亭。

河流轉處片帆出，倏忽[1]來過湜亭前。想見都官狂興發，整巾直走滄海邊。[2]

【注】

［1］倏忽：頃刻。指極短之時間。

［2］此以擬東陽水樂亭也。蘇軾有《東陽水樂亭》："聞道磬襄東入海，遺聲恐在海山間。"

東風吹雨水亭陰，憐爾天涯獨種參。書後欲題青李字[1]，函封不發只沈吟。

【注】

［1］青李字：即王羲之《青李來禽帖》，見《廣居春晚花卉蔬果盛萼荣欣然有作》之九注。

明渠浸玉絕氛埃[1]，一日應須到百回。說似抔湖吾亦肯，無人來對漫郎杯。[2]

【注】

［1］氛埃：污濁之氣；塵埃。又喻塵世或俗念。

［2］漫郎：唐代元結號。見《元次山集》注。元結每與孟士源遊退谷，泛抔湖。其《抔湖銘並序》曰："抔湖東抵抔樽，西侵退谷，北匯樊水，南涯郎亭。有茭有荷，有菰有蒲，方一二里，能浮水。"

荒荒廣野四天低，碧浸紅亭別一蹊[1]。來與楊漕[2]添掌故，八分[3]亭扁手親題。

【注】

[1]别一蹊：别作一蹊。蹊：小路。

[2]楊澧：見《初宿楊澧田舍》注。

[3]八分：漢字書體名。字體似隸而體勢多波磔。相傳為秦時上谷人王次仲所造。關於八分之命名，歷來說法不一，或以為二分似隸，八分似篆，故稱八分；或以為漢隸之波折，向左右分開，"漸若八字分散"，故名八分。見唐·張懷瓘《書斷》。近人以為八分非定名，漢隸為小篆之八分，小篆為大篆之八分，今隸為漢隸之八分。

前俯長河後枕渠，天光雲影[1]總模糊。不聞澄澈與流浪，自在亭中讀道書[2]。

【注】

[1]朱熹《觀書有感》："天光雲影共徘徊。"

[2]道書：佛家或道家典籍。

書橫渠西銘[1]挂田舍

聖其合德賢其秀，存吾順事歿吾寧。半年始得西銘看，只今此意常惺惺[2]。

【注】

[1]橫渠：張載（一〇二〇年至一〇七七年）字子厚，世稱"橫渠先生"。宋明理學創始人之一，有著名"橫渠四句"。張載《西銘》："乾稱父，坤稱母。予茲藐焉，乃混然中處。故天地之塞，吾其體。天地之帥，吾其性。民吾同胞，物吾與也。大君者，吾父母宗子，其大臣，宗子之家相也。尊高年，所以長吾長。慈孤弱，所以幼吾幼。聖其合德，賢其秀也。凡天下疲癃殘疾，惸獨鰥寡，吾兄弟之顛連而無告者也。於時保之，子之翼也。樂且不憂，純乎孝者也。違德曰悖，害仁曰賊。濟惡者不才，其踐形惟肖者也。知化則善述其事，窮神則善繼其志。不愧屋漏為無忝，存心養性為匪懈。惡旨酒，崇伯子之顧養。育英才，潁封人之錫類。不弛勞而底豫，舜其功也。無所逃而待烹，申生其恭也。體其受而歸全者，參乎！勇於從而順令者，伯奇也！富貴福澤，將厚吾之生也。貧賤憂戚，庸玉汝於成也。存吾順事，沒吾寧也。"

[2]惺惺：清醒貌。

書明道定性書[1]後

捨止修觀[2]非自性，捨觀修止異真如[3]。馬鳴[4]舊有雙修論，未及程門定性書。

【注】

[1]程顥（一〇三二年至一〇八五年），字伯淳，人稱明道先生，原籍河南府，生於湖北黃陂縣。宋明理學代表人物之一，與其弟程頤合稱“二程”。程顥有《定性書》，答復張橫渠問如何定性。

[2]修觀、修止皆佛教修行法門之一。“止”為梵文（奢摩他）之意譯，意為掃除妄念，專心一境；“觀”為梵文（毗缽舍那）之意譯，意為在“止”之基礎上發生智慧，辨清事理。佛教主張通過“止觀”即可“悟”到“性空”而成佛。

[3]真如：佛教語。謂永恒存在之實性，亦宇宙萬有之本體。

[4]馬鳴：即馬鳴菩薩。生於公元一一〇年前後，為古印度佛教大師、詩人、劇作家，被推崇為禪宗第十二代祖師。傳馬鳴著有《大乘起信論》，此書對隋唐佛教影響殊大，書中有關於“定慧雙修”之論。

葛沽蘇莊[1]道上麥苗茸茸桃杏交花

麥苗作罽[2]花交光，不信行人不斷腸。艷福一生忘不得，某年月日過蘇莊。

【注】

[1]葛沽蘇莊：今天津市東麗區蘇莊村，在無瑕街道辦事處東南五公里，海河北岸。東、北與北大道接壤，西至大楊村界。清順治年間成村，為海河南葛沽蘇姓占地，故名。

[2]罽：同“𦋺”。毛織物。

葛沽道中攜馬蘭歸種湜亭

連陰十日綠蕪蕪[1]，添置牛槽道葛沽。一路馬蘭勤請客，湜亭南迤[2]正相須。

【注】

[1]蕪蕪：草木叢集貌。

[2]迤：向；往。

題法源寺[1]餞春圖

一春田居，概無聞見，頃入京買夏衣，法源住持道階持紙來索詩，始知近日法源有餞春之會，春去顧待餞耶？強書一詩付道階，所謂隨順世緣者。

一歲田居罕入城，頃來差喜漸忘名。已成經雨孤花淚，持謝呼春百鳥聲。閉眼未應迷去住，此心端已廢將迎[2]。道師索寫新詩句，為問堂頭作麼生[3]。

【注】

[1]法源寺：原名憫忠寺，始建於唐，北京名刹。一九一五年，王湘綺進京，法源寺主持約請各界名流為湘綺老人舉行“餞春會”，到場者有上百人，各自賦詩作畫。

[2]將迎：送往迎來。

[3]《五燈會元》：“鎮州臨濟義玄禪師，曹州南華邢氏子，幼負出塵之志，及落髮進受具，便慕禪宗。起初在黃檗會中，行業純一。時睦州為第一座，乃問：‘上座在此多少時？’師曰：‘三年。’州曰：‘曾參問否？’師曰：‘不曾參問，不知問個甚麼？’州曰：‘何不問堂頭和尚，如何是佛法的的大意？’師便去。問聲未絕，檗便打。師下來，州曰：‘問話作麼生？’師曰：‘某甲問聲未絕，和尚便打，某甲不會。’州曰：‘但更去問。’師又問，檗又打。如是三度問，三度被打。”

端午泛舟溯河數里

楊花燕子爭輕俊[1]，五月村莊似晚春。過雨斷雲時作暝[2]，綠源盡日不逢人。勞生[3]有暇天應直，佳節無聊酒覺醇。搖兀[4]小舟忘近遠，拔蒲歸路月弦新。

【注】

[1]輕俊：輕盈飄逸瀟灑。

[2]暝：昏暗。
[3]勞生：辛苦勞累之生活。見《題劉幼雲九峰山居圖二首》注。
[4]搖兀：搖曳。

病起趨田裸詩九首

旱草還愓水，秋風正起予[1]。孫休艱遇歲[2]，鄭緩誤攻儒[3]。蕪穢[4]從剛治，新詩擬建除[5]。白茅[6]柔潔好，留與護雞雛。

【注】

[1]起予：《論語·八佾》："子曰：'起予者，商也，始可與言《詩》已矣。'"何晏《集解》引包咸曰："孔子言子夏能發明我意，可與共言《詩》。"後因用為啓發自己之意。

[2]《莊子·達生》："有孫休者，踵門而詫子扁慶子曰：'休居鄉不見謂不修，臨難不見謂不勇；然而田原不遇歲，事君不遇世，賓於鄉里，逐於州部，則胡罪乎？天哉。休惡遇此命也。'"

[3]《莊子·列御寇》："鄭人緩也呻吟裘氏之地，只三年而緩為儒，河潤九里，澤及三族，使其弟墨。儒墨相與辯，其父助翟，十年而緩自殺。"

[4]蕪穢：荒蕪。謂田地不整治而雜草叢生。

[5]建除：古代術數家以為天文中之十二辰，分別象徵人事：建、除、滿、平、定、執、破、危、成、收、開、閉十二種。後因以"建除"指根據天象占測人事吉兇禍福。

[6]白茅：《易·大過》："初六，藉用白茅，無咎。"

【評】

〇一時山人曰：《易·繫辭》子曰："苟措諸地而可矣，藉之用茅，慎之至矣，何咎之有？"白茅者，至柔至潔之物，《易》辭中重用以藉祭器，而此以藉護區區雞雛，慎之至，更愛之至矣。一首中用儒、莊、《易》諸典而不板，正在於此白茅之用也。

曉月看曾慣，秋潮意略平。呼僮洗桐樹[1]，通溜灌蕪菁[2]。點點金英[3]小，飛飛粉翅[4]輕。歲芳[5]搖落盡，所得是淒清。

【注】

[1]明·王錡《寓圃雜記·雲林遺事》："倪雲林潔病，自古所無。晚年避地

光福徐氏……雲林歸，徐往謁，慕其清閟閣，懇之得入。偶出一唾，雲林命僕繞閣覓其唾處，不得，因自覓，得於桐樹之根，遽命扛水洗其樹不已。徐大慚而出。”

[2]溜：屋簷排水處。蕪菁：又名蔓菁，塊根肉質，花黃色，塊根可為蔬菜，俗稱大頭菜。

[3]金英：黃色之花。

[4]粉翅：蝶翅。

[5]歲芳：即歲華。泛指草木。因其一年一枯榮，故謂。陳子昂《感遇》之二：“歲華盡搖落，芳意竟何成。”

蔬菜饒[1]寒綠，瓜壺極老成。庾郎貧已慣[2]，退谷[3]晚還耕。雲雨將秋暝，星河不世情[4]。百年看鬢影，一雁接邊聲[5]。

【注】

[1]饒：富，多。

[2]庾郎：庾信（五一三年至五八一年），字子山，小字蘭成，北周時期人。南陽新野（今屬河南）人。早期仕於梁。以宮體著稱，與徐陵並名，世稱“徐庾”。後出使西魏，梁為西魏所滅後，被強留長安，身仕敵國，永別江南。風格轉為蒼勁悲涼。其詩賦駢文皆集大成。有《庾子山集》。庾信《擬詠懷》之九：“不特貧謝富，安知死羨生！”庾信身居顯貴，然其客仕敵國之恥，亡國離家之恨始終鬱鬱，庾信此句自謂其富不如貧，生不如死。蟄庵以庾信亡國自況，而自幸全身而退，守節安貧。

[3]退谷：即元結，見《元次山集》注。曾隱居於退谷躬耕。

[4]不世情：不通曉世俗情理、世態人情。

[5]邊聲：指邊境警報。

【評】

〇一時山人曰：從田家寫到邊聲。老而彌曠彌堅。末聯老驥伏櫪，志在千里。以微弱之鬢影承負滄桑之百年，以蒼茫之邊聲接合微生之一雁。

事賤偏多趣，除閑不算頑。燒畬[1]臨兔穴，折葦當魚竿。轉物昇元閣[2]，稱書舊館壇[3]。將身供萬劫，悄立待孤歡。

【注】

[1]燒畬：燒荒種田。

［2］昇元閣：南朝梁武帝在瓦官寺內所建，故又稱瓦官閣。瓦官寺建於東晉哀帝時，曾收顧愷之《維摩詰像》、獅子國貢品白玉佛像與戴逵父子所雕獅子銅像，享譽佛教界。

［3］讚賞之書法應數陶弘景《許長史舊館壇碑》。

宿霧[1]彌平野，初陽[2]散曲池。不殊南蕩興[3]，待補輞川詩[4]。得所知魚樂[5]，偷生慰爾私。偶然棲隱跡，還愧鹿門期[6]。

【注】

［1］宿霧：夜霧。

［2］初陽：朝陽。

［3］南蕩興：宋·王安石《南蕩》："南蕩東陂水漸多，陌頭車馬斷經過。鍾山未放朝雲散，奈此黃梅細雨何。"南蕩：在宋臨安府。

［4］輞川詩：王維居輞川，此指王維詩。

［5］知魚樂：見《南河泡》注。

［6］鹿門期：隱居之約定。鹿門山在湖北襄陽。後漢龐德公攜妻子登鹿門山，採藥不返。後因用指隱士所居之地。

露草光猶泫[1]，霜蒹氣已蒼。退潮明蟹窟，過雨理魚防[2]。黃落[3]知秋晚，孤行惜志荒。故人今好在[4]，舊學待商量[5]。

【注】

［1］泫：指露珠晶瑩發亮。

［2］魚防：攔阻魚以防逃逸之堤埂或竹木欄柵。

［3］黃落：黃葉凋落。

［4］好在：安好。多用於問候。

［5］朱熹《鵝湖寺和陸子壽》："舊學商量加邃密，新知培養轉深沈。"

一病遂成懶，霜寒種麥遲（麥秋分下種，今年病，霜降始種完）。植援[1]聊屈竹，煮豆信然萁[2]。着韤酬吾足，敦筇蹙客頤[3]。逃名還自幸，無事草堂貲[4]。

【注】

［1］植援：築籬笆；築垣。

［2］劉義慶《世說新語·文學》："文帝嘗令東阿王七步作詩，不成者行大法。應聲便為詩曰：'煮豆持作羹，漉菽以為汁。其在釜下燃，豆在釜中泣。本

是同根生，相煎何太急?’帝深有慚色。”

[3]敦：猶頓。把東西使勁地放下。敦笻指頓笻杖。頤：下巴。

[4]草堂貲：杜甫《王錄事許修草堂貲不到聊小詰》：“為嗔王錄事，不寄草堂貲。昨屬愁春雨，能忘欲漏時。”

久知耕也餒[1]，誰信病非貧。去日殊可惜，臨風始欠伸[2]。因循成漫叟[3]，棲泊分流人[4]。劚得卷葹[5]草，持將寄所親。

【注】

[1]耕也餒：《論語·衛靈公》：“子曰：‘君子謀道不謀食，耕也，餒在其中矣；學也，祿在其中矣。”

[2]欠伸：打呵欠，伸懶腰。

[3]漫叟：元結老時自稱漫叟。元結《漫歌八曲》序：“壬寅中，漫叟得免職事，漫家樊上，修耕釣以自資，作《漫歌八曲》。”

[4]棲泊分流人：已慣棲泊，自分為流人。

[5]卷葹：猶卷施。草名。《爾雅·釋懷草》：“卷施草，拔心不死。”郭璞注：“宿莽也。”郭璞《卷施讚》：“卷施之草，拔心不死。屈平嘉之，諷詠以比。”

【評】

○一時山人曰：此首亦老而彌堅之昭昭。

北斗虛何用，牽牛[1]蠢不靈。盎[2]糧支閏歲（今歲置閏），杯酒酹長星[3]（彗星見北斗柄，逆行而西）。結念自無始[4]，沈吟極窈冥[5]。披衣臨象緯[6]，併入鐵函經[7]。

【注】

[1]牽牛：即河鼓。星座名。俗稱牛郎星。

[2]盎：盆類盛器。

[3]長星：古星名。類似彗星，有長形光芒。《漢書·文帝紀》：“(八年)有長星出於東方。”顏師古注引文穎曰：“長星多為兵革事。”

[4]結念：念念不忘。無始：指太古。

[5]窈冥：遙空；極遠處。

[6]象緯：星象經緯。

[7]鐵函經：南宋鄭思肖所著文集。宋亡後，鄭思肖將其所著詩文編為《咸淳集》《大義集》《中興集》《久久書》《雜文》《大義略敘》等，總題為“心

史”，以蠟封錫匣鐵函數重密封，外書“大宋鐵函經”五字，內書“大宋孤臣鄭思肖百拜封”十字，沈於蘇州承天寺一古井中。三百六十五年後，明崇禎十一年（一六三八年），偶被人從井底掘出。

自挐小舟過河與梁次筷[1] 閑話

迷時師渡我，悟時我自渡。[2]投竿忽失笑，截斷曹溪[3]句。次筷吾故人，隔河斜對宇。耕作有偃息[4]，還往无迎拒[5]。沿河東西岸，汲汲事斥鹵[6]。耦耕誠何心，遺民略可數（林贊老、葉仲圃、陳詒仲、林朗西、溫毅夫、次筷及余皆衡宇相望）。往者無可說[7]，来者難億語。田家本色話，商略[8]到瓜芋。未足盡悠久，亦頗極諧噱[9]。閑晷[10]未易得，炊煙淡容與[11]。觧維[12]及潮流，平視月正吐。

【注】

[1]梁次筷：梁用弧（一八七四年至一九二三年），字次筷，廣東順德人。書家。光緒進士。

[2]《壇經》：“惠能三更，領得衣缽。云：‘能本是南中人。素不知此山路，如何出得江口？’五祖言：‘汝不須憂，吾自送汝。’祖相送直至九江驛。祖令上船，五祖把櫓自搖。惠能言：‘請和尚坐，弟子合搖櫓。’祖云：‘合是吾渡汝。’惠能曰：‘迷時師度，悟了自度；度名雖一，用處不同。惠能生在邊方，語音不正。蒙師付法，今已得悟，只合自性自度。’祖云：‘如是如是。以後佛法，由汝大行，汝去三年，吾方逝世。汝今好去，努力向南，不宜速說，佛法難起。’”

[3]曹溪：慧能居曹溪三十餘年，講經說法，度人無數，世稱曹溪慧能。

[4]偃息：停止。

[5]迎拒：迎而拒之，謂拒絕。

[6]汲汲：心情急切貌。斥鹵：鹽碱地。

[7]《論語・八佾》：“子曰：‘成事不說，遂事不諫，既往不究。’”

[8]商略：商討。

[9]諧噱：詼諧發噱。

[10]閑晷：空閑之時。

[11]容與：從容閑舒貌。

[12]觧維：解開纜索。指開船。觧同“解”。

王逸塘曰：“滄桑換劫，仕隱都難，避地躬耕，每多朝士。楊漕與析津接壤，故退宦多樂就之。蟄庵《自挐小舟過河與梁次筷閑話》詩云云。自注：‘林贊老、葉仲園、陳詒仲、林朗西、溫毅夫、次侯及余，皆衡宇相望。’杜之東屯，陶之下巽，素心晨夕，殆猶遜此。”（《今傳是樓詩話》）

【評】

○渺之曰：“耦耕誠何心，遺民略可數。”夷齊之歎也。天留此數老在，且結鄰而居，亦一時之盛也。予曾怪蟄庵晚歲何不歸潮，因有此數老在也。且率土之濱，莫非新王之土，又何必歸鄉。

題耆壽民[1] 見山樓圖

紫陽[2]晚歲求超悟，臨濟宗風只活埋[3]。莫向亂書堆裏老，樓扉時為故山開。

【注】

[1]壽民：張乃耆字壽民，號白眉、白門、香荃老人。安徽桐城人，占籍江寧，工花鳥畫。

[2]紫陽：宋代理學家朱熹之別稱。朱熹之父朱松曾在紫陽山（今安徽省歙縣）讀書。朱熹後居福建崇安，題廳事曰紫陽書室，以示不忘。後人因以“紫陽”為朱子別稱。

[3]臨濟義玄參趙州黄檗之公案。《指月錄》卷十三：“見黄檗來，拄钁而立。檗曰：‘這漢困那。’師曰：‘钁也未舉，困個甚麼?’檗便打。師接住棒一送送倒。檗呼維那：‘扶起我來。’維那扶起曰：‘和尚爭容得這風顛漢無禮。’檗才起便打維那。師钁地曰：‘諸方火葬。我這裏活埋。’”

題力軒舉[1] 醫隱圖

逃名擇術計無餘，花竹斜街舊隱廬。聞道伯休[2]堅自晦，年來蹤跡又田居。

【注】

[1]力軒舉：（一八五六年至一九二五年），滿洲正黄旗人，名齡，字九峰、壽民，號無悶居士。御醫。光緒十五年（一八八九年）舉人。官商部主事、保惠司郎中。曾為慈禧診病，封四品卿銜。著有《雙鏡廬文存》《熱病論》《日本醫學調查記》等。

[2]伯休：皇甫謐《高士傳》："漢韓康，字伯休。賣藥長安市。口不二價。三十餘年。時有女子買藥。康守價不二。女子怒曰：'公是韓伯休耶？乃不二價。'康歎曰：'我本避名，今女子皆知。何用藥為。'遂隱霸陵山中。屢徵不起。桓帝聘之，中道遁去。"

題陳簡樓[1] 遺札

賸與孝標酬墮旨[2]，已成子敬愴人琴[3]。此是盧仝玉碑子[4]，百回摩撫百惕心。

【注】

[1]陳簡樓：即陳簡持。見《〈蟄庵詩存〉序》注。

[2]孝標：南朝·梁·劉峻（四六二年至五二一年），字孝標，以箋注劉義慶編撰之《世說新語》而聞於世。劉峻有《重答劉秣陵沼書》，為書悼答亡友劉沼並序其遺著，書曰："余悲其音徽未沫，而其人已亡，青簡尚新，而宿草將列，泫然不知涕之無從也……故存其梗概，更酬其旨。"墮旨：猶遺旨，遺意。

[3]劉義慶《世說新語·傷逝》："王子猷、子敬俱病篤，而子敬先亡……子敬素好琴，（子猷）便徑入坐靈牀上，取子敬琴彈。弦既不調，擲地云：'子敬子敬，人琴俱亡！'慟絕良久，月餘亦卒。"

[4]盧仝有《哭玉碑子》詩。

題丁叔雅[1] 遺墨

舊日交親原不薄，他生怨悱[2]更何如。人間夭枉兼常痛[3]，腸斷丁三[4]數紙書。

【注】

[1]丁叔雅：丁惠康。見《〈蟄庵詩存〉序》注。

[2]怨悱：怨恨鬱結。

[3]謝靈運《廬陵王墓下作》："脆促良可哀，夭枉特兼常。"夭枉：短命早死。

[4]丁三：叔雅排行第三，故稱。

【評】

〇渺之曰：以怨悱評丁三，真知己之言也。玉谿贈樊川詩曰“刻意傷春復傷別，人間唯有杜司勳”，可得一比。

自題漢殘磚拓本

一角殘磚五鳳[1]嬉，紀元恰合漢宣時[2]。貧兒驟詫收藏富，自拓殷勤寄所私。

【注】

[1]五鳳：漢宣帝年號。

[2]西漢宣帝劉詢，公元前七三年至公元前四九年在位。

鯉魚溝謁先大夫[1]墓三首

疏疏磵底松，兀兀山頭石。[2]含悽陟連岡，暖焉先子宅[3]。微生足[4]憂患，有願守蓬蓽[5]。廿載飢驅去，一蹶遂埽跡[6]。久知日月晚，真見邱墟[7]易。尺璧幸自完[8]，孤根復何植[9]。

【注】

[1]鯉魚溝：今揭陽市揭西縣棉湖鎮鯉魚溝。先大夫：曾習經之父。

[2]晉·左思《詠史》：“鬱鬱磵底松，離離山上苗。”

[3]先子宅：其父之墳墓。

[4]微生：卑微之人生。足：多也。

[5]蓬蓽：“蓬門蓽户”之省語。

[6]埽跡：掃除車輪痕跡。表示謝絕賓客。

[7]邱墟：唐·王勃《滕王閣序》：“蘭亭已矣，梓澤邱墟。”

[8]用完璧歸趙之典。

[9]陶潛《擬古》之九：“種桑長江邊，三年望當採。枝條始欲茂，忽值山河改。柯葉自摧折，根株浮滄海。春蠶既無食，寒衣欲誰待。本不植高原，今日復何悔。”此用其意。

有田楊澧灣，躬耕代微祿。萬里資[1]負米，連歲又不熟。飄然今來歸，有淚不敢哭。及春事疇壠[2]，行復[3]念牛犢。眼看枌社[4]地，又同桑下宿[5]。天地本自寬[6]，生年今蹙蹙[7]。

【注】

[1]資：憑借；依靠。

[2]事疇壠：從事耕作之事。

[3]行復：且又。

[4]枌社：即枌榆社，漢高祖故里。泛指故里。

[5]《後漢書·襄楷傳》記延熹九年（一六六年）楷上疏極諫，有云："或言老子入夷狄為浮屠，浮屠不三宿桑下，不欲久生恩愛，精之至也。"

[6]岑參《送張秘書充劉相公通汴河判官，便赴江外覲省》："九州天地寬。"

[7]蹙蹙：急促。

【評】

〇渺之曰：窮苦至此仍言"天地本自寬"，是真溫厚也。

去山二十里，往還資僕夫。哀敬不自申，筋力[1]知何如。晨出暮還歸，迎門嬉衆雛。天慈荷[2]老母，亟命[3]煖一壺。

【注】

[1]筋力：猶體力。辛棄疾《鷓鴣天》："不知筋力衰多少，但覺新來懶下樓。"

[2]荷：指承受恩德。

[3]亟命：趕緊命令。

雲石巖[1]

蒨蒨[2]青蔥竹柏間，郊遊首數六鄉山（巖為六鄉香火山）。乾隆舊刹[3]重經眼，康樂新詩故悳顏[4]。社後[5]川原風物美，雨餘巖溜水聲潺。疏鐘遙度須彌頂[6]，一樹棠梨半掩關[7]。

【注】

[1]雲石巖：普寧古八景之一。明末建於大壩鎮月堀村後半山之裏麓。

[2]蒨蒨：鮮明貌。見《趙堯生招同法源寺看丁香》注。蒨同"峭"。

[3]舊刹：舊寺廟。

[4]康樂：指謝靈運。靈運封康樂公。恧顔：慚愧。

[5]社後：鄉社之後。

[6]須彌頂：指廟宇之上。

[7]掩關：關門。

西湖旅寓

準擬[1]湖船度半宵，崑山弦子玉屏簫[2]。旅懷已自難消遣，春月昏黄過斷橋。

【注】

[1]凖擬：準備；打算。

[2]崑山弦子：崑山弦樂特佳。清·孔尚任《桃花扇·選優》："崑山弦索無錫口。"玉屏簫：産於貴州省玉屏縣，乃簫中珍品。

輓麥孺博[1]

志士不得老，夭枉[2]又斯人。直是肝腸斷，休言文字親。道窮徒反袂[3]，淚短亦沾巾。海雨江風地，經過祇愴神。

【注】

[1]麥孺博：麥孟華（一八七五年至一九一五年），字孺博。廣東順德人。康有爲弟子，維新派人物。著有《蜕庵詩詞》。

[2]夭枉：短命早死。

[3]反袂：用衣袖拭淚。形容哭泣。

過汪吏部[1]故宅

平生汪吏部，寂莫見心期[2]。賸對陶公宅[3]，誰營孺子祠[4]。疏松猶礧砢[5]，秋菊少華滋[6]。寥落貞元士[7]，同誰共此悲。

【注】

[1]汪吏部：汪述祖。見《汪子賢宅菊花》注。

[2]心期：胸懷。

[3]陶公宅：指陶淵明隱居之處。

[4]孺子祠：徐孺子祠，又稱徐祠或孺子祠，為紀念東漢經學家南州高士徐穉（徐孺子）之祠堂，舊址位於南昌市青山湖畔。

[5]礧砢：樹木多節。喻人才卓越。礧音磊。

[6]王安石《今日非昨日》："仰看青青葉，亦復少華滋。"華滋：形容枝葉繁茂。

[7]寥落：蕭條衰敗。貞元士：劉禹錫《聽舊宮中樂人穆氏唱歌》："曾隨織女渡天河，記得雲間第一歌。休唱貞元供奉曲，當時朝士已無多。"劉在貞元中任郎官御史，後坐王叔文黨貶逐，歷二十餘年，始以太子賓客再入朝，感念今昔，故有是語。

為貢郡王[1] 題伯羲祭酒[2] 遺墨

尋常車馬經過處，歎息抽琴軫不存[3]。一代風流沾溉[4]盡，鬱華閣[5]下故王孫。

【注】

[1]貢郡王（一八七一年至一九三一年），名貢桑諾爾布，字樂亭，號夔庵，內蒙古卓索圖盟喀喇沁右旗人。肅親王妹夫。光緒二十四年（一八九八年）襲多羅杜棱郡王，幫辦卓索圖盟盟務。後任國憲起草委員會委員、熱河省卓索圖盟盟長。通蒙、漢、滿、藏文字，喜吟詠，善屬文，工書法，擅繪畫。

[2]伯羲祭酒：盛昱（生年不詳，卒於一八九九年），愛新覺羅氏，字伯熙，隸滿洲鑲白旗，肅武親王豪格七世孫。祖敬徵，協辦大學士。光緒二年（一八七六年）進士，既授編修，益厲學，討測經史、輿地及本朝掌故，皆能詳其沿革。纍遷右庶子，充日講起居註官。數言事，士論推為謇諤。十年（一八八四年），遷祭酒。與司業治麟究心教士之法，大治學舍，加膏火，定積分日程，懲遊惰，獎樸學，士習為之一變。十四年（一八八八年），典試山東。次年，引疾歸。盛昱家居有清譽，承學之士以得接言論風采為幸。二十五年（一八九九年），卒。

[3]抽琴軫不存：見《弢庵師傅招遊淨業寺》注。

[4]沾溉：比喻使人受益。

[5]盛昱有《鬱華閣遺集》。

遣僮楊漕種樹

每逢春到遣栽花，準備堯夫小小車[1]。未許外人知此意，客來與喫趙州茶[2]。

【注】

[1]邵雍（一〇一一年至一〇七七年），北宋哲學家、易學家。字堯夫，謚號康節。《宋史》卷四百二十七《列傳》載："（邵雍）秋時出遊城中，風雨常不出，出則乘小車，一人挽之，惟意所適。士大夫家識其車音，爭相迎候，童孺廝隸皆歡相謂曰：'吾家先生至也。'不復稱其姓字。或留，信宿乃去。好事者别作屋如雍所居，以候其至，名曰'行窩'。"

[2]喫：同"吃"。趙州茶：《五燈會元·南泉願禪師法嗣·趙州從諗禪師》："師問新到：'曾到此間麼?'曰：'曾到。'師曰：'吃茶去。'又問僧，僧曰：'不曾到。'師曰：'吃茶去。'後院主問曰：'為甚麼曾到也云吃茶去，不曾到也云吃茶去?'師召院主，主應喏。師曰：'吃茶去。'"。

【評】

〇渺之曰：蟄庵用禪典處，皆爐火純青，但覺其暖人，不見一點火氣。

偶述

九十慈親免杖扶，六旬兄弟一鐙俱[1]。夜聞小婢教和藥（予家向製藥施人），日起諸孫與上書。後院雨餘抽竹筍，南塘水滿放梟雛。較量[2]前哲經千品，慚媿新名署特夫[3]。

【注】

[1]俱：在一起。

[2]較量：比較。

[3]特夫：陶潛《讀史述九章》："介介若人，特為貞夫。"

題自畫南塘西南一角圖

一樹垂垂午蔭涼，樓扉開處俯南塘。不誇萬里崑崙水，清絕滄浪[1]是故鄉。

【注】

[1]滄浪：《楚辭·漁父》："滄浪之水清兮，可以濯吾纓。滄浪之水濁兮，可以濯吾足。"

湖樓坐夏

亂後未曾塩醬[1]缺，病餘方覺水雲親。坐收山翠臨飛鳥，俯借湖山數過人。止酒心情還澹泊，愛閑蹤跡只因循。楊漕賸有新畬地[2]，一夏虛過是幸民[3]。

【注】

[1]塩醬：鹽醬。

[2]新畬地：燒荒而成之新耕地。

[3]幸民：謂僥倖於萬一之民。亦指不務正業而得過且過之人。

【評】

○渺之曰："坐收山翠"，何其從容乃爾。"幸民"似自嘲，實自負語。

姚君慤秋園[1]

一舸乘流蹔得坻[2]，南園北第起參差[3]。久傳子美滄浪記[4]，待補東坡草木詩[5]。地僻正宜常閉户，心閑無礙近彈碁。倚欄别有沈吟處，不是溫公獨樂[6]時。

【注】

[1]姚君慤：姚梓芳，字君慤，號秋園，揭陽人。清末廩生，擅文章，承桐城之緒。

[2]賈誼《鵩鳥賦》："乘流則逝兮，得坻則止。"

[3]參差：不齊貌。
[4]宋·蘇舜卿，字子美，有《滄浪亭記》。
[5]蘇軾有《和子由記園中草木十一首》詩。
[6]司馬光，死後追贈溫國公。曾於洛陽郊外建"獨樂園"，《資治通鑒》即在此撰成。

靜中偶述

何物能令公喜怒[1]，此中更與我相忘。久供盆石饒雲氣，略整瓶花近日光。萬化[2]入機先自定，尺箠取寸亦殊長[3]。膏肓[4]有病應名懶，海上無勞寄藥方[5]。

【注】

[1]辛棄疾《賀新郎》："問何物、能令公喜。"
[2]萬化：各種變化。
[3]《莊子·天下篇》："一尺之箠，日取其半，萬世不竭。"
[4]膏肓：比喻難以救藥之病。
[5]唐·孫思邈有《孫真人海上方》。

【評】

○渺之曰：饒宗頤《重刊〈曾剛甫詩集〉跋》："今讀《靜中偶述》《花下》《納涼》諸作，一歸性境之真。"觀此作，起結略平。頷聯景語有致，尺寸之間，有乾坤氣象，以小見大之典型也。頸聯後半"尺箠取寸亦殊長"說理亦佳，惟上句"萬化入機先自定"直說便無味。

瘿公[1]庽齋與豔秋[2]同飯戲贈

萬花敷地[3]久成塵，露潁煙蕤的的[4]新。末世文章工峭蒨[5]，要知薄媚[6]足精神。

【注】

[1]瘿公：羅惇曧。見《〈蟄庵詩存〉序》注。
[2]豔秋：程硯秋（一九〇四年至一九五八年），京劇四大名旦之一，程派

藝術創始人。原名承麟，滿族。北京人，後改為漢姓程，初名程菊儂，後改豔秋，字玉霜。一九三二年起更名硯秋，改字禦霜。瘿公與程硯秋交誼深厚。程硯秋在藝術上取得之成就，得益於羅對程之盡心指導，全力幫助，程對羅則以師輩相稱。羅瘿公為程硯秋編寫劇本始於一九二一年，至一九二四年病逝，三年共編寫十二個劇本。

[3]敷地：鋪地。

[4]露頴：頴同“穎”。《史记·平原君虞卿列传》：“平原君曰：‘夫賢士之處世也，譬若錐之處囊中，其末立見。今先生處勝之門下三年於此矣，左右未有所稱誦，勝未有所聞，是先生無所有也，先生不能，先生留。’毛遂曰：‘臣乃今日請處囊中耳。使遂蚤得處囊中，乃穎脱而出，非特其末見而已。’”後遂以“露穎”為顯露才能之典。煙蕤：含煙之花蕊。的的：光亮、鲜明貌。

[5]峭蒨：鲜明貌。見《趙堯生招同法源寺看丁香》注。

[6]薄媚：淡雅嬌媚貌。

敢望清謌佐酒尊，偶覩餔餟亦承恩[1]。從今到處逢人說，一飯真成費討論。

【注】

[1]餔餟：吃喝。承恩：蒙受恩澤。

夜起海棠花下作

月氣冥濛罩海棠，偶然沾醉繞回廊。似聞德祐編心史[1]，頗訝希夷得睡方[2]。久閉亦嫌吾眼懶，獨居遂覺老懷長。此花只與春陰便，雨砌明朝有墜芳。

【注】

[1]南宋鄭思肖所著文集。參見《病起趨田襖詩九首》之九注。其《自序》曰：“時大宋德祐五年歳在己卯正月十七日，三山菊山後人所南鄭思肖億翁自序。”德祐為宋恭帝年號。

[2]陳摶（八七二年至九八九年），五代宋初著名道家人物。字圖南，號扶搖子，賜號希夷先生。世稱“睡仙”。

寄題朱九江[1]先生祠堂

陶潛歸去來[2]，凝凝清靜退。一世風流照映人，不須更惋文章碎。大道多歧[3]語不欺，河汾講席[4]至今疑，瓣香[5]別有沈吟處，欲榜荒山孺子祠[6]。

【注】

[1]朱次琦（一八〇七年至一八八一年），字稚圭，號子襄，世稱九江先生，廣東南海（今佛山市南海區）人。服官山西，歸里後，講學九江禮山草堂，康有為、簡朝亮等均其高足。

[2]陶潛有《歸去來兮辭》。

[3]大道多歧：《列子·說符》："楊子之鄰人亡羊，既率其黨，又請楊子之豎追之。楊子曰：'嘻！亡一羊，何追者之衆？'鄰人曰：'多歧路。'既反，問：'獲羊乎？'曰：'亡之矣！'曰：'奚亡之？'曰：'歧路之中又有歧焉，吾不知所之，所以反也。'……心都子曰：'大道以多歧亡羊，學者以多方喪生。'"

[4]河汾講席：隋代王通設教河汾之間，受業者達千餘人。見《新唐書·隱逸傳·王績》。後以"河汾"指稱王通及其學派。

[5]瓣香：指仰慕。

[6]孺子祠：徐穉（徐孺子）之祠堂。見《過汪吏部故宅》注。

壽節庵師[1]

品目寒松天語[2]優，遂良鬚鬢[3]照千秋。手栽陵樹成新蔭，想對董弦[4]散鬱憂。絕世明姿韜[5]未得，中朝儒效[6]僅能收。七旬太保方承賜（陳弢庵太保），同向耆英社[7]裏遊。

【注】

[1]節庵師：梁鼎芬。見《〈蟄庵詩存〉序》注。

[2]天語：皇帝之評語。

[3]遂良鬚鬢：唐·褚遂良《家侄帖》："遂良須鬢盡白，兼復近歲之間，嬰茲草出燕雀之志，觸緒生悲。"

[4]董弦：《韩非子·觀行》："董安於之性緩，故佩弦以自急。"弦長繃，故以警性緩，令自急。

[5]韜：謀略。

[6]中朝：指朝廷。儒效：儒者之作用；儒學之效用。《荀子》有《儒效》篇。

[7]耆英社：高年碩德者之會社。

輓黄孝覺[1]

潘（若海）麥（孺博）[2]悠悠江水東，叢蘭欲茂又秋風。正衾逆旅[3]天胡酷，反袂辛園[4]道始窮。此恨有靈哀柏實[5]，何人搵淚與英雄[6]。並時未或知君志，況向他年斷簡中。

【注】

[1]黄孝覺：黄文開。見《〈蟄庵詩存〉序》注。

[2]潘若海：潘博。見《花朝同陳弢老……潘若海詣花之寺》注。麥孺博：麥孟華。見《輓麥孺博》注。

[3]逆旅：旅居。常用以喻人生匆遽短促。

[4]反袂：以衣袖拭淚。辛園：上海一私家花園。清末建。主人辛仲卿。民國期間康有為租其南半部分。黄文開與康有為同鄉，蓋常會於此。

[5]柏實：柏樹所結之果實。可入藥。傳說服之輕身延年。《晉書·隱逸傳·郭瑀》："（瑀）隱於臨松薤谷，鑿石窟而居，服柏實以輕身。"

[6]辛棄疾《水龍吟》："倩何人喚取，紅巾翠袖，搵英雄淚。"

李漢珍同年[1]六十壽

商量晚歲先心許，邂逅秋光俱眼明。詩鬢久憐花縣宰[2]，詞源近溯玉田生[3]。獨居深念殊蕭瑟，少日同遊今老成。憶否清佳堂[4]下雪，耳邊猶有讀書聲。

【注】

[1]李漢珍：李綺青（一八五九年至一九二五年），字漢珍，晚年改字漢父，別號倦齋老人。廣東歸善人。光緒十六年（一八九〇年）進士，官黑龍江寧安府知府。擅詩詞，有《聽風聽水詞》《倦齋吟稿》等。同年：見《曾剛父詩集序》注。

[2]花縣宰：晉·潘岳為河陽令，滿縣遍種桃花，傳為美談，人稱"河陽一縣花"。李綺青曾先後任福建安溪、惠安，吉林榆樹，河北武邑知縣，故此以潘岳譬之。

[3]張炎（一二四八年至約一三二〇年），字叔夏，號玉田，南宋名詞人。

著有《詞源》。

[4]清佳堂：廣州廣雅書院其中一堂。

輓梁文忠[1]師

聖敬[2]方躋日，還需啓沃[3]人。憖遺[4]艱一老，可贖憚千身[5]。精爽鬚眉在，憂危事跡陳。獨往[6]先十載，敢復詫吟呻。

【注】

[1]梁文忠：梁鼎芬。見《〈蟄庵詩存〉序》注。

[2]聖敬：皇帝之尊敬。

[3]啓沃：《書·說命上》："啓乃心，沃朕心。"孔穎達疏："當開汝心所有，以灌沃我心，欲令以彼所見，教已未知故也。"後因以"啓沃"謂竭誠開導、輔佐君王。

[4]憖遺：肯留。見《輓張文襄師三首》之三注。

[5]可贖憚千身：如可贖回老師之命，吾不怕千身以贖。

[6]獨往：謂去世。

十兆真陪葬，君臣祭祀同。[1]青蒼松柏樹，斷續鼓簫風。只有天難問，曾無日再中。堂堂今遽爾[2]，莽莽[3]此何窮。

【注】

[1]十兆真陪葬：兆，墓也。清雍正帝改歷代帝葬制，創兆葬之制，即改"子隨父葬，祖輩衍繼"之古制，而為父葬東陵，子葬西陵，"昭穆相間"之葬制。至宣統時東西陵已有九座帝墓，故蟄庵約稱"十兆"。梁鼎芬葬於光緒之墓崇陵右旁小山上，得遂永為光緒守陵之遺願。故蟄庵稱"陪葬"，亦謂"君臣祭祀同"。杜甫《詠懷古跡》之四："武侯祠屋長鄰近，一體君臣祭祀同。"

[2]堂堂：猶公然，生生。遽爾：驟然，突然。

[3]莽莽：指時間長遠無際，悠久。

【評】

○渺之曰："只有天難問，曾無日再中。"輓詞絕唱。

朱鳥[1]傷焉食（師自八月後漸不食），曾攜謝印來（師得宋謝文節竹根印，號謝印齋)。俄聞經被賜，終見鐵函開[2]。讀易深憂患[3]，稱詩愧不才。天泉聲淚徹，未盡後山哀[4]。

【注】

[1]朱鳥：道教語。指舌頭。

[2]鐵函開：見《病起趨田襍詩九首》之九注。

[3]《易·繫辭》："作《易》者其有憂患乎?"

[4]後山哀：陳師道，號後山居士。有《妾薄命二首》哀其師曾鞏。見《題陳後山妾薄命詩後》注。

花下偶坐

桃杏交花坐斂襟，閉門遣日自深深。偶參太始成良覿[1]，肯枉佳辰[2]事苦吟。一往用情終不悔，久幽勿嚏分平沈[3]。所欣懶惰真天賦，十載嵇康鍛樹陰[4]。

【注】

[1]太始：古代指天地開闢、萬物開始形成之時。良覿：良晤。

[2]佳辰：良辰；吉日。

[3]久幽：《漢書·列傳第四二》："(嚴湛冥) 不作苟見，不治苟得，久幽而不改其操。"幽，潛隱。嚏：《詩·邶風·終風》："寤言不寐，願言則嚏。"今俗言亦謂打噴嚏則有人念也。久幽勿嚏意謂久潛隱，勿人念。分：去聲。甘願。平沈：沈沒；隱沒。

[4]《晉書·嵇康傳》："性絕巧而好鍛。宅中有一柳樹甚茂，乃激水圜之，每夏月，居其下以鍛。……初，康居貧，嘗與向秀共鍛於大樹之下，以自贍給。潁川鍾會，貴公子也，精練有才辯，故往造焉。康不為之禮，而鍛不輟。良久會去，康謂曰：'何所聞而來？何所見而去?'會曰：'聞所聞而來，見所見而去。'會以此憾之。"

南下漥釣魚

樂方[1]難具陳，時復從兒嬉。及晡[2]理釣竿，起行蘆之漪[3]。小雨不作難[4]，好風來無倪[5]。信手忽有得，一寸具鱗鬐[6]。童稚競驩譁[7]，我亦微撚鬚[8]。意適無大小，手眼殊忘疲。一盂暫為盛，攜歸供盆池。家人聞得魚，逼觀色都怡。陋哉韓文公，即事多涕洟。作詩贈侯喜，較量銖與錙。[9]橫江遮紫鱗[10]，亦復寧許[11]奇。

【注】

[1]樂方：娛樂方式。

[2]晡：日暮。

[3]蘆之漪：長滿蘆葦之水邊。

[4]作難：為難。

[5]無倪：無跡。

[6]鱗鬐：魚鱗與魚鰭。

[7]驩譁：同"歡嘩"。

[8]撚鬚：撚弄鬍鬚。多形容沈思吟哦之狀。

[9]韓愈《贈侯喜》："吾黨侯生字叔起，呼我持竿釣溫水……舉竿引綫忽有得，一寸才分鱗與鬐。是日侯生與韓子，良久歎息相看悲。"涕洟：眼淚與鼻涕。自目曰涕，自鼻曰洟。"涕洟"疊韻。銖、錙：古代重量單位，舊制銖為一兩之二十四分之一，錙為一兩之四分之一。形容極為小氣，斤斤計較。

[10]賈誼《弔屈原賦》："橫江湖之鱣鯨兮，固將制於螻蟻。"

[11]寧許：如此；這樣。

【評】

○滌之曰：樸樸庭風，其樂怡怡。穆矣天倫，想見家齊。

題梁格莊[1]會葬圖　余樾園畫瘞梁文忠公也

寒雞再三號，列炬何煌煌[2]。堂堂種樹人，歸骨崇陵[3]傍。是時歲行盡，鵂鶹[4]鳴枯桑。壙户[5]猶未掩，仰視晨月光。負土禮敢隳[6]，悽痛激中腸[7]。路人不能詞，來者各沾裳。忠義誠所安，茲圖寧遽張。卷還勿復陳，私心多慨慷。

【注】

[1]梁格莊：梁格莊行宮。見《恭送德宗景皇帝梓宮暫安梁格莊行宮》注。

[2]煌煌：明亮輝耀貌。

[3]崇陵：為清光緒皇帝愛新覺羅載湉之墓，建於一九〇九年，位於泰陵東南約四公里之金龍峪。

[4]鵂鶹：鴟鴞之一種。古人視為不祥之鳥。
[5]壙户：墓門。
[6]隳：毀壞。
[7]中腸：猶內心。

題御畫寫字圖　帝立書文忠師[1]在後

一代君臣礼數殊，漂搖風雨有深居[2]。漢家畫意誰知得，隱見明堂負扆[3]圖。

【注】
[1]文忠師：梁鼎芬。見《〈蟄庵詩存〉序》注。
[2]深居：幽居，不與外界接觸。
[3]負扆：背靠屏風。指皇帝臨朝聽政。

納　涼

蘿架疏陰漏月明，藤輪[1]小憑納宵清。瓜壺磊砢論庭實[2]，簫管中和[3]辨樂聲。露地[4]幾忘炎暑在，秋河[5]先見夜雲輕。一身自了[6]從人說，歷劫逃虛不近名。

【注】
[1]藤輪：藤製靠枕。置之坐側，可憑倚而卧。
[2]磊砢：树木多節。庭實：庭中結之果實，如瓜壺之類。
[3]中和：中正平和。《荀子·王制》："中和者聽之繩也。"
[4]露地：見《閉門》注。
[5]秋河：銀河。
[6]自了：自已明白。

牽牛花

牽牛兒女花，輕蒨他不如。朝曦初弄妝，晨露微沾裾。迢迢靈匹[1]期，盈盈盥漱[2]餘。引蔓庭竹梢，乘風若凌虛。沈吟靜女篇[3]，悵望東鄰姝（近日此花由日本傳來，多異種）。搔頭珣玗琪[4]，耳後大秦珠[5]。褋佩紛陸離[6]，瓔珞親曼殊[7]。嗟爾牽牛花，織女花則無。造化[8]顛倒中，誰謂癡騃[9]俱。笑語天帝孫[10]，誠堪持作夫。

【注】

[1]靈匹：神仙匹偶。指牽牛、織女二星。

[2]盥漱：洗漱。

[3]靜女篇：《詩・邶風・靜女》："靜女其姝，俟我於城隅。愛而不見，搔首踟躕。靜女其孌，貽我彤管。彤管有煒，說懌女美。自牧歸荑，洵美且異。匪女之為美，美人之貽。"

[4]珣玗琪：《爾雅・釋地》："東方之美者，有醫無閭之珣玗琪焉。"注曰："珣玗琪，玉屬。"

[5]大秦珠：大秦國出產之珍珠。後泛指遠方異域所產之珠。

[6]屈原《離騷》："紛總總其離合兮，班陸離其上下。"

[7]瓔珞：古代用珠玉串成之裝飾品，多用為頸飾，又稱纓絡、華鬘。曼殊：佛教菩薩名。即曼殊室利。

[8]造化：自然界之創造者。亦指自然。

[9]癡騃：不慧；愚蠢。

[10]天帝孫：即天孫，星名。指織女星。

苦熱

春旱夏多雨，未得氣候正。老夫向畏暑，一夏尚易竟[1]。今夏雨又少，蒸鬱如坐甑[2]。殷雷牛鳴盎[3]，爆電雉窺鏡[4]。稍陰倏開朗，恒暘更暴橫。躁擾蟹將糖[5]，跼蹐[6]獸陷穽。有如在逃逋[7]，無處荷寬政[8]。臨餐輒蹙額[9]，盡吸始稱慶。賙[10]飢可澹慮，消渴疑要症[11]。遲遲送日腳[12]，兀兀瞻斗柄[13]。夜枕便四角，朝眠費三請。嘲謔意不存，患苦書難罄[14]。平生聖之徒[15]，衣巾貌為敬[16]。晚亦耽白業[17]，修慧不修定[18]。炎涼外境界，分別識匪性[19]。屈指晚旬日[20]，迎秋著為令[21]。少安且勿躁，道在天可勝。

【注】

[1]易竟：易完。

[2]甑：古代一種蒸飯瓦器。底部多孔格，置於鬲上蒸煮，如同現代之蒸鍋。

[3]殷雷：轟鳴之雷聲。盎：古代一种盆，腹大口小。

[4]雉竄鏡：謂雞以鏡影為實，對影竄撲。

[5]朱彝尊《風懷二百韻》："急如蟲近火，躁甚蟹將糖。"

[6]跼蹐：畏縮恐懼貌。

[7]逃逋：逃亡。

[8]荷：特指承受恩德。寬政：謂為政寬大，不苛刻。

[9]蹙額：皱眉。愁苦貌。

[10]賙：接濟；救濟。

[11]消渴：中醫學病名，症見口渴，善饑，尿多，消瘦。包括糖尿病、尿崩症等。要症：緊要之症狀。

[12]日脚：太陽穿過雲隙射下之光綫，即丁達爾效應。

[13]兀兀：高聳貌。斗柄：見《詠懷》注。

[14]書難罄："罄竹難書"之省略。極言事實之多，難以盡載。

[15]聖之徒：聖人之徒，指服膺孔子之道者。

[16]貌為敬：容貌為之恭敬。

[17]白業：佛教語。謂善業。

[18]此指修智慧而不修禪定。慧：智慧。定：禪定。

[19]認識到佛家所謂之分别念並非本性所在。

[20]旬日：十天。

[21]秋令：指秋季之節令。

前年庭角種一桃樹，謂山桃也，花後青子纍纍，兒童日撼樹彈鳥雀盡。今歲牽牛藤罥其梢，葉底餘十粒熟甚美，露坐摘嘗因賦

開花既可媚春日，摘實還堪餉老夫。思此亦不為分外[1]，清晨抱甕[2]未曾無。

【注】

[1]分外：本分以外。

[2]抱甕：即抱甕灌園。傳説子貢遊楚返晉過漢陰時，見一位老者抱甕灌園，"搰搰然用力甚多而見功寡"，遂問其何不以機械汲水。老者曰：如此則人有機心，"吾非不知，羞而不為也"。見《莊子·天地》。後以"抱甕灌園"喻安於拙陋淳樸之生活。

玉芙[1]新婚為贈

翡翠鴛鴦小小思，星河搖影露華[2]滋。逢場忍俊[3]今親試，授簡[4]催妝只費詞。最是挑鸞宜白袷[5]，更教璧月照瓊枝[6]。春風桃李嫌粗俗，心許垂燈卻扇[7]時。

【注】

[1]玉芙：不詳何人。
[2]露華：清冷之月光。
[3]忍俊：含笑，忍笑。
[4]授簡：給予簡札。
[5]挑鸞：挑針繡鸞鳳。白袷：白色夾衣。
[6]瓊枝：喻美女。
[7]卻扇：古代行婚禮時新婦用扇遮臉，交拜後去之。後用以指完婚。

【評】

○渺之曰：艷而不佻，總緣性情溫厚。頸聯最具風神。

補　衣

昨日補褄衽[1]，今月補襜裾[2]。婢媼或窃笑，而我非真愚。念此吳綢衫，十載供曳揄[3]。短裁適至骭[4]，柔滑誠宜膚。衣故煩擱[5]難，每浣輒一吁。捉襟可歌商[6]，蒙袂或濫竽[7]。去留稍吝情[8]，於道微枝梧[9]。處貧未為慣，私愛猶區區[10]。牀頭百衲琴[11]，旁亦置一壺。

【注】

[1]褄：音腰。衣带。衽：衣襟，交領處。
[2]襜：繫在衣服前之圍裙。衣腋下處。裾：衣服之前後襟幅。
[3]曳揄：拖曳。
[4]骭：肋骨。
[5]擱：揉搓。
[6]捉襟：《莊子·讓王》：“曾子居衛，十年不製衣，正冠而纓絕，捉衿而

肘見。”衿，同“襟”。謂整一整衣襟就露出肘子，形容衣衫襤褸，引申為處境困難。歌商：唱商歌。商歌：悲涼之歌，商聲淒涼悲切，故稱。

[7]蒙袂：用袖子蒙住臉。謂不願見人。濫竽：《韓非子·內儲說上》：“齊宣王使人吹竽，必三百人。南郭處士請為王吹竽，宣王說之，廩食以數百人。宣王死，湣王立，好一一聽之，處士逃。”後以“濫竽”喻無真才實學之人。亦用以自謙。

[8]吝情：猶顧惜；顧念。陶潛《五柳先生傳》：“既醉而退，曾不吝情去留。”

[9]枝梧：猶支吾。說話含混躲閃。

[10]區區：小；少。形容微不足道。

[11]百衲琴：古琴名。以桐木片合漆膠成。唐·李綽《尚書故實》：“李汧公（李勉）取桐孫之精者，雜綴為之，謂之百衲琴。”

盆蘭盛開，自初花至花盡在蘭花香中過一月，惜無佳章發此馨逸

香草目以蘭[1]，南來攜兩盆。蘭蘭勤請客，客請亦殊殷[2]。問答何為爾，中有忠愛魂。年來吾甚閑，種花事朝昏。左右高下花，惟蘭為獨尊。去年茁三支，今歲花特繁。花花次第[3]開，露白秋既分。所欣窮巷居，略無車馬喧[4]。坐我一月中，故故[5]與溫存。我詩務平淡，稍涉宛陵[6]藩。報之實太嗇，慚負徒云云[7]。

【注】

[1]目以蘭：稱為蘭。

[2]殊殷：特別殷勤。

[3]次第：依次。

[4]陶潛《飲酒》：“結廬在人境，而無車馬喧。”

[5]故故：故意；特意。

[6]宛陵：梅堯臣（一〇〇二年至一〇六〇年），字聖俞，世稱宛陵先生。以歐陽修薦，為國子監直講，纍遷尚書都官員外郎，故世稱“梅直講”“梅都官”。有《宛陵先生集》。

[7]徒云云：不過如此。

【評】

○渺之曰：情及草木。特賞“坐我一月中，故故與溫存”二句。此首純用

白描，如捻刃白戰，最驗功夫。

〇一時山人曰：我則言：譬如美女，令素颜着比基尼，始論美醜。

歲早，山樝[1]實小，堆盤纍纍如櫻桃

幾時蓮芡剝櫜韜[2]，梨栗[3]新嘗又一遭。誰與秋盤飣[4]春實，山樝紅小似櫻桃。

【注】

[1]山樝：果木名，即山楂。似梨而小且酸。樝同“楂”。

[2]蓮芡：蓮子與芡實。櫜韜：蓮芡之外殼。《周禮・地官・大司徒》鄭玄注云：“蓮芡之實有櫜韜。”櫜音高。

[3]梨栗：梨子與栗子。《漢書・司馬相如傳上》：“樝梨梬栗，橘柚芬芳。”

[4]飣：堆食物於器皿之上。

奉敕[1]題元錢選右軍觀鵝圖[2]

一世羲之惋慨多，臨河誓墓[3]意如何。畫師只貌[4]尋常事，愛說黃庭換白鵝[5]。

【注】

[1]奉敕：奉皇帝之命。

[2]錢選（一二三九年至一三〇〇年），湖州（浙江吳興）人，南宋末至元初名畫家。字舜舉，號玉潭，又號巽峰，霅川翁，别號清臞老人、川翁、習懶翁等。家有習懶齋。南宋景定間鄉貢進士。博學多藝，精音律之學，工詩，善書畫。善畫人物、山水、花鳥、蔬果、鞍馬等。元初與趙孟頫等被稱為“吳興八俊”。右軍即王羲之，羲之曾以書作換鵝，錢選故繪《右軍觀鵝圖》。

[3]王羲之有《誓墓文》帖。

[4]只貌：只畫。

[5]《晉書》載：王羲之性愛鵝。會稽有孤姥，養一鵝善鳴，求市未得，遂攜親友命駕就觀。姥聞羲之將至，烹以待之，羲之歎惜彌日。又山陰有一道士好養鵝。羲之往觀焉，意甚悅，固求市之。道士云：“為寫《道德經》當舉群相贈耳。”羲之欣然寫畢，籠鵝而歸，甚以為樂，其任率如此。

瓠[1]落剖兩瓢，一自攜，一挂楊漕田舍

一瓢常自攜，不乞鄰舍漿。擬接河源[2]水，試進崑崙觴[3]。

【注】

[1]瓠：即瓠瓜，也稱葫子、瓠子、夜開花。實圓長，首尾粗細略同，可食。
[2]河源：指黃河之源頭。
[3]崑崙觴：酒名。北魏時一種以河源水所釀之酒。

題自畫挂瓢圖

故人已厭一瓢喧，我今迺拾古所棄。不將佛法作人情，且與村居留境致。

題麥孺博[1]、潘若海[2]詩詞合卷

少日常為文字飲[3]，餘生同有海桑哀[4]。新墳蒿草高三尺，慚負何時匹馬來。

【注】

[1]麥孺博：麥孟華。見《輓麥孺博》注。
[2]潘若海：潘博。見《花朝同陳弢老……潘若海詣花之寺》注。
[3]文字飲：謂文人間把酒賦詩論文。
[4]海桑哀：滄海桑田之哀。

【評】

○渺之曰：後半言慚愧未能親往二友墓前祭奠。

為黃晦聞[1]題廣雅書院[2]圖

當年南極通冠冕[3]，轉眼狐鳴篝火叢[4]。馬隊只今非講肆[5]，荊榛寒雨又秋風。

【注】

[1]黃節（一八七三年至一九三五年），原名晦聞，字玉昆，號純熙。廣東順德人。清末與章太炎、馬敍倫等在上海創立國學保存會，刊印《風雨樓叢書》，創辦《國粹學報》。民國後加入南社，長居北京，任北京大學文學院教授、清華大學研究院導師。一度出任廣東教育廳廳長。以詩名世，與梁鼎芬、羅癭公、曾習經合稱“嶺南近代四家”。著有《蒹葭樓詩》。

[2]廣雅書院：中國近代著名書院之一。在廣州城西北，光緒十三年（一八八七年），由兩廣總督張之洞創辦。

[3]杜甫《送翰林張司馬南海勒碑》：“冠冕通南極，文章落上臺。”

[4]《史記·陳涉世家》：“又間令吳廣之次所旁叢祠中，夜篝火，狐鳴呼曰‘大楚興，陳勝王’。”

[5]講肆：講舍；講堂。

點校倚松老人[1]詩集

鈔本倚松詩，譌脱[2]如亂麻。多時存吾篋，每見輒惋嗟。雪窗有餘閑，奮筆事搔爬[3]。稍披荊棘叢，寒條[4]有嘉花。存神鬱蓊[5]間，吹息靜無譁。潭潭西江派[6]，宛宛見角牙[7]。惜多知解[8]詞，金襴炫袈裟[9]。開卷五七言，淵[10]乎殊無涯。持比文字禪[11]，一可當一車。

【注】

[1]倚松老人：宋代江西詩派詩人饒節，字德操，一字次守，江西撫州臨川人，自號“倚松道人”。其詩語言輕快雅健，絕句尤為蕭散閑遠。崇寧二年（一一〇三年）於香巖寺祝髮出家，法名如璧，其詩被陸游稱為“近時僧中之冠”。

[2]譌脱：錯漏。

[3]搔爬：爬梳整理。

[4]寒條：秋冬樹木之枝條。

[5]存神：存养精神，保全精神。鬱蓊：枝葉茂盛。

[6]潭潭：深廣貌。西江派：江西詩派。

[7]宛宛：真切可見貌；清楚貌。角牙：指其詩奇特。

[8]知解：佛家謂由識所解，非徹悟者。

[9]金襴袈裟謂佛教僧尼穿著之金色袈裟。

[10]淵：深廣。

[11]文字禪：用詩文闡發之禪理。

題晁具茨集[1]

一代新詩百態工，少陵猶在後山功[2]。中原文獻推晁氏，得及陳門[3]便不同。

【注】

[1]晁沖之（生年不詳，卒於一一二六年），初字用道，後字叔用。濟州巨野（今屬山東）人。呂本中將其列入《江西詩社宗派圖》。嘗從陳師道學詩。舉進士不第，授承務郎。後遭廢，居具茨山下，人稱具茨先生。宋政和間，為大晟府丞。有《晁具茨先生詩集》十五卷，近人趙萬里輯有《晁叔用詞》一卷。

[2]少陵：杜甫號少陵野老。後山：陳師道號後山居士。

[3]得及陳門：指晁拜陳師道為師。

題周子元[1]遺集

四卷完完[2]手自編，鄉邦文獻一潸然。倚廬不及寢門哭[3]，並世同為膏火煎[4]。钁地[5]活埋慚我在，生天[6]成佛讓公先。昔人只歎龔生夭[7]，苦憶莊休木雁篇[8]。

【注】

[1]周子元（一八五八年至一九二二年），名易，字子元、芷源，自署味菘園主、二思樓主。廣東揭陽人。光緒十二年（一八八六年）拔貢，官至廣西郁林州知州。民國後首任揭陽縣縣長。晚年在汕頭任教。擅詩文，著有《味菘園詩鈔》《味菘園文集》等。生平見林清揚《周子元先生墓表》。

[2]完完：完整無缺貌。

[3]寢門：古禮天子五門，諸侯三門，大夫二門。最內之門曰寢門，即路門。後泛指內室之門。《禮記·檀弓》載孔子曰："師，吾哭諸寢；朋友，吾哭諸寢門之外。"李商隱《哭劉蕡》："平生風義兼師友，不敢同君哭寢門。"

[4]膏火煎：見《送李梅庵之金陵兼訊海上丁三》注。

[5]钁地：掘地。

[6]生天：佛教語，謂行十善者死後轉生天道。

[7]龔生夭：見《任公歸國為賦》注。

[8]木雁：《莊子·山木》載，莊子行於山中，見大樹因不材而免於被人砍伐；後又見主人選殺不會鳴叫之雁以饗客。弟子疑而問於莊子："昨日山中之木以不材得終其天年，今主人之雁以不材死，先生將何處？"莊子笑曰："周將處乎材與不材之間。"

題康長素先生游存廬[1]

壯遊十一國，存此好樓居。岳岳乾湻老[2]，冥冥天地初。一身甘世殉，四海恐鄰孤[3]。不昧己靈事[4]，還思種樹廬。

【注】

[1]康有為（一八五八年至一九二七年），又名祖詒，字廣廈，號長素，又號明夷、更甡、西樵山人、遊存叟，晚年別署天遊化人。廣東南海人，人稱"康南海"，光緒年間進士，官授工部主事。戊戌變法失敗後，流亡海外，倡保皇。游存廬：民國三年（一九一四年），康有為五十七歲時，自京至滬居住，於民國十年（一九二一年）在愚園路購地十畝，自建花園住宅"游存廬"，度過六年的晚年生活。

[2]岳岳：挺立貌；聳立貌。乾湻老：南宋孝宗乾道、淳熙年間，政治清明，社會穩定，經濟繁榮，文化昌盛，史稱"乾淳之治"。湻同"淳"。宋·方回《次韻謝道翁吳山長孔昭三首》之二："乾淳一老去非賒，里社遊談亦孔嘉。"

[3]鄰孤：《論語·里仁》："德不孤，必有鄰。"

[4]不昧己靈事：《佛德大通禪師愚中和尚語錄》："隨其所生不昧己靈。善知一切佛語心否？"己靈：謂自身之靈性。

綺兒[1]畫秋塘白鷺為題

風動青蘆三兩枝，寒塘秋鷺影淪漪[2]。江鄉此景尋常有，高柳黄塵特見奇。

【注】

[1]綺兒：曾振綺（一九〇二年至一九四五年），字玉漪，自署鐵研齋主。曾習經女。畢業於北京女子師范大學。時人論其才藝，與康有為女康同璧、梁啓

超女梁令嫻並稱。能畫，師陳師曾。能書，學《張黑女碑》。傳見林清揚《吳母曾夫人家傳》。

[2]淪漪：微波。

雪後偶書

殘雪棲庭樹，今年春物遲。斜行臨草帖[1]，方竹削笻枝[2]。避世南垂讖[3]，投囊閏歲詩。維摩散花[4]地，誰道立無錐[5]。

【注】

[1]陸游《臨安春雨初霽》："矮紙斜行閑作草。"草帖：草書帖。

[2]笻枝：拐杖。

[3]南垂讖：《後漢書·公孫瓚傳》："前此有童謠曰：'燕南垂，趙北際，中央不合大如礪，唯有此中可避世。'"南垂：南方邊境。讖：預言。

[4]維摩散花：《維摩經·觀衆生品》："時維摩詰室，有一天女，見諸天人聞所說法，便現其身，即以天花散諸菩薩大弟子上，花至諸菩薩，即皆墮落，至大弟子，便著不墮。"

[5]立錐：插立錐尖。形容地方極小。

【評】

○渺之曰：維摩散花自有地，能悟者立之。

題綺兒[1]畫四首

枯木寒藤依絕巘[2]，飛流直下千尺強[3]。會須來此坐清晝，評量谷簾蟹眼湯[4]。

【注】

[1]綺兒：蟄庵之女曾振綺。參見《綺兒畫秋塘白鷺為題》注。

[2]絕巘：極高之山峰。

[3]李白《望廬山瀑布》："飛流直下三千尺。"強：長也。

[4]評量：評價衡量。谷簾：谷簾泉，又名康王谷簾泉，位於江西省廬山，狀如簾，故名。蟹眼湯：指初沸之水。蟹同"蟹"。

端居忽忽[1]起鄉心，滿眼風生椰樹林。尺幅應須論萬里[2]，牂柯[3]南下更蕭森。

【注】

[1]端居：謂平常居處。忽忽：忽然。

[2]《南史·竟陵文宣王子良傳》："幼好學，有文采，能書善畫，於扇上畫山水，咫尺之內，便覺萬里之遙。"

[3]牂柯：船隻停泊時用以繫纜繩之木樁。

婆娑海水弄明月[1]，去事長安車馬塵。今日披圖成獨笑，手遮西日[2]是何心。

【注】

[1]韓愈《別趙子》："婆娑海水南，簸弄明月珠。"

[2]宋·胡寅《過疏山題一覽亭梁溪公所書也二首》："手遮西日到閑山。"

苦笑岡西滑滑泥[1]，行人時聽鷓鴣啼。陟釐不減鵝溪絹[2]，露穎煙蕤[3]一萬枝。

【注】

[1]宋·牟巘《次韻王寅甫》："試哦小雨輕埃句，絕勝前村滑滑泥。"

[2]陟釐：指陟釐紙。即苔紙，以水苔製成，紙青黃色。亦稱側理紙。鵝溪絹：產於四川省鹽亭縣鵝溪之絹帛。唐代為貢品，宋人書畫尤重之。

[3]露穎煙蕤：見《瘦公寓齋與豔秋同飯戲贈》注。

為胡子賢[1]題國初粵人詩畫冊

偶從無字句間尋，幾度遲回[2]懶重吟。一代遺民昵官長[3]，削圓方竹[4]竟何心。

【注】

[1]胡子賢：胡祥麟，字子賢，廣東順德人。近世學者，工詩，善書畫。

[2]遲回：猶徘徊。

[3]昵：親近。官長：猶長官。

[4]《大慧普覺禪師住徑山能仁禪院語録》："削圓方竹杖，鞔卻紫茸毡。"

丁三[1] 詩軸為胡子賢題

日念元賓八九狂[2]，飄零詩墨尚飛揚。舊情更有胡都講，同對春風各黯惕。

【注】

[1]丁三：丁惠康。見《〈蟄庵詩存〉序》注。

[2]孟郊《哭李觀》："自聞喪元賓，一日八九狂。" 李觀，字元賓。

擬溫飛卿[1] 楊柳枝六首

種得垂楊意亦消，臨風盡日短長條。黄絁入道[2]何年事，流恨仙人碧玉簫。

【注】

[1]溫庭筠：（約八一二年至八六六年），本名岐，字飛卿，太原祁（今山西祁縣東南）人。富有天才，文思敏捷，每入試，押官韻，八叉手而成八韻，有"溫八叉"之稱。然恃才不羈，又好譏刺權貴，多犯忌諱，取憎於時，故屢舉進士不第，長被貶抑，終生不得志。官終國子助教。精通音律。工詩，與李商隱齊名，時稱"溫李"。後人輯有《溫飛卿集》及《金荃集》。

[2]黄絁入道：清·吳偉業《聽女道士卞玉京彈琴歌》："剪就黄絁貪入道，攜來緑綺訴嬋娟。" 黄絁：道家裝。

並樹緋桃花較遲，昏黄春月正相宜。桃根桃葉[1]開風始，商略[2]清歌到竹枝。

【注】

[1]桃根、桃葉：皆王獻之愛妾名。《樂府詩集·清商曲辭二·桃葉歌》郭茂倩解題引《古今樂録》："桃葉，子敬妾名……子敬，獻之字也。" 宋·張敦頤《六朝事跡·桃葉渡》："桃葉者，王獻之愛妾名也；其妹曰桃根。"

[2]商略：品評，評論。

舊栽百本近南塘，攀折年深爾許[1]長。寄與粉綿飛絮道，春寒猶着鬱金堂[2]。

【注】

[1]爾許：如此。

[2]唐·沈佺期《古意》："盧家少婦鬱金堂。"

冶葉倡條[1]那復論，尋常坊巷半朱門[2]。靈和殿角東風峭[3]，只有顰眉最感恩。

【注】

[1]李商隱《燕臺四首·春》詩："冶葉倡條遍相識。"

[2]朱門：紅漆大門。指貴族豪富之家。

[3]靈和殿：南朝齊武帝時所建殿名。峭：料峭；尖利。

金縷初乾試舞衣，斷腸惟有晏家詞[1]。十年一覺承平[2]夢，銀燭西臺賭柘枝[3]。

【注】

[1]晏家詞：北宋晏殊、晏幾道父子之詞。

[2]承平：治平相承；太平。

[3]柘枝：柘枝舞之省稱。明·朱曰藩《清明揚州道中憶王端公》："西臺銀燭柘枝顛。"

生死如山不動塵，更何言句謝天親[1]。無端強坿金荃集[2]，付與尋枝摘葉[3]人。

【注】

[1]天親：指父母、兄弟、子女等血親。

[2]坿：猶"附"。金荃集：溫庭筠詞集名。今佚。

[3]尋枝摘葉：見《清明日同社約訪萬柳堂遺址……蒼然晚暮矣》注。

攜綺兒森兒譏輔先哲祠[1]看海棠

壯學堂前一樹繁，入門先覺萬蜂喧。略無空隙分枝幹，別有餘叢似子孫。並世與誰論甲子[2]，持觴直欲進崑崙。文襄[3]去久花今在，中有先朝雨露[4]痕。

【注】

[1]綺兒：蟄庵之女曾振綺。參見《綺兒畫秋塘白鷺為題》注。森兒：不詳。畿輔先哲祠：今在北京宣南下斜街四十號。祠為清末張之洞籌建，每年仲春、仲秋兩祭京畿先哲。

[2]甲子：甲，天干之首位；子，地支之首位。古代以天干、地支遞次相配，如甲子、乙丑、丙寅之類，統稱甲子。從甲子起至癸亥止，共六十，故又稱為六十甲子。古人用以紀日或紀年。此指光陰、年歲。

[3]文襄：張之洞謚號。見《輓張文襄師三首》之一注。

[4]雨露：喻朝廷之恩澤。

初夏偶書

眼看生物日趨功，天意何曾欲爾窮。已着單衣花事少，刺梅[1]含蕾入薰風。

【注】

[1]刺梅：即蠟梅。多年生落葉灌木。冬末至初春先葉开花，花芳香。

藤花下誦普賢行願品[1]偶成

萬千瓔珞[2]宛垂肩，願力[3]無人嗣普賢。虛駕六牙馴白象[4]，蒼生摩頂[5]待何年。

【注】

[1]普賢行願品：《華嚴經》之一章。普賢菩薩，曾譯遍吉菩薩，音譯為三曼多跋陀羅，中國佛教四大菩薩之一。象徵理德、行德之菩薩，同文殊菩薩之智德、正德相對應，為娑婆世界釋迦牟尼佛之右、左脇侍，被稱為“華嚴三聖”。

[2]瓔珞：以珠玉串成之頸飾。

[3]願力：佛教語，誓願之力，多指善願功德之力。

[4]六牙白象：普賢菩薩之坐騎。“六牙”表示六種神通。

[5]摩頂：《法華經》謂釋迦牟尼佛以大法付囑大菩薩時，用右手摩其頂。後為佛教授戒傳法時之儀軌。

同倦齋[1]同年崇效寺[2]看花即題其倦齋集

同是貞元花下人，香山老去更情親。[3]馬行燈火看殊倦，蠻觸[4]兵爭事更新。一日百年聊自遣，千詩萬户擬非倫。耐閑筆札渾成懶，偶向風前略欠伸[5]。

【注】

[1]倦齋：李綺青别號。見《李漢珍同年六十壽》注。

[2]崇效寺：見《崇效寺牡丹開後作》注。

[3]白居易《杏園花下贈劉郎中》："怪君把酒偏惆悵，曾是貞元花下人。"白居易號香山居士。

[4]蠻觸：《莊子·則陽》："有國於蝸之左角者，曰觸氏；有國於蝸之右角者，曰蠻氏。時相與爭地而戰，伏屍數萬，逐北，旬有五日而後反。"後以"蠻觸"為典，常以喻指為小事而爭鬥者。

[5]欠伸：打呵欠，伸懶腰。

壽祝雲岑[1] 雲岑廣雅同學，一足跛

六十平頭[2]爾許奇，談空說有誑童兒。清光只是豐湖月，想見雲門跛阿師[3]。

【注】

[1]祝雲岑：祝慶祥（生於一八六三年），字雲岑，一字謹甫，光緒二十三年（一八九七年）拔貢，通經史，有學行，曾主持觀瀾縣立第一小學十餘年，成績斐然。

[2]平頭：凡計數逢十，如十、百、千、萬等不帶零頭，俗謂之齊頭，亦稱平頭。

[3]雲門跛阿師：今釋（一六一四年至一六八〇年），字澹歸，號跛阿師。俗姓金，名堡，字道隱，一字蔗餘，號衛公。浙江仁和（今杭州）人。歷仕崇禎、隆武、永曆三朝。順治九年（一六五二年）下廣州參拜雷鋒海雲寺天然和尚，受具戒，名今釋，字澹歸，晚號舵石翁，創建廣東丹霞山别傳寺。著有《遍行堂集》《遍行堂續集》《丹霞初集》《丹霞二集》《嶺海焚餘》等，為明末清初廣東佛教曹洞宗海雲系以及文學、書法之代表人物之一。

秋蘭始花，端姪遊山回，致山泉兩瓶，對花瀹碧螺春[1]茶

兒輩能添樂趣長，尋源特致谷簾[2]湯。幽花始發逢佳茗，同領秋堂一味涼。

【注】

[1]碧螺春：綠茶之一種。產於今江苏省洞庭山碧螺峰。

[2]谷簾：見《題綺兒畫四首》注。

【評】

〇渺之曰：後半寫法有類山谷《鄂州南樓書事》："清風明月無人管，並作南樓一味涼。"

題梁文忠[1]師詩札

當時何止三千牘，此後真無六一[2]賢。悽絕寒松門下士，至今辛苦守殘編。

【注】

[1]梁文忠：梁鼎芬。見《〈蟄庵詩存〉序》注。

[2]六一：歐陽修，號六一居士。

【評】

〇渺之曰：三千牘對六一賢，既工且貼。

題石星巢[1]先生詩札

早年講學似河汾[2]，晚歲耽元異子雲[3]。莫恠臨風齒牙落，乾湉一老[4]已邱墳。

【注】

[1]石星巢：石德芬，字星巢，番禺人。曾任教於學海堂。梁啓超之師。

[2]講學似河汾：見《寄題朱九江先生祠堂》注。

[3]耽元：耽於玄學。漢·揚雄字子雲，作《太玄》。

[4]乾涪一老：見《題康長素先生游存廬》注。

豔秋[1]新婚為畫並蒂蓮花並題

孔翠鵷雛[2]略費評，樓前紅燭笑相迎。偶然拾得青羊句[3]，並蒂蓮花願往生[4]。

【注】

[1]豔秋：京劇名旦程硯秋。見《瘦公庽齋與豔秋同飯戲贈》注。

[2]孔翠：孔雀與翠鳥。亦單指孔雀。鵷雛：見《無題二首》之二注。

[3]青羊句：不詳。

[4]往生：佛教淨土宗認為：具足信、願、行，一心念佛，與阿彌陀佛之願力感應，死後能往西方淨土，化生於蓮花中。見《無量壽經》卷下。

畫菊花楓葉小幅送唐天如[1]入湖南

學畫衰年亦大難，宗元粉本半叢殘[2]。別情湛湛長江水[3]，黃菊花開楓葉丹。

【注】

[1]唐天如：廣東新會人，梁啓超同鄉，曾任吳佩孚秘書長。精通醫學，後在香港行醫。

[2]宗元：北宋名畫家武宗元（生年不詳，卒於一〇五〇年），初名宗道，字總之。河南白波（今河南孟津）人。粉本：畫稿。古人作畫，先施粉上樣，然後依樣落筆，故稱畫稿為粉本。叢殘：指畫殘損。

[3]阮籍《詠懷詩》之十一："湛湛長江水，上有楓樹林。"

趙龍雲[1]先生輓詩

先生同年，趙堯生之兄，於堯生有恩，堯生自蜀赴告，遂寄輓嚴事賸傳君實美[2]，銘幽待看潁濱文[3]。時常但道桑麻長[4]，五十初無被纊溫。世亂有誰欽鸑鷟[5]，社闌定復對雞豚。賊塵[6]滿目西南道，那及新阡[7]酹一尊。

【注】

[1]趙龍雲：趙熙之兄。趙熙：見《〈蟄庵詩存〉序》注。

[2]嚴事：師事。君實：司馬光，字君實。朱熹《三朝名臣言行錄》："司馬溫公幼時，患記問不若人，群居講習，衆兄弟既成誦，遊息矣；獨下帷絕編，迨能倍誦乃止。用力多者收功遠，其所精誦，乃終身不忘也。"

[3]宋·蘇轍，號潁濱遺老。蘇軾之弟，軾沒，轍為作《東坡先生墓誌銘》。

[4]陶潛《歸園田居》之二："相見无雜言，但道桑麻長。"

[5]鸑鷟：鳳屬。

[6]賊塵：指戰亂。

[7]阡：墳墓。

梁次侯[1]六十壽

十年吾共師田水[2]，並世誰同飽蕨芽。哀郢湘纍稱攬揆[3]，椎秦博浪[4]不為家。亦知儒術今無效，頗信勞生未有涯。子復生孫孫復子，移山辛苦緩羲車。[5]

【注】

[1]梁次侯：見《自挐小舟過河與梁次侯閑話》注。

[2]師田水：以田水為師，意謂學躬耕。

[3]湘纍：指屈原。屈原有《哀郢》。攬揆：生日之代稱。屈原《離騷》："皇覽揆余初度兮。"攬通"覽"。

[4]椎秦博浪：《史記·留侯世家》載：秦滅韓，韓人張良為韓報秦仇，悉以家財求客刺秦始皇，"得力士，為鐵椎重百二十斤。秦皇帝東遊，良與客狙擊秦皇帝博浪沙中，誤中副車"。

[5]愚公移山，智叟笑而止之。愚公曰："雖我之死，有子存焉。子又生孫，孫又生子；子又有子，子又有孫。子子孫孫，無窮匱也；而山不加增，何苦而不平。"見《列子·湯問》。羲車：傳說日神羲和駕六龍之車。

寒夜校參同契[1]

稀微道妙此猶存，真火還須辨武文[2]。為讀參同眠較晚，地罏銀銚[3]水微溫。

【注】

[1]參同契：《周易參同契》之簡稱。東漢魏伯陽著。

[2]武文：即文武。

[3]銚：音遙，燒水壺也。

甲子正月十六夜月蝕

玉川憤慨宛陵平[1]，治亂無緣共一聲。恠事見多翻不恠，掩窗燒燭坐深更。

【注】

[1]盧仝有《月蝕詩》。梅堯臣《月蝕》詩："此雖淺近意，乃重補救情。"盧仝號玉川子；梅堯臣世稱宛陵先生。

題廖鳳舒[1]新粵謳

涉想[2]豈更此而憶，聞謌輒喚柰何聲[3]。世間自有真天籟[4]，約略風詩[5]見性情。

【注】

[1]廖鳳舒（一八六五年至一九五四年），又名廖恩燾，國民黨左派領袖廖仲愷胞兄，陳香梅女士之外祖父，别字風書，别號懺庵。廣東惠陽人。著有廣州方言詩《嬉笑集》《粵謳》《扪虱談室詞》等。

[2]涉想：念及；想象。

[3]《世說新語·任誕》："桓子野每聞清歌，輒喚：'奈何！'謝安聞之，曰：'子野可謂一往有深情。'"

[4]天籟：指詩文天然渾成，得自然之趣。

[5]約略：大致。風詩：指《詩經》中之《國風》。亦泛指民歌。

十里輕煙覆大隄，行郎[1]臨發馬頻嘶。檀槽[2]半咽餘音裊，弦月[3]彎彎夜向低。

【注】

[1]行郎：過路青年。見《瑤華琵琶詞》注。

[2]檀槽：檀木製成之琵琶、琴等弦樂器上架弦之槽格。亦指琵琶等樂器。

[3]弦月：呈半圓形之月。指農曆初七、初八或廿二、廿三之月。

曉風殘月大江東[1]，不是憐儂便惱公。曲子頭銜原不惡，秋堂燭淚引宵紅。

【注】

[1]柳永《八聲甘州》："楊柳岸，曉風殘月。"蘇軾《念奴嬌》："大江東去，浪淘盡、千古風流人物。"宋·俞文豹《吹劍續錄》載："東坡在玉堂，有幕士善謳。因問：'我詞興柳七郎如何?'曰：'柳郎中詞，只合十七八女孩兒，執紅牙板，歌楊柳岸，曉風殘月；學士詞，須關東大漢，執銅琵琶、鐵綽板，唱大江東去。'東坡為之絕倒。"

珠海珠江我所思，碧瀾寸寸見秋漪。越吟正自憐莊舄[1]，不薄巴人下里詞[2]。

【注】

[1]莊舄：見《詠懷》注。

[2]巴人下里詞：古代民間通俗歌曲。下里，鄉里；巴：古國名，地在今川東、鄂西一帶。《文選·宋玉〈對楚王問〉》："客有歌於郢中者，其始曰《下里巴人》，國中屬而和者數千人。"

陳子礪[1] 七十壽

江水東流西上魚，孤情一往果何如。十年以長惟兄事，萬里相望念友須[2]。田里徵題餘褉興，遺民著錄早成書。欲從扶杖觀元化[3]，仰首星辰近帝車[4]。

【注】

[1]陳伯陶（一八五四年至一九三〇年），字子礪，號象華，晚年更名永燾，

又號九龍真逸，中堂風湧人。廣東東莞人。光緒十八年（一八九二年）壬辰科劉福姚榜進士第三人。任雲南鄉試副考官，歷充武英殿纂修、起居註協修、文淵閣校理、南書房行走、國史館總纂，擢升江寧提學政，署江寧布政使，廣東省教育總會會長。精通詞翰書畫，旁及醫術、經濟、地理等，著述頗豐。著有《長春道教源流》八卷、自序《荔莊詩》一卷，《荔莊文》二卷、《浮山誌》五卷，《東莞縣誌》等。

[2]《禮記·曲禮》："十年以長則兄事之。"《詩·邶風·匏有苦葉》："招招舟子，人涉卬否。人涉卬否，卬須我友。"謂人皆涉江，我不涉江而獨待我友並涉也。

[3]元化：造化；天地。

[4]帝車：即北斗星。

【評】

〇渺之曰：首聯言逆流而上，而以魚設象，深得興體。

春晚猶寒偶賦

春物昌昌[1]等例看，偶吟應不費心肝[2]。他憂早自還天地，結念時猶在燠寒[3]。一飯從誰徐討論，千詩付與待褒彈[4]。百年有爾張皇[5]處，賸可淩晨理藥欄[6]。

【注】

[1]昌昌：繁多貌。

[2]心肝：心思。

[3]結念：念念不忘。燠寒：猶寒暖。《書·洪範》："八，庶徵：曰雨，曰暘，曰燠，曰寒，曰風，曰時。"

[4]褒彈：褒貶。

[5]張皇：驚慌。

[6]藥欄：芍藥之欄，泛指花欄。

郭春榆[1] 宮太保七十壽

一世才流餘砥柱[2]，故家喬木[3]閱風煙。春官桃李看成蔭[4]，碧落星辰宛舊躔[5]。臣節天心[6]原不負，令名壽考[7]竟兼全。謝庭正欲森蘭玉[8]，況值齊眉[9]祝引年。

【注】

[1]郭春榆：郭曾炘（一八五五年至一九二八年），譜名親繩，原名曾炬，字春榆，號匏庵，晚號福廬山人。郭柏蔭之孫。光緒六年（一八八〇年）進士，任儀制司主事，充軍機章京，升員外郎、郎中，太常少卿、光祿寺卿、禮部右侍郎兼户部左、右侍郎。宣統元年（一九〇九年）充實録館副總裁，修《德宗本紀》。學通中西，與嚴復論中外學術，質疑辨難，稱為摯友。愛士重才，人有一善，必盛譽揚。著有《匏庵詩存》《樓居茶記》。

[2]砥柱：比喻能負重任、支危局之人。

[3]故家喬木：《孟子·梁惠王下》："所謂故國者，非謂有喬木之謂也，有世臣之謂也。"趙岐注："所謂是舊國也者，非但見其有高大樹木也，當有纍世修德之臣，常能輔其君以道，乃為舊國可法則也。"後因以"喬木"為形容故國或故里之典實。

[4]春官：唐光宗年間曾改禮部為春官，後"春官"遂為禮部之别稱。禮部典科舉試，故稱其桃李成蔭。

[5]碧落：道教語。天空；青天。躔：日月星辰在黄道上運行，亦指其運行之軌跡。

[6]天心：君主之心意。

[7]令名：美好之聲譽。壽考：年高；長壽。

[8]謝庭蘭玉：《藝文類聚》卷八一引晉·裴啓《語林》："謝太傅問諸子侄曰：'子弟何預人事，而政欲使其佳？'諸人莫有言者，車騎答曰：'譬如芝蘭玉樹，欲使生於階庭耳。'"後遂用以"謝庭蘭玉"比喻能光耀門庭之子侄。

[9]齊眉：《後漢書·逸民傳·梁鴻》："每歸，妻為具食，不敢於鴻前仰視，舉案齊眉。"王先謙《集解》引沈欽韓曰："舉案高至眉，敬之至。"後泛指夫妻相敬愛。

弢庵太傅[1] 重宴鹿鳴[2]

往事休論甲子[3]前，登科[4]恰值中興年。千松磊砢[5]終梁棟，一録流傳重簡編[6]。又被時人寫名姓，本來忠孝是神仙。簪花[7]正好凌霜菊，玉殿啣杯意自便。

【注】

[1]弢庵太傅：陳寶琛，蟄庵之座師。見《花朝同陳弢老……潘若海詣花之

寺》注。

[2]宴鹿鳴：科舉時代，鄉舉考試後，州縣長官宴請得中舉子於放榜次日，宴主考、執事人員及新舉人，歌《詩・小雅・鹿鳴》，作魁星舞。

[3]甲子：見《攜綺兒森兒畿輔先哲祠看海棠》注。

[4]登科：科舉應考者得中。

[5]磊砢：形容植物多節。亦喻人有奇特之才能。劉義慶《世說新語・賞譽》："庾子嵩目和嶠：'森森如千丈松，雖磊砢有節目，施之大廈，有棟梁之用。'"

[6]簡編：指書籍。

[7]簪花：謂插花於冠。

哭羅癭公[1]三首

瓠落[2]名方起，萍浮跡遂陳。廿年為客夢，一代過江[3]人。下筆烏絲[4]近，登歌白石[5]親。頗疑憂畏盡，竟與死生鄰。

【注】

[1]羅癭公：羅惇曧。見《〈蟄庵詩存〉序》注。

[2]瓠落：潦倒失意貌。猶落拓。

[3]過江：指衣冠南渡。見《送李梅庵之金陵兼訊海上丁三》注。

[4]烏絲：烏絲欄。見《歲朝大雪書初唐應制詩題後》注。

[5]登歌：泛指創作吟唱詩詞。白石：姜夔，號白石道人。

結客[1]遍湖海，逢人只肺肝[2]。後時[3]何所惜，晚況[4]益艱難。絲竹存微尚[5]，滄桑付達觀[6]。裹頭餘尺布[7]，事有至辛酸。

【注】

[1]結客：結交賓客、豪客。

[2]謂遇何人皆以真心相對。

[3]後時：失時；不及時。

[4]晚況：晚年境況。

[5]微尚：微小之志趣、意願。

[6]達觀：謂聽其自然，隨遇而安。

[7]化用呂留良《耦耕詩》："醒便行吟埋亦可，無慚尺布裹頭歸。"

寂滅[1]方為樂，難禁一慟情。緣空[2]能澹定，度勝[3]是平生。骨髓誠何病，琴弦欲廢聲。唱衣猶待暝，霜露下嚴更[4]。

【注】

[1]寂滅：佛教語。“涅槃”之意譯。指超脱生死之理想境界，亦指死亡。

[2]緣空：佛家語。謂一切事物從因緣起，最終又歸於空。

[3]度勝：《三國志·荀彧傳》：“彧曰：‘……公明達不拘，唯才所宜：此度勝也。’”

[4]嚴更：警夜行之更鼓。

題自畫梅花

花瓣鈎完略點椒[1]，孤根猶恐暗香飄。彎碕[2]隔水深深見，只與幽人慰寂寥。

【注】

[1]點椒：一種中國畫技法。

[2]彎碕：彎曲之河岸。

夜聞窗外藤筴[1]落地鏘然有聲作

窮巷絕車轍，那復長夜娛。老眼久昏花，亦無必讀書。耳根頓清淨[2]，遊心[3]天地初。藤筴霜風乾，鏘然落階除[4]。靜極疑動機[5]，聲希[6]真欲無。隤丸[7]嚴鼓停，投籤清漏徂[8]。風籜[9]有餘思，爾其[10]倡私予。兀對短檠燈[11]，迺復盡一壺。既以物付物，寧知吾為吾。凌晨拾墜子[12]，譁然歡衆雛[13]。

【注】

[1]藤筴：即“藤莢”。

[2]《圓覺經》卷上：“聞清淨故，耳根清淨，根清淨故，耳識清淨，識清淨故，覺塵清淨，如是乃至鼻、舌、身、意，亦復如是。”

[3]遊心：浮想騁思。

[4]階除：臺階。

[5]動機：發動所由。《周易·繫辭》：“幾者，動之微，吉之先見者也。”

[6]聲希：《老子》："大音希聲。"

[7]隤丸：指落日。

[8]投籖：謂帝王勤於政事。清漏：清晰之漏壺滴漏声。古代以漏壺滴漏計時。徂：猶逝。見《昔夢四首》之二注。

[9]風篺：風竹。

[10]爾其：猶至於，至如。

[11]短檠燈：小燈。短檠：矮燈架。

[12]墜子：此指墜落地面之藤莢。

[13]衆雛：衆兒童。

寒夜吟

百蟲聲絕風怒號，重檐翳[1]盡霜月高。漸老畏寒性愛月，得酒起披故緼袍[2]。緼袍多年暖着體，中有高堂舊針指[3]（辛酉春在家袍縫綻，太夫人為縫新針）。兒寒猶餘慈母心，新阡[4]遠在荒山趾（太夫人塋洪山洞飛鳳山麓）。念此涕下不能收，仰看星月向西流。半顧孫登似長嘯[5]，側窗楚老但呪嘔[6]。子復生孫[7]本常事，人生要為太早計[8]。風樹曾無停靜時[9]，嚴宵賸有汍瀾淚[10]。烏鵲巢寒啅[11]墜枝，誰見當春烏哺兒。從今不敢看寒月，苦憶書燈年幼時。

【注】

[1]翳：蔽也。

[2]緼袍：以亂麻為絮之袍。古為貧者所服。

[3]高堂：此指母親。針指：針綫活。

[4]阡：墳墓。

[5]《晉書·阮籍傳》："籍嘗於蘇門山遇孫登，與商略終古及棲神導氣之術，登皆不應，籍因長嘯而退。至半嶺，聞有聲若鸞鳳之音響乎巖谷，乃登之嘯也。"

[6]楚老：見《任公歸國為賦》注。呪嘔：《荀子·富國》："垂事養民，拊循之，呪嘔之。"楊倞注："呪嘔，嬰兒語聲也。"梁啓雄《簡釋》引郝懿行曰："呪嘔，為小兒語聲，慈愛之也。"呪音兒。

[7]子復生孫：見《梁次矦六十壽》注。

[8]太早計：《莊子·齊物論》："且女亦大早計，見卵而求時夜，見彈而求鴞炙。"謂打算太早，要求過急。此句謂人生太急促。

[9]《韓詩外傳》卷九："樹欲靜而風不止，子欲養而親不待。"

[10]嚴宵：猶宵禁，戒嚴之夜。汍瀾：淚疾流貌。
[11]啅：鳥啄食貌。

題張文襄[1]師評傅子丹[2]廣雅[3]課卷

回首春風畫戟[4]枝，燒燈討論柏梁詩[5]。吾生頑薄誠無狀[6]，猶及官師合一[7]時。

【注】

[1]張文襄：張之洞。見《輓張文襄師三首》之一注。
[2]傅子丹：傅維森。
[3]廣雅：此指廣雅書院。見《為黄晦聞題廣雅書院圖》注。
[4]畫戟：古兵器名。舊時常作為儀飾之用。
[5]柏梁詩：相傳漢武帝在柏梁臺上和群臣共賦七言詩，人各一句，每句用韻，後人謂此體為柏梁體。
[6]頑薄：愚鈍淺薄。無狀：無善狀。
[7]官師合一：西周學在官府，官師合一，政教合一。

乙丑上巳[1]江亭修稧[2]分韻得同字

生也無涯事不窮[3]，世間還有永和風[4]。他憂付與從今始[5]，一笑相隨亦願同。自昔文章工感慨，適來軒騎[6]任西東。百花待放蘆先茁，憔悴芹芽淺水中。

【注】

[1]乙丑：一九二五年。上巳：舊時節日名。漢以前以農曆三月上旬巳日為上巳，魏晉以後，定為三月三日，不必取巳日。
[2]修稧：上巳到水邊洗濯祭祀、遊玩嬉戲，以祓除不祥，稱為禊祓或修禊。稧同“禊”。
[3]《莊子·養生主》：“吾生也有涯，而知也無涯。以有涯隨無涯，殆已。”
[4]永和風：永和九年（三五三年），王羲之等雅集蘭亭，見其《蘭亭集序》。此謂永和雅集之風氣。
[5]王安石《示平甫弟》：“豈無他憂能老我，付與天地從今始。”
[6]軒騎：車騎。

廌居春晚花卉蔬果盛㚏[1] 榮欣然有作

梨花相倚海棠香，積李崇桃[2]晝夜光。漫詫歲貲[3]營日富，一庭春物太昌昌[4]。

【注】

[1]盛㚏：豐饒。㚏同“敷”。

[2]積李：謂李樹結實繁盛。崇桃：謂桃樹結實繁盛。

[3]歲貲：一年之財貨。

[4]昌昌：繁多貌。

筋力生成不告疲，黄昏新有月牙兒。藤輪[1]準備藤花下，倏見[2]蜘蛛結網絲。

【注】

[1]藤輪：藤製靠枕。置之坐側，可憑倚而卧。

[2]倏見：忽見。

年年修竹[1]報平安，置閏[2]猶餘四月寒。莫恠珊珊稱傾國[3]，來遲偏是牡丹欄[4]。

【注】

[1]修竹：長竹。唐·段成式《酉陽雜俎續集·支植下》：“衛公（李德裕）言北都惟童子寺有竹一窠，纔長數尺，相傳其寺綱維，每日報竹平安。”

[2]置閏：設置閏月。為調整曆法紀年與地球公轉一周時間差數之方法。

[3]珊珊：同“姍姍”。形容走得緩慢從容。此用漢武帝李夫人典。《漢書·孝武李夫人傳》：“立而望之，偏何姍姍其來遲。”《漢書·外戚傳上·李夫人》：“延年侍上起舞，歌曰：‘北方有佳人，絕世而獨立，一顧傾人城，再顧傾人國。寧不知傾城與傾國，佳人難再得！’”

[4]牡丹花季在穀雨前後，已春末近夏。

自覺今春寡出遊，一軒欄檻儘淹畱[1]。誰言卉木無情物，逆旅因循過十周[2]。

【注】

[1]淹畄：逗留。

[2]逆旅：旅居。因循：流連；徘徊不去。十周：十年。

落盡荼蘼着曉寒，遊人懶憑赤欄杆。細思似比花時好，幽草綠陰清晝闌。

【評】

〇渺之曰：寫法與王安石“春風取花去，酬我以清陰”，秦觀《首夏》“節物相催各自新，癡心兒女輓留春。芳菲過盡何須恨，夏木陰陰正可人”相類。

面面紗窻[1]白日遲，雙雙舞蜨淡黃衣[2]。新陰欲滿春藤秀，正是葡萄上格時。

【注】

[1]窻：同“窗”。

[2]張泌《蝴蝶兒》：“蝴蝶兒，晚春時。阿嬌初著淡黃衣，倚窗學畫伊。”

下學[1]兒童學種瓜，植援[2]屈竹略喧譁。不妨見卵求時夜[3]，一尺春泥茁露芽[4]。

【注】

[1]下學：放學。

[2]植援：築籬笆；築垣。

[3]《莊子·齊物論》：“見卵而求時夜，見彈而求鴞炙。”陸德明《釋文》引崔譔曰：“時夜，司夜；謂雞也。”

[4]露芽：草木嫩芽。

【評】

〇渺之曰：龔定庵所謂“六九童心尚未消”，詩人者，不失其赤子之心也。

故人遠道勸加餐[1]，一飯真成討論難。獨有庾郎[2]貧未慣，春蔬小摘尚盈盤[3]。

【注】

[1]加餐：慰劝之辞。謂多進饮食，保重身體。

[2]庚郎：庚信。見《病起趨田襍詩九首》之三注。

[3]春蔬：春日菜蔬。陸游《人日偶遊民家小園有山茶方開》："社酒香浮甕，春蔬緑滿盤。"

青李來禽日給藤[1]，交親囊寄歲相仍[2]。宣南[3]故事吾能説，略似花之寺裏僧[4]。

【注】

[1]王羲之《青李來禽帖》（又名《來禽帖》）："青李、來禽、櫻桃、日給藤子，皆囊盛為佳，函封多不生。"來禽：果名，即林檎。日給：藤名。此帖謂此數種植物種子，寄時須以囊盛好，直接放之信函中寄來多不能發芽。

[2]交親：親朋好友。相仍：相沿襲。

[3]宣南：古都北京始建之地。見《送趙芷生回里》注。

[4]花之寺僧：羅聘（一七三三年至一七九九年），清代畫家，字遯夫，號兩峰，别號花之寺僧。"揚州八怪"之一。羅聘曾三入京城賣畫，幾經浮沈。

卅年閑夢在京城，一頌桃花浪得名。肯惜斜陽裁短什[1]，世間還是玉谿生。[2]

【注】

[1]短什：指短篇詩文。

[2]玉谿生：李商隱號。其《登樂遊原》曰："向晚意不適，驅車登古原。夕陽無限好，只是近黄昏。"

酒渴引荈[1]聽雨達旦

已過花時節，寧論酒聖賢[2]。解酲煩日注[3]，聽雨損宵眠。歲事[4]麥苗秀，朝飢菜甲[5]鮮。子桑甘閉户[6]，懶與上琴弦。

【注】

[1]荈：茶。

[2]聖賢：清酒曰聖，濁酒曰賢。

[3]解酲：解醉。日注：即日鑄，茶名。

[4]歲事：指一年之農事。

［5］朝飢：早晨空腹時感到饑餓。菜甲：菜初生之葉芽。

［6］《莊子·大宗師》："子輿與子桑友，而霖雨十日。子輿曰：'子桑殆病矣！'裹飯而往食之。至子桑之門，則若歌若哭，鼓琴曰：'父邪！母邪！天乎！人乎！'有不任其聲而趨舉其詩焉。"

題譚玉生[1] 先生煙雨歸耕圖

蓑笠攜鋤事宛然[2]，敢將蹤跡比前賢。此中風趣吾差識[3]，慚愧寧河[4]過十年。

【注】

［1］譚玉生（一八〇〇年至一八七一年），名瑩，字兆仁，號玉生，廣東南海人。道光二十四年（一八四四年）舉人，歷官化州訓導，瓊州、肇慶二府教授，學海堂學長。著有《樂志堂詩集》。

［2］宛然：真切貌；清晰貌。

［3］吾差識：我稍微能知。

［4］寧河：寧河縣，位於天津東北部。

依韻題王葵園[1] 先生與陳詒重[2] 侍郎倡和詩卷

敢云自靖[3]答君親，兀兀[4]滄桑劫後身。不信前車真覆轍[5]，未應先覺損天民[6]。海內依怙王文祖[7]，五經紛綸井大春[8]。正待中流同擊楫[9]，相看未分過江人[10]。

【注】

［1］王葵園：王先謙（一八四二年至一九一七年），清末學者。湖南長沙人。字益吾，因宅名葵園，學人稱為葵園先生。曾任國子監祭酒、江蘇學政，湖南嶽麓、城南書院院長。有《虛受堂文集》。

［2］陳詒重（一八七一年至一九二九年），名毅，字詒重，以字行。室名郇廬。湖南湘鄉人。清湘軍將領陳湜之孫，受業於王先謙，為劉廷琛之門生。光緒三十年（一九〇四年）進士，授刑部郎中，後官至郵傳部主事，京師大學堂提調。清亡後，應同僚劉廷琛等人之邀，客居青島，常與恭親王溥偉聯繫，為復辟派。一九一三年溥偉經幾次密謀，拉攏一批軍閥準備起事，而陳詒重則起草"檄

文”。後民國政府發覺此事，對其進行瓦解、監視。最終此次活動流産，史稱“癸丑復辟”。一九一七年張勳復辟時，曾授郵傳部右侍郎。陳詒重擅長史學，著述頗多。有《郇廬詩集》存世。

[3]自靖：猶自盡。

[4]兀兀：孤獨貌。

[5]覆轍：《後漢書·范升傳》：“今動與時戾，事與道反，馳騖覆車之轍，探湯敗事之後，後出益可怪，晚發愈可懼耳。”

[6]天民：指賢者。見《送江孝通歸里》之二注。

[7]王文祖：《後漢書》：“海内依怙王文祖。”指冀州刺史、東平壽張王考，字文祖。

[8]井大春：東漢太學生井丹，字大春，博通五經。時有“五經紛綸井大春”之諺。

[9]擊楫：指晉·祖逖渡江擊楫事。《晉書·祖逖傳》：“（逖）仍將本流徙部曲百餘家渡江，中流擊楫而誓曰：‘祖逖不能清中原而復濟者，有如大江！’”

[10]過江人：見《送李梅庵之金陵兼訊海上丁三》注。

楊澧書堂書運京寓

失喜[1]書船至，相違五歲除[2]。撥塵防蠹毀，燒燭費工夫。把握[3]欣吾舊，撑腸倘[4]爾頑。儒酸[5]誠拙計，那便[6]置空虚。

【注】

[1]失喜：喜極不能自制。

[2]相違：相離。歲除：年終。舊俗於臘歲（冬至後三戌之後）前一日擊鼓驅疫，謂之逐除，故謂。

[3]把握：手相攜握。

[4]撑腸：猶滿腹，謂飽學。倘：偶爾。

[5]儒酸：猶寒酸，謂讀書人窮窘之態。

[6]那便：只好。

依韻袁覺生[1]丙寅[2]元旦感賦

政爾[3]沈沈百念新，磵松誰復禁樵薪[4]。孤根自分空蟠結，舊館何緣接燕申[5]。默向東風參造化，夢從碧落[6]整星辰。十年涕淚兵塵里，滿眼看春不當春。

【注】

[1]袁覺生：見《為袁覺生題潘蓮巢焦山圖》注。

[2]丙寅：一九二六年。

[3]政爾：正爾；正當。

[4]磵：同“澗”。樵薪：採薪打柴。

[5]燕申：《論語·述而》：“子之燕居，申申如也，夭夭如也。”邢昺疏：“言孔子燕居之時體貌也。申申夭夭，和舒之貌。”後稱尊者閑居為“燕申”。

[6]碧落：道教語。指天空、青天。

【評】

〇渺之曰：頸聯學玉谿“永憶江湖歸白髮，欲回天地入扁舟。”可與抗手。

〇一時山人曰：“夢從碧落整星辰”，大見仙氣，氣度莫階。“整”字真出宇入宙，整漫天星辰就如整一整衣領一般。

題鍾秋巖[1]磵上草堂圖

暮年絲竹資陶寫[2]，一壑能專[3]亦大難。又恐閑名除未得，山圖肖與試開看。

【注】

[1]鍾秋巖：生卒年不詳。以字行。善昆曲，工山水畫。

[2]資：供也。陶寫：謂怡悅情性，消愁解悶。

[3]《莊子·秋水》：“埳井之蛙謂東海之鱉曰：‘吾樂與！出跳梁乎井幹之上，入休乎缺甃之崖。赴水則接腋持頤，蹶泥則沒足滅跗。還虷蟹與科斗，莫吾能若也。且夫擅一壑之水，而跨跱埳井之樂，此亦至矣。’”

蟄庵集外詩

贈晦閣先生蘭妻雀子[1]

人言林逋仙[2]，無求自然足。一鶴與一梅，别成新眷屬。我愛林晦翁，風趣更超俗。蘭妻雀子呼，遙遙接芳躅[3]。言真愜素心[4]，好合曲欄曲。竟體[5]挹芬芳，新妝照紅燭。雪夜壁月眠，花貌想如玉。好鳥如佳兒，來去無拘束。得食性能馴，粒粒分仁粟[6]。乍學鸚鵡鳴，旋隨鴛鴦浴。臭味[7]同妻蘭，踴躍如僮僕。翁乃左右顧，怡然遂[8]所欲。有妻結良緣，有子綿似續。韻事[9]比高賢，神似非刻鵠[10]。胸懷天地寬，自處何榮辱。筑樓近韓[11]居，窗開透辰旭[12]。縱然小如舟，四圍花作蓐。樓前一水通，漾漾漲春緑。借此樂餘年，欣欣忘蹐局[13]。況復孫曾賢，泮芹[14]屢掇渌。多福備箕疇[15]，一一難記録。快哉矍鑠翁[16]，高吟興頻觸[17]。

（録自《近韓林氏家範》）

【注】

[1]晦閣先生：林顯榮（一八一六年至一八九九年），字剛成，别署晦閣，廣東揭陽榕城人。由附貢報捐訓導。設帳五十年，桃李甚衆。有《二十四孝詩》《尚書秘鑰》等。傳見光緒《揭陽縣續志》。蘭妻雀子：顯榮築居韓祠之隅，以“小舟”名樓，植蘭壁間，雀依為巢，顯榮詠五言詩，謂“蘭妻雀子”以擬於林和靖“梅妻鶴子”雅事。

[2]林逋（九六七年至一〇二九年），北宋詩人。字君復，後人稱為和靖先生，錢塘人（今浙江杭州）。出生於儒學世家，恬淡好古，早年曾遊歷江淮等地，隱居於西湖孤山，終身不仕，未娶妻，與梅花、仙鶴作伴，稱為“梅妻鶴子”。性孤高自好，喜恬淡，不趨名利，自謂：“然吾志之所適，非室家也，非功名富貴也，只覺青山緑水與我情相宜。”

[3]芳躅：前賢蹤跡。

[4]愜素心：合乎本心。

[5]竟體：遍體。

[6]謂雀嘴剝分粒粒粟仁也。

[7]臭味：比喻志趣。“臭”同“嗅”。

[8]遂：如願；合也。

[9]韻事：風雅之事。

[10]刻鵠：喻仿效前賢。盧照鄰《釋疾文》：“既而屠龍適就，刻鵠初成。”

[11]韓：韓江。

[12]辰旭：晨旭也。辰通“晨”。

[13]踡局：同“踡跼”。局促；拘束。

[14]泮芹：《詩·魯頌·泮水》：“思樂泮水，薄採其芹。”本指泮水中之芹菜，借指學宮秀才。

[15]箕疇：指《書·洪範》之“九疇”。相傳“九疇”為箕子所述，故名。明·王錂《春蕪記·慶壽》：“會‘箕疇’斂福，軒筴長春。”

[16]矍鑠翁：《後漢書·馬援傳》：“援據鞍顧眄，以示可用。帝笑曰：‘矍鑠哉，是翁也！’”“矍鑠”謂老人目光炯炯、精神健旺。

[17]觸：觸發。

失題七絕二首

回首東風淚滿巾，舊歡新夢覺無因。醒來正是黃昏雨，車馬中原有暗塵[1]。

【注】

[1]明·李士淳《小歇石》：“寄語中原車馬客，風塵暫此歇一鞭。”相傳此詩題於梅州陰那山小歇石上，至今梅州靈光寺小歇石仍刻有此詩。明末甲申之變，崇禎自縊，明亡。李士淳攜皇子朱慈烺避難梅州，後清兵入粵，攻陷潮州、梅州，李乃作此詩。

落日黃沙塞草枯，朔風[1]前夜雪平鋪。漢唐遺壘[2]模糊甚，還有陰山鐵騎[3]無？

（錄自梁啓超《飲冰室詩話》）

【注】

[1]朔風：北風。

[2]遺壘：故壘。

[3]陰山：山脈名。即今橫亘於內蒙古南境、東北接連內興安嶺之陰山山脈。山間缺口自古為南北交通孔道，扼守邊境之口。陰山鐵騎：唐·王昌齡《出塞》：“但使龍城飛將在，不教胡馬度陰山。”

庚子年[1]慨時

玉帳牙旗[2]盡將才，潞河[3]軍散事堪哀。荒城晚雨鳴胡角[4]，遙野晨星落上臺[5]。並路牽衣寧惜別，重圍卸劍正疑猜。傳聞西幸[6]龍鸞隊，密遣延秋[7]夜半開。

（錄自孫淑彥《曾習經先生年譜》）

【注】

[1]庚子年：一九〇〇年。是年八國聯軍攻陷北京，史稱“庚子事變”。

[2]玉帳：主帥所居帳幕。牙旗：旗杆上飾象牙之大旗，多為主將主帥所建。

[3]潞河：亦稱白河、北運河，北通北京，東南通天津，與南北大運河相接，可達杭州；經海河，可出渤海海口。一九〇〇年六月八國聯軍攻陷天津之後，八月即自潞河向北京進犯，沿河攻佔两岸戰略要點，清軍多一觸即潰或不戰而退，八國聯軍於十日內攻陷北京。

[4]荒城：八國聯軍攻陷北京城，奸淫搶掠，北京“自元明以來之積蓄，上自典章文物，下至國寶奇珍，掃地遂盡”。故蟄庵謂之荒城。胡角：胡人吹奏樂器，軍中多用作軍號。

[5]杜甫《送翰林張司馬南海勒碑》：“冠冕通南極，文章落上臺。”

[6]一九〇〇年八月十五日晨，八國聯軍進攻皇城東華門，慈禧太后攜光緒帝、諸王公大臣、太監李蓮英等易裝，自西華門至德勝門，經頤和園、居庸關等地倉皇逃出北京，向西逃亡至西安。

[7]延秋：即延秋門，長安禁苑西門。天寶十四載（七五五年）冬，安祿山起兵叛亂，次年六月，唐玄宗即由延秋門出長安，赴蜀避難。蟄庵以此譬慈禧、光緒外逃。

題明崇禎刊本《宋學士集》[1]

沈、宋為唐律之祖[2]，而其人多穢行[3]，可歎也。

沈宋才名並一時，夜珠明月[4]獨矜奇。卻嫌一代風騷手，帳殿昭容甲乙之[5]。

（錄自傅增湘《藏園群書經眼錄》）

【注】

[1]《宋學士集》：明代張鑊所輯宋之問集。

[2]見《陳杜沈宋集》注。

[3]沈佺期有諂媚武則天男寵張易之、貪污受賄等劣行。宋之問品行惡劣無耻，向武則天自薦為男寵被拒、為武則天男寵張易之捧溺器、賣友求榮等不一而足，“深為義士所議”，“天下醜其行”。

[4]宋之問《奉和晦日幸昆明池應制》："不愁明月盡，自有夜珠來。"

[5]帳殿：古代帝王出行，休息時以帳幕為行宮，稱帳殿。昭容：指上官婉兒。昭容為妃嬪之一稱號，唐初為九嬪之一。中宗時，上官婉兒曾拜昭容。甲乙：評定優劣。此用上官婉兒評沈宋詩優劣典故。宋·計有功《唐詩紀事》："中宗正月晦日，幸昆明池賦詩。群臣應制百餘篇，帳殿前結彩樓，命上官昭容選一首為新翻御制曲，從臣悉集其下。須臾，紙落如飛，唯沈宋二詩不下。又移時，一紙飛墜，乃沈詩也。及聞其評曰：'二詩工力悉敵，沈詩落句云：微臣雕朽質，羞睹豫章材，蓋詞氣已竭；宋詩云：不愁明月盡，自有夜珠來，猶陡健竪舉。'沈乃伏，不敢復爭。"

還京留別

哀樂年來[1]百感並，一簾寒雨近殘春。最憐明月江頭別，從此天涯憶故人。

（錄自孫淑彥《曾習經先生詩文集編年》）

【注】

[1]年來：近年來，近來。

題郭餐雪[1]小照四絕句

夜色沈沈隱書幌[2]，秋空歷歷[3]動星辰。王郎斫地杜陵老，青眼高歌信有神。[4]

【注】

[1]郭餐雪（一八七四年至一九三七年），名心堯，字伯陶，號餐雪、半生和尚，一號半生道人。广东揭陽棉湖人，長期居潮州府城。清末廩生。自幼勤奮好學，天資聰敏，有神童之譽。稍長考入棉湖興道書院。能詩、書、畫。一九三四年曾編印《感舊詩存》，收錄其與曾習經、丁惠康、丘逢甲三家唱和詩。

[2]書幌：書帷。亦指書房。

[3]歷歷：清晰貌。

[4]杜甫《短歌行·贈王郎司直》："王郎酒酣拔劍斫地歌莫哀，我能拔爾抑塞磊落之奇才……青眼高歌望吾子，眼中之人吾老矣。"

讀書萬卷[1]空復爾，悵望千秋亦惘然[2]。似有才人弔黃祖，不妨重賦鸚鵡篇。[3]

【注】

[1]杜甫《奉贈韋左丞丈二十二韻》："讀書破萬卷，下筆如有神。"

[2]杜甫《詠懷古跡》之二："悵望千秋一灑淚，蕭條異代不同時。"

[3]黃祖（生年不详，卒於二〇八年），字不詳。東漢末年政治軍事人物。荊州牧劉表之宿將，曾任江夏郡太守。東漢才子禰衡曾於黃祖帳下，鬱鬱不得志，又狂傲不羈，以罵黃祖被殺。有《鸚鵡賦》，主旨為境遇困窘，壯志難酬，情甚憤懣。清人汪中曾作《弔黃祖文》。借寫禰衡"雖枉天年，竟獲知己"之遇，實發自身"飛辯馳騁，未獲賞心"之歎。蟄庵此處"才人"指汪中。

遙夜[1]月痕窺隱隱，空山竹露滴涓涓[2]。琴絲貼妥爐煙定[3]，猛省紅塵二十年。

【注】

[1]遙夜：長夜。

[2]涓涓：露水不斷滴流貌。

[3]貼妥：平靜。古时弹琴須焚香。此指琴息香滅也。

桃葉桃根[1]總不如，江山清怨卻躊躇[2]。碧雲無際風潮晚，獨倚船舷聽道書[3]。

（錄自孫淑彥《曾習經先生年譜》）

【注】

[1]桃葉、桃根：皆王獻之愛妾名。見《擬溫飛卿楊柳枝六首》之二注。

[2]清怨：淒清幽怨。

[3]船舷：船沿。道書：佛家或道家典籍。

冷紅簃[1]填詞圖

西風久下藤州淚[2]，社作今無竹屋詞[3]。解訓二窗[4]微妙旨，樵風一卷[5]亦吾師。

（錄自林秋岳《花隨人聖庵摭憶》）

【注】

[1]冷紅簃：鄭文焯之齋號，簃音移。鄭文焯（一八五六年至一九一八年），字俊臣，號小坡，又號叔問，晚號鶴公、鶴翁、鶴道人，別署冷紅詞客。奉天鐵嶺（今屬遼寧）人，隸正黃旗漢軍籍，而託為鄭康成裔，自稱高密鄭氏。光緒舉人，曾任內閣中書，後旅居蘇州。工詩詞，通音律，擅書畫，精醫道，善篆刻，長於金石古器之鑒，而以詞著稱於世，"晚清四大詞人"之一。其詞多表現對清王朝覆滅之悲痛。清末畫家顧澐（一八三五年至一八九六年）曾為鄭文焯作《冷紅簃填詞圖》。

[2]黃庭堅《病起荊江亭即事》之二："閉門覓句陳無己，對客揮毫秦少游。正字不知溫飽未？西風吹淚古藤州。"

[3]竹屋词：指南宋詞人高觀國詞集《竹屋癡語》。高觀國，字賓王，號竹屋。山陰（今浙江紹興）人。生卒年不詳，生活於南宋中期，年代約與姜夔相近。與史達祖友善，常相唱和，詞亦齊名，時稱"高史"。

[4]二窗：指南宋詞人吳文英、周密。吳文英號夢窗，有《夢窗詞》；周密號草窗，有《草窗詞》。吳、周詞字句工麗，音調和諧，風格相近，同是格律派重要詞人，因以並稱。鄭文焯曾手批《夢窗詞》。

[5]鄭文焯有《樵風樂府》集。

消寒詩[1]有跋

太清[2]一代才女，而世多微詞[3]，率影射龔自珍[4]詩語。近歲冒鈍宧[5]刻太清殘集，自序稱多聞太清遺事。而案語中"如此亦長安一俊物"及"太平湖畔太平街，丁香花發一低徊"等說，意中有定庵在耳。[6]定庵狡獪甚於雲伯（太清集中有詆陳雲伯詩），其言可信耶？太素[7]死三月，太清移居邸外，自注謂西城養馬營賃房數間，則太清寡居並不在太平湖矣。此《銷寒》六首，為道光丁未所書，太清晚年筆也。今集中無此詩，或在缺卷中，或以詩不甚工，編集時棄去，未可知也。集中有《紅雨軒獨坐閱清閟閣集》詩。戊午歲冬至節蟄庵居士題記。

惜哉其人美且才，斷腸漱玉[8]例堪哀。太平湖畔丁香樹，輕薄為文[9]莫浪猜。

（錄自孫淑彥《曾習經先生年譜》）

【注】

[1]消寒詩：指顧太清《清寒詩》。

[2]顧太清（一七九九年至一八七七年），本為西林覺羅氏，原名鄂春，後改姓顧，名春，字梅仙，又字子春，道號太清，晚號雲槎外史，常以太清春、太清西林春、雲槎外史自署。清朝滿洲鑲藍旗人。善詩、詞、畫、小說，詞名尤重，與納蘭性德齊名。其詞灑脱靈動，行雲流水。有詞集《東梅漁歌》、詩集《天遊閣集》、小說《紅樓夢影》。

[3]微詞：隱晦諷刺之非議。

[4]龔自珍（一七九二年至一八四一年），字璱人，號定庵。曾字爾玉，曾更名易簡，字伯定，再更名為鞏祚。浙江仁和（今杭州）人。道光九年（一八二九年）進士，纍官內閣中書、禮部主事。有《龔定庵全集》。

[5]冒鈍宧：冒鶴汀。見《花朝同陳弢老……潘若海詣花之寺》注。

[6]當時世有傳顧太清與龔自珍之緋聞。曾樸《孽海花》中亦述顧太清與龔自珍有染。冒鶴汀《讀太素明善堂集感顧太清遺事輒書六絕句》之六："太平湖畔太平街，南谷春深葬夜來。人是傾城姓傾國，丁香花發一低徊。""太平湖畔太平街"為顧太清與其夫王孫奕繪之府邸，奕繪《上元侍宴》詩注有："邸西為太平湖，邸東為太平街。"丁香花牽出龔自珍《己亥雜詩》："空山徙倚倦遊身，夢見城西閬苑春。一騎傳箋朱邸晚，臨風遞與縞衣人。"詩後自注："憶宣武門內太平湖之丁香花一首。"

[7]太素：顧太清之夫奕繪（一七九九年至一八三八年），字子章，又號幻園居士、太素道人，為清高宗乾隆第五子榮純親王永琪之孫、榮恪郡王綿億之子。

[8]漱玉：李清照，其詞集為《漱玉集》。

[9]杜甫《戲為六絕句》："輕薄為文哂未休。"

盧太孺人[1]七秩徵[2]詩

補篇戒養白華詩[3]，歲歲中天婺影[4]垂。喬木故家[5]人共仰，陶門賓客[6]我來遲。崇陔採舞[7]歡無算，百福香奩[8]事總宜。願得龍頭長瀉酒[9]，森庭蘭玉[10]一枝枝。

（錄自孫淑彥《曾習經先生年譜》）

【注】

[1]盧太孺人：不詳。

[2]七秩：七十歲。徵：索求也。

[3]《毛詩·小雅》："《南陔》，孝子相戒以養也。《白華》，孝子之絜白

也。……有其義而亡其辭。”此句謂盧太孺人子孫之孝可補《小雅》亡篇也。

[4]中天婺影：明·程登吉《幼學瓊林·老幼壽誕》：“賀男壽曰南極星輝，賀女壽曰中天婺焕。”

[5]喬木故家：謂故里也。

[6]陶門賓客：用晉陶侃母截髮換米延賓款待范逵典故。

[7]崇陔採舞：《毛詩·小雅》：“《南陔》，孝子相戒以養也。……有其義而亡其辭。”晉·束皙承此旨而作《補亡》詩：“循彼南陔，言採其蘭；眷戀庭闈，心不遑安。”後以“蘭陔”為孝養父母之典。

[8]百福：《詩·大雅·假樂》：“干祿百福，子孫千億。”香奩：指閨閣。

[9]龍頭：指柄端刻成龍頭形狀之酒勺。李賀《秦王飲酒》：“龍頭瀉酒邀酒星。”

[10]蘭玉：古譽女子之芳貞也。《隋書·列女傳論》：“蘭陵主質邁寒松，南陽主心踰匪石……足使義勇慚其志烈，蘭玉謝其貞芳。”

蟄庵詞

菩薩蠻

微明月色初長夜，銅槃蠟淚[1]潸潸下。魂斷畫樓西[2]，棲鴉軋軋[3]啼。枕屏山[4]一角，借得蘿陰薄[5]。斗帳意闌珊[6]，秋寒夢更寒。

【注】

[1]槃：同“盤”。此為燈檠承燭之盤。蠟淚：即燭淚。指蠟燭燃點時淌下之液態蠟。

[2]畫樓西：李商隱《無題》：“畫樓西畔桂堂東。”畫樓：有華麗畫飾之樓。

[3]軋軋：象鴉啼聲。

[4]屏山：屏風。

[5] 李商隱《深宮》：“狂飆不惜蘿陰薄。”

[6]斗帳：小帳。形如覆斗，故稱。闌珊：殘，將盡。

南鄉子

無計可留春，落盡棃花冷玉塵[1]。燕子不歸鶯漸老，黃昏又是，金魚鎖便門[2]。　莫道不消魂[3]，春困懨懨只欠伸[4]。似有恨，情和夢，在逡巡[5]。沈水香[6]殘夜未溫。

【注】

[1]棃：同“梨”。玉塵：玉屑，傳說中仙家所服食物。此譬梨花。宋·向子諲《鷓鴣天》：“落盡梨花未肯休。”

[2]金魚：魚形鎖。便門：正門側之旁門。

[3]李清照《醉花陰》：“莫道不消魂，簾捲西風，人比黃花瘦。”

[4]懨懨：精神萎靡貌。欠伸：打哈欠，伸懶腰。

[5]逡巡：徘徊不定。

[6]沈水香：即沈香。

【評】

○一時山人曰：《世說新語》殷浩語：“我與我周旋久，寧作我。”此乃理之氣概。蟄庵“似有恨，情和夢，在逡巡”，則是情之癡狂。

菩薩蠻

輕陰幾陣櫻桃雨，餘寒悄倩簾衣[1]護。燕子不歸來，倚窗敲玉釵。　　微茫[2]花底立，似怨紅襟溼[3]。憐極轉生瞋，籠鸚欲罵人。

【注】

[1]倩：請也。簾衣：簾幕。

[2]微茫：隱秘暗昧；隱約模糊。

[3]溼：同"濕"。

【評】

○一時山人曰："欲"字好，有一種小情緒在，而控制在臨界點，未曾罵將出來，可愛。猶"似怨紅襟溼"之"似"字。予謂之"情之黄金分割"也，猶蘭芷之欲開未開、若香若無，女子之多情含羞、欲迎還拒。"罵"字粗，此乃險字，險字之用，譬如藥之砒霜，乃攻痨之良藥，然非醫之神者，其孰能用之？蟄庵置"罵"字於此處而不覺其粗，以此"罵"乃"憐罵"而非"瞋罵"故。蓋此"瞋"乃"憐極"轉來，是"嬌瞋"，道是瞋，本質卻仍是憐矣。愛而生恨，亦復如是——多情之人，無論是愛是恨，其情之絕對值都是愛；無論是憐是瞋，其情之絕對值都是憐。

○渺之曰：憐愛之極，則打是親罵是愛。唐人金昌緒《春怨》："打起黄鶯兒，莫教枝上啼。啼時驚妾夢，不得到遼西。"想見佳人執輕羅小扇作欲打黄鶯狀，何等風情。若潑婦真把帚横掃，則敗興矣。蟄庵此首亦然，"欲"字最有情調。雖則打親罵愛，然須是欲打不打，欲罵未罵，切不可捅破窗紙。

浣溪沙

淡月籠花照淺妝，晚寒添得夾羅裳。玉真[1]今夜罷燒香。　　自是年來[2]心性嬾[3]，不因些事惱愁腸。紗窗如夢暗形相[4]。

【注】

[1]玉真：仙子。

[2]年來：近年以來或一年以來。猶言"邇來""近來"。

[3]嬾：同“懶”。

[4]形相：端詳，細看。

清平樂

桐花幺鳳[1]，小結棲香夢。第一情天[2]誰補空，零月斷風心重。　瑤臺[3]吹墜繁香，卻教去後思量。贏得傷春傷別[4]，金堂夜夜王昌[5]。

【注】

[1]幺鳳：鳥名。又稱桐花鳳。羽毛五色，體形比燕子小。見《瑤華琵琶詞》注。

[2]情天：語出唐·李賀《金銅仙人辭漢歌》：“衰蘭送客咸陽道，天若有情天亦老。”後因以“情天”稱愛情之境界。

[3]瑤臺：美玉砌成之樓臺。亦泛指雕飾華麗之樓臺。

[4]李商隱《杜司勛》：“刻意傷春復傷別。”

[5]金堂：華麗之堂。王昌：魏晉人。姿儀俊美，為世所共賞。後常作情郎之美稱。

【評】

〇渺之曰：得花間之穠摯。

玉連環影

燕影來去渾[1]無定，小袖輕襟，幾處紅樓暝。正愁人，近黃昏，誰向他家門巷覓絲魂。

【注】

[1]渾：全也。張相《詩詞曲語辭匯釋》：“渾，猶還也。”

浣溪沙

送媚流情小屈卮[1]，王孫[2]酒渴起更衣。未成沈醉已如泥。　一種水紅[3]宜淺畫，二分愁綠罥[4]繁絲。回頭春又去多時[5]。

【注】

[1]屈卮：即金屈卮，酒器。

[2]王孙：《楚辭·招隱士》："王孫遊兮不歸，春草生兮萋萋。"王夫之《楚辭通釋》："王孫，隱士也。秦漢以上，士皆王侯之裔，故稱王孫。"

[3]水紅：即水葓，草名。李賀《惱公》："江圖畫水葓。"

[4]愁綠：唐·王建《路中上田尚書》："愁綠嬌紅一遍新。"罥：繞也。

[5]宋·葉采《暮春即事》："閑坐小窗讀周易，不知春去幾多時。"

【評】

○渺之曰：定庵"紅似相思綠似愁"，可為過片之對作注。

憶王孫

暗憐璧月照瓊枝[1]，清潤潘郎[2]擬未宜。欲琢苕華贈所私[3]。弄参差[4]，莫為閑愁強自持[5]。

【注】

[1]璧月：圓明如璧之月。瓊枝：如玉之木。原為仙樹，後泛為樹木之美稱。

[2]潘郎：晉潘安，美容貌，後為情郎之代稱。

[3]苕華：美玉名。《竹書紀年》卷上："癸命扁伐山民，山民進女於桀二人，曰琬曰琰。後愛二人。女無子焉，斲其名於苕華之玉，苕是琬，華是琰。"私：偏愛，寵愛。

[4]唐·儲光羲《河中望鳥灘作貽呂四郎中》："伊水弄參差。"

[5]自持：自我堅持。

浣溪沙

忽忽[1]鞦韆小夢殘，東風慵起枕屏閑。柳縣吹盡[2]卻春寒。　杏子單衫愁帶緩[3]，鵶雛雙鬢借花安。[4]新愁不放翠眉[5]間。

【注】

[1]忽忽：急速貌。恍忽貌。

[2]緜：同“棉”。宋·蔡伸《風流子》：“風暖晝長，柳綿吹盡，澹煙微雨，梅子初黃。”

[3]緩：寬鬆。

[4]《樂府詩集·雜曲歌辭十二·西洲曲》：“單衫杏子紅，雙鬢鴉雛色。”

[5]翠眉：古代女子用青黛畫眉，故稱。

【評】

〇渺之曰：易安“此情無計可消除，纔下眉頭，卻上心頭。”蟄庵“新愁不放翠眉間”之所本。不放翠眉間，即隱愁在心頭之意，愈加蘊藉。

菩薩蠻

鳳槽品罷龍香撥[1]，峭風[2]吹落芙蓉月。斜倚夜明簾[3]，衣絛[4]故故拈。秋星心暗數，忘卻當時語。惱恨是明河[5]，低徊脉脉波[6]。

【注】

[1]鳳槽：指琵琶。鳳：指琵琶。槽：琵琶上架弦之凹格。龍香撥：龍香木料製成之琵琶撥。蘇軾《宋叔達家聽琵琶》：“數弦已品龍香撥，半面猶遮鳳尾槽。”

[2]峭風：料峭之風，寒風。

[3]夜明簾：傳説中夜能發光之簾。《採蘭雜志》：“張説於元宵召諸姬共宴，苦於無月，夫人以雞林夜明簾懸之，炳於白日，夜半月出，惟説宅無光，簾奪之也。”

[4]衣絛：衣帶。絛，亦作“縧”。

[5]明河：銀河。

[6]《古詩十九首·迢迢牽牛星》：“盈盈一水間，脉脉不得語。”

臨江仙

比鄰[1]垂楊一株，病起主人移去，悵然賦此。

幾日金堂[2]消息斷，窺牆[3]損盡腰支。瀟瀟暮雨畫樓西[4]，舞衫零落，惆悵赴遙幃[5]。　　別夢覺來秋已晚，但看煙靄淒迷。情根一點未應移。闌干閑倚，餘恨尚依依。

【注】

[1]比鄰：鄰居。

[2]金堂：堂之美稱。

[3]窺牆：宋玉《登徒子好色賦》："天下之佳人，莫若楚國，楚國之麗者，莫若臣里，臣里之美者，莫若臣東家之子……然此女登牆窺臣三年，至今未許也。"後因以"窺牆"指女子對意中人之愛慕。

[4]柳永《八聲甘州》："對瀟瀟暮雨灑江天，一番洗清秋。"李商隱《無題》："畫樓西畔桂堂東。"

[5]李商隱《回中牡丹為雨所敗二首》其一："有人惆悵卧遙帷。"

【評】

〇一時山人曰：尋常之一木，而能致此佳什，真詩人也。"情根一點未應移"究竟蟄庵夫子自道。多情之人，縱意樹移去，必情根固在也夫！

蘭陵王

恨絲織，微雨輕陰乍夕[1]。闌干外，煙柳弄寒，[2]淺笑深顰鎮相憶[3]。西風似過客，誰念去年今日[4]。悄攜手、低語泥人[5]，臨別殷勤幾將息[6]。　青蕪[7]夢中國，想翠管[8]無言，紅萼[9]輕溼。經時鏡檻聞香澤[10]，悵歡處多阻，愁裏閑度，繁華迢遞望去驛。有人在天北。　悽惻，正岑寂[11]。漸燈火新涼，風露狼藉，西窗一夜愁明白。黯別後衣帶，舊時顏色。沈思無奈，怨淚落，和漏滴[12]。

【注】

[1]乍夕：正當夕暮。

[2]張元幹《蘭陵王》："捲竹箔，朝雨輕陰乍閣。闌干外、煙柳弄晴，芳草侵階映紅藥。東風妒花惡。"

[3]納蘭性德《浣溪沙》："旋拂輕容寫洛神，須知淺笑是深顰。"清・蔣春霖《徵招》："鎮相憶，卻恐相逢，又野梅春卸。"

[4]唐・崔護《題都城南莊》："去年今日此門中。"

[5]泥人：形容女子軟求、軟纏人。

[6]將息：珍重；保重。

[7]青蕪：雜草叢生之地。溫庭筠《春江花月夜詞》："花庭忽作青蕪國。"
[8]翠管：管樂器。
[9]紅萼：紅花。萼，花蒂。姜夔《暗香》："翠尊易泣，紅萼無言耿相憶。"
[10]鏡檻：鏡臺。香澤：香氣。
[11]岑寂：孤獨冷清。
[12]漏滴：漏壺之水滴。古代以漏壺滴漏計時。

【評】

〇一時山人曰："青蕪夢中國"足比桓公"神州陸沈，百年丘墟"語。詞語能出此氣象，正不易矣。

李後主"剪不斷，理還亂，是離愁"，情緒也，情在心肝，其心也迷亂，此純詞人之語——謂"詞中正聲"是也。蟄庵"西窗一夜愁明白"，至情也，情在骨髓，乃刻骨之理知與清醒，無可逃匿之承荷與直面，此"士大夫之詞"（王靜安之謂李後主）也。

此首雖是長調，而源於後主。《摸魚子》"漸燈舫無言，露旗多態，人在夜明地"亦類之（參見《摸魚子》一時山人評說）。然刻而不露，點而不破，往而折收。

劉毓盤論後主謂"於富貴時能作富貴語，愁苦時能作愁苦語，無一字不真。"（劉毓盤《詞史》）點出一"真"字，惜非解人，第識得一半。後主之真，非第其性情之真，乃其本性情之真，而更復其敏感深刻，覷見現在真相之真也。

此篇行筆若凌波微步，驚鴻游龍。如"青蕪夢中國""繁華迢遞望去驛。有人在天北""漸燈火新涼，風露狼藉，西窗一夜愁明白"等句，閑人當不要緊，解人正被秒殺也。

〇渺之曰：愁之生也，不約而至，破空而來。初則懵懵懂懂，不可名狀，但覺心悶意煩，而不知其所以然。及愁之漸積，勢成燎原，使人回腸九曲，五內俱焚，不至於亂盡方寸、銷盡魂魄而不能止。方此之時，愁之來由、愁之強弱、愁之生熟，始歷歷見於吾心，此即蟄庵所謂"西窗一夜愁明白"也。

鷓鴣天

別夢依微嫋斷絲，晚風輕漾海棠枝。春寒羅薦[1]深深護，院靜珠簾簌簌[2]垂。　更漏[3]迴，枕函[4]欹，暈燈瑩淚夜何其[5]。相思自惜雙紅豆，肯種人間濁水泥[6]。

【注】

[1] 羅薦：絲織席褥。

[2] 簌簌：顫動貌。

[3] 更漏：漏壺。

[4] 枕函：中空可藏物之枕頭。

[5] 夜何其：夜多深。《詩・小雅・庭燎》："夜如何其，夜未央。"

[6] 濁水泥：濁水污泥。曹植《七哀》："君若清路塵，妾若濁水泥。"

【評】

○涉之曰：東坡《卜算子》曰："揀盡寒枝不肯棲，寂寞沙洲冷。"蟄庵之紅豆不種人間濁水泥，與東坡之飛鴻揀盡寒枝不肯棲，皆關乎出處，寄托遙深，可謂同一機杼。

前　調

鈿轂[1]香車彼一時，黃昏璧月下瓊枝[2]。可憐寂寞春寒夜[3]，抱影凝情卻為誰。　如此恨，奈何伊，露桃花底弄哀絲[4]。試將海水量深淺[5]，卻那東流無盡期[6]。

【注】

[1] 鈿轂：嵌飾珠寶之車輪。

[2] 瓊枝：仙樹也。又指美樹。

[3] 姜夔《除夜自石湖歸苕溪》："長橋寂寞春寒夜，只有詩人一舸歸。"

[4] 露桃：桃也。哀絲：哀怨之絲弦樂。

[5] 李頎詩："請量東海水，看取淺深愁。"

[6] 那：音"挪"。"奈何"之合音。姜夔《鷓鴣天》："肥水東流無盡期。"

浣溪沙

畫燭幢幢夜未央[1]，暗拋珠佩委明璫[2]。沈沈春睡殢[3]殘妝。　幸是未添他日恨，不成終少隔生香。今宵親切試思量。

【注】

[1]畫燭：有畫飾之蠟燭。幢幢：晃動貌。未央：未盡。

[2]委：付與。明璫：用珠玉串成之耳飾。用鄭交甫江皋遇仙事。漢劉向《列仙傳》云江妃二女遊於江漢之濱，遇鄭交甫，女以佩珠相贈，交甫行數十步，佩珠與仙女俱不見。

[3]殢：音"替"。滯留。

蝶戀花

百草千花寒食路[1]，春未辭人，人自愁春去。鎮[2]覺春來無意緒，不知春去情何據。[3]　　獨立小樓[4]聞杜宇，風絮天涯，望望[5]吹還聚。添得淒涼今夜雨，十三金雁移箏柱[6]。

【注】

[1]歐陽修《蝶戀花》："百草千花寒食路，香車繫在誰家樹。"

[2]鎮：常也。

[3]"鎮覺"二句謂常常覺得春日裏沒心情，等到春去了又不知心情寄託在何處。

[4]南唐·馮延巳《鵲踏枝》："獨立小樓風滿袖。"

[5]望望：瞻望貌；依戀貌。

[6]十三金雁：箏有弦十三根。斜行一綫，猶似雁行。故古以"金雁"代稱箏柱或箏。李商隱《昨日》："十三弦柱雁行斜。"

似水闌干誰共倚，吹徹瓊簫[1]，悽絕人人[2]意。棖觸[3]歡期如夢寐，黃昏星月清清地。　　咫尺屏山愁恨裏，幾日陰晴，莫亦和天醉。醉又不成那得睡，夜闌索取燈花[4]媚。

【注】

[1]瓊簫：玉簫。

[2]人人：用以稱親昵者。歐陽修《蝶戀花》："憶得前春，有個人人共。"

[3]棖觸：感觸。李商隱《戲題樞言草閣三十二韻》："君時卧棖觸，勸客白玉杯。"

[4]燈花：燈芯餘燼所結之花狀物。

【評】

〇一時山人曰：闌干何以似水？似極無理，原來是“黃昏星月清清地”，黃昏時分，星月籠罩、燈火搖曳，闌干朦朧迷離，故能似水，試以攝影機虛焦或柔光鏡拍攝差能擬之。而究闌干之似水，實則人之情意似水，說“似水闌干誰共倚”，實則說“似水柔情誰共倚”也。

第一首上篇四句連復“春”字，“春來春去”，如是反復，然不覺其煩，不覺其滑；第二首“醉又不成那得睡”極盡平白粗淺，然極真切。詞語之好處則如是焉。

前　調

《漁洋詩話》載粵西謠歌[1]語特妍媚，為演此闋。

蝴蝶思花不思草[2]，落盡殘紅，冷盡春懷抱。幾日西園[3]人不到，飄零金粉[4]誰知道。　　任是無情還懊惱[5]，過眼繁華，一夢輕如掃。絲雨濛濛天亦老[6]，石榴陰下黃鸝叫。

【注】

[1]粵西謠歌：屈大均《廣東新語》載，“粵俗好歌”，“曼節長聲，自回自復，不肯一往而盡。辭必極其艷，情必極其至，使人喜悅悲酸而不能已已”。

[2]清·王士禎《池北偶談》錄粵西謠歌《蝴蝶思花》：“思想妹，蝴蝶思想也為花。蝴蝶思花不思草，兄思情妹不思家。”

[3]西園：泛指園林、花園。

[4]金粉：蝶粉。

[5]唐·羅隱《牡丹花》：“任是無情也動人。”

[6]李賀《金銅仙人辭漢歌》：“天若有情天亦老。”

【評】

〇渺之曰：非特妍媚，更臻冷艷。“一夢輕如掃”，可悟剛柔並濟，陰陽相生之道。“掃”為剛為陽，“夢”“輕”為柔為陰，中間以一“如”字銜接，何等風韻。專柔必弱，偏剛必粗，必也剛柔相濟，乃生妙境。

浣溪沙

殘醉微消漏水低[1]，未能虛負牡丹期。籠燈回馬夜深歸。　欺枕東風沈瑣夢，媚人春月動簾絲。銀鈎羅幕[2]一聲遲。

【注】

[1]漏水低：漏壺中水位低，謂夜已深。

[2]羅幕：絲羅帳幕。

醜奴兒令

無端[1]又把愁苗種，虛負香塵。有愛無明[2]，滿眼東風淚滿巾。　情知不是為歡處，強喚真真[3]。輕夢如雲，記比香桃[4]瘦幾分。

【注】

[1]無端：無由。

[2]有愛、無明：皆佛教語。有愛謂有所欲，癡愛偏愛，無明謂癡愚無慧。《勝天王般若波羅經邯鄲記》："能緣心滅無明有愛即皆寂靜。"

[3]真真：指美人。用畫裏真真典。唐·杜荀鶴《松窗雜記》載：唐進士趙顏於畫之處得一軟障，繪婦人甚麗，工自稱神畫，謂女名真真，呼其名百日必應。應後以百家綵灰酒灌之，女則活。顏如其言，女果下障，言談飲食如常，終歲生一子。後顏疑女為妖，真真即攜其子復上軟障而沒。唯畫上多添一兒。

[4]香桃：仙桃。李商隱《海上謠》："海底覓仙人，香桃如瘦骨。"

浣溪沙

著意溫存恣意憐[1]，小樓熏被[2]月如煙。春心春望自年年。　但是有情應對憶，近因無夢更相關。夜寒猶弄玉箏弦。

【注】

[1]李煜《菩薩蠻》："奴為出來難，教郎恣意憐。"

[2]熏被：以香熏被，以卻蟲生香。吳文英《點絳唇·試燈夜初晴》："小樓熏被。"

【評】

○渺之曰：白石"誰教歲歲紅蓮夜，兩處沈吟各自知"，反主為客。蟄庵"但是有情應對憶，近因無夢更相關"，反客為主。

六　醜　桃花謝後作

正吹笙散髻，道簾外、夜來風惡。似花怨春，纔開容易落，一夢過卻。為問人何在？悄垂珠淚，傍玉奴屏箔。零香墜粉欺春弱，暗綠廊深，蔫紅袖薄。愔愔[1]殢寒池閣，只多情燕子，來護殘萼。　　漫漫漠漠，把纖腰暗別。強說歡期近，孤[2]舊諾。空枝有影酬酢[3]，便幽禽小語，也愁謠諑[4]。曾為爾、手栽紅藥，怎柰向、一枕濃春未醒，頓成蕭索。吟望久、誰更輕覺，漸樓西、淡淡昏黃月，半梢映著。

【注】

[1]愔愔：幽深貌；悄寂貌。

[2]孤：辜負。

[3]酬酢：主客相互敬酒，主敬客稱酬，客還敬稱酢。

[4]謠諑：造謠毀謗。

南歌子　丁香花下作

漢水瑤珠佩[1]，王家紫玉釵[2]。舊時春恨鎖池臺，不道葳蕤[3]百結夜深開。殢酒[4]偎人顫，披香小坐纔。強扶殘醉繞千回，幾見年年花下勸深杯。

【注】

[1]漢·劉向《列仙傳·江妃二女》："江妃二女者，不知何所人也，出遊於江漢之湄，逢鄭交甫，見而悅之，不知其神人也，謂其僕曰：'我欲下請其佩。'……遂手解佩與交甫。"

[2]李益流寓長安，元宵之夜拾得霍王庶出女小玉之紫玉釵。見湯顯祖《紫釵記》。

[3]葳蕤：草木茂盛枝葉下垂貌。
[4]殢酒：醉酒。

鷓鴣天

沈恨東風強自支，海棠開後薄寒時。夾羅[1]天氣憐新瘦，爛錦年華惜舊枝。春睡重，晚妝遲，暗傷紅淚[2]只花知。離巢幾日將雛燕，細雨濛濛各自歸。

【注】
[1]夾羅：雙層羅衣。
[2]紅淚：見《題朝鮮閔妃影像》注。

醜奴兒令

便無風雨都蕭索，酒病微酲[1]。有甚心情，落盡梨花[2]聽晚鶯。　春寒春暖尋常事，怎遣今生。紅淚私零，一枕雲屏[3]背曉燈。

【注】
[1]酲：病酒。
[2]鄭谷《下第退居二首》："落盡梨花春又了。"
[3]雲屏：雲母屏風。

南歌子

說睡何曾睡，言愁始欲愁。不成殘夢在簾鈎，起看疏星無伴月明樓。錦段[1]香仍漬，瑤緘[2]淚暗流。幾回相見數從頭，又是荼蘼落盡夜如秋。

【注】
[1]錦段：即錦緞。一種絲織品，表面有彩色花紋，可製服裝與裝飾品等。
[2]瑤緘：信札。

倦尋芳 蠟梅

香篝熨被[1]，小閣垂燈，迤邐[2]春淺。不語依前[3]，應是未申嬌怨。釵燕[4]暗憐矜貴色，靈犀似悔玲瓏[5]見。記相逢，甚蘭昌[6]舊夢，醒悲書遠。

漸愁起，扶頭[7]清怯，鉛粉單衣，酥瑩雲嬾。一掩深顰，誰信額黄[8]無限。十夜銅槃傾膩滴[9]，百環珠髻[10]宜妝面。莫歸遲，待零落，鈿蟬金雁[11]。

【注】

[1]香篝：熏籠。宋·周邦彦《花犯·梅花》："香篝薰素被。"

[2]迤邐：曲折連綿貌。

[3]依前：照舊；仍舊。

[4]釵燕：《太平御覽》卷七一八引《洞冥記》："元鼎元年，起招靈閣。有神女留一玉釵與帝，帝以賜趙婕好。至昭帝元鳳中，宫人猶見此釵，共謀欲碎之。明旦視之匣，唯見白燕直昇天，故宫人作玉釵，因改名玉燕釵，言其吉祥。"

[5]靈犀：舊說犀角中有白紋如綫直通兩頭，感應靈敏。因用以比喻兩心相通。李商隱《無題》："心有靈犀一點通。"玲瓏：唐代歌妓商玲瓏，此代指女情人。

[6]蘭昌：殘，將盡。

[7]扶頭：即扶頭酒，此指醉酒。

[8]額黄：六朝女子施於額頭之黄色塗飾。此飾起於漢，至唐猶仍。

[9]膩滴：滑澤之蠟滴。

[10]百環珠髻：即百環髻，古代女子髮型。有連環百結。

[11]鈿蟬金雁：明·梅鼎祚《玉臺記·義姤》："啼妝半貼鈿蟬，手語斜飛金雁。"鈿蟬：古代女子貼於面頰之蟬形金花。金雁：箏柱。此指箏。

減字木蘭花

春寒惻惻[1]，何處吟龍吹夜笛。卻恨彎環，人在屏山[2]斷續間。　前因[3]往事，拋卻東風千點淚。自分[4]輕塵，摒作溝泥不憶雲[5]。

【注】

[1]惻惻：寒冷貌。周邦彦《漁家傲》："幾日輕陰寒惻惻。"

[2]屏山：如屏之山。

[3]前因：佛教語。謂現世一切皆種因於前世，故稱。

[4]分：去聲。料想。

[5]《後漢書·逸民傳》："（吳蒼）遺書以觀其志曰：'仲彥足下，勤處隱約，雖乘雲行泥，棲宿不同，每有西風，何嘗不歎！'"雲在天，泥在地。後因用"雲泥"喻兩物相去甚遠，差異極大。

【評】

○一時山人曰：衆人眼中惟"雲泥之别"，蟄庵則見雲乃泥之前身。此之謂凡眼與慧眼也。

○渺之曰：結句詞中拙語、重語。

高陽臺

積雨妨車，愁陰禁[1]馬，愔愔芳陌[2]傷春。無賴朝寒，吹花都作輕塵。垂楊已是深深處，更東風、斜掩孤顰[3]。甚年年，病酒情懷，容易黄昏。　蘭堂[4]舞罷無消息，賸苕華玉冷，誰與溫存。最苦羈魂，今宵夢亦無因[5]。屏山約略[6]眉峰翠，便相思、都化春雲。近清明，瘦盡春桃，啼鳥空園。

【注】

[1]禁：止也。

[2]愔愔：幽深貌。芳陌：遍植花木之小徑。

[3]孤顰：孤獨愁苦。

[4]蘭堂：芳潔之廳堂。

[5]無因：無所憑藉；無有機緣。

[6]約略：仿佛。

南歌子

鴛襖彈胡錦[1]，花巾繡越羅[2]。脣朱微裼罷清歌，手把玉篦[3]雙鬢墮峨峨。轉側花臨鏡，溫柔玉著脂。雕冠卸處印微微，時見粉痕宛宛[4]上羅衣。

【注】

[1]鴛襖：繡有鴛鴦之棉襖。胡錦：胡地所產之錦緞。

[2]越羅：越地所產絲織品。
[3]玉管：玉笛。
[4]宛宛：真切可見貌；清楚貌。

簾幕葳蕤鎖，樓臺十二闌[1]。感郎珍重出來難[2]，故弄繡鸞垂綬[3]恣郎看。
瑤札緘瑲玉[4]，紅襦[5]結佩珠。採桑陌上見羅敷[6]，卻恨日斜臨去又躊躇。

【注】

[1]南朝《西洲曲》："十二曲欄杆。"
[2]李煜《菩薩蠻》："奴為出來難，教郎恣意憐。"
[3]繡鸞垂綬：繡有鸞鳥圖案之垂墜衣帶。
[4]瑲：玉製耳飾。緘之信札，以寄所愛。李商隱《夜思》："寄恨一尺素，含情雙玉瑲。"又《春雨》："玉瑲緘札何由達。"
[5]襦：短衣。
[6]羅敷：古代美女名。见《度陌》注。

碧海郎行遠，交河[1]妾去遲。葡萄宮錦織鴛絲[2]，裁得合歡雙帶[3]是歸期。
樓底縫羅帕[4]，燈前落紫釵。下階零露倩提鞋，照見月中雙影費人猜。

【注】

[1]交河：即交河故城，公元前二世紀至五世紀由車師人創建，南北朝與唐朝達到鼎盛，九世纪至十四世紀因連年戰火，交河城逐漸衰落。
[2]鴛絲：色彩華麗之絲綫。
[3]宋·賀鑄《薄幸》："便認得、琴心先許，欲綰合歡雙帶。"
[4]羅帕：絲織方巾。舊時女子既作隨身用品，又作佩帶飾物。

側鏡看斜領，聽歌摺後裾。年年腸斷日南珠[1]，採得石榴雙葉寄君無[2]。
漠漠吹花去，盈盈逐水流。故時門巷井梧秋，長是轆轤千轉[3]在心頭。

【注】

[1]李白《見京兆韋參軍量移東陽二首》之一："淚盡日南珠。"
[2]黃庭堅《江城子·憶别》："尋得石榴雙葉子，憑寄與、插雲鬟。"
[3]唐·殷堯藩《新昌井》："轆轤千轉勞筋力，待得甘泉渴殺人。"

殢酒[1]懨懨病，教歌略略成。曲廊攜手乍逢迎，愁損碧雲和月墮郎身。
晚渡遲桃葉[2]，春機惱若蘭[3]。小樓尊酒暫留歡，不道别時容易見時難[4]。

【注】

[1]殢酒：沈湎於酒。

[2]桃葉：見《板閣二首》之一注。

[3]機：織機。蘇蕙，字若蘭，東晉女詩人，以回文織錦作《璇璣圖》，寄其夫秦州刺史竇滔。

[4]李煜《浪淘沙》："别時容易見時難。"

金縷曲

莫問王孫意。怪年來，一回相見，一回憔悴。别語呢喃[1]都忘卻，未必薄情如此。悔摒[2]得，當初沈醉。悵望津亭[3]消息斷，念離巢雛燕誰家裏。看點點，絮花淚。　西樓歌舞東流水。暗消凝[4]，夜香羅帕，曉寒衣袂[5]。去日鈿車章臺路[6]，只是香塵迢遞[7]。便千萬垂楊難繫。後夜相思春睡重，展屏山，暗喚苕華字[8]。持此恨，寄千里。

【注】

[1]呢喃：小聲說話。

[2]摒：除也。

[3]津亭：渡口亭子。

[4]消凝：同"銷凝"，銷魂凝望。

[5]袂：袖也。

[6]章臺路：漢代長安街名。見《天寧寺看牡丹》注。

[7]迢遞：遙遠貌。

[8]苕華字：此指美好伊人名字。苕華：美玉名。見《憶王孫》注。

【評】

〇渺之曰：艷鬱。

好事近

風雨送春歸[1]，消受斷魂時節。自是休文[2]多病，況關河新别。　樓頭燭淚半成灰，好處最生憶。多少墜歡[3]零夢，待夜闌將息。

【注】

[1]宋·蔡伸《卜算子》："風雨送春歸，寂寞花空委。"

[2]沈約（四四一年至五一三年），字休文，吴興武康（今浙江武康）人，南朝史學家、文學家。約多病，瘦腰，衣不勝體。"百日數旬，革帶常應移孔；以手握臂，率計月小半分。"

[3]墜歡：往日之歡愛。

浣溪沙

酒散花寒夜已低，暗鐘明月惜分攜。一聲將息損瓊肌[1]。　便有恨情誰說與，除將清淚莫酬[2]伊。些兒閑病又經時[3]。

【注】

[1]瓊肌：潔白溫潤如玉之肌膚。

[2]酬：贈送。

[3]經時：多時。

踏莎行

酒夢闌珊，風燈零亂，夜庭吹落花深淺。一春羅帶[1]不禁持，幽姿暗與韶光[2]换。　晚枕傷懷，曉簾怨斷。絲絲微雨鸚哥[3]唤。去年春恨在眉梢，病容扶起深深院。

【注】

[1]羅帶：絲織之衣帶。

[2]韶光：美好時光，常指春光、少年時光。

[3]鸚哥：鸚鵡。

摸魚子

記年時，小江風月。夜深遺遍珠翠。桃根桃葉相逢處，宛宛秦淮煙水[1]。秋正霽，望脉脉情波，幾點詞人淚。殘鐘暗曳。漸燈舫[2]無言，露旗多態，人在夜明地。　　別離事，況是淒馨旖旎[3]。天涯遊倦滋味。城陰已墮星河影，不鑑[4]人間憔悴。重屈指，算一度沈吟，一度秋容易。琵琶清脆。臏潮落潮生，客來客去，消受可憐醉。

【注】

[1]秦淮煙水：見《南歌子》之五注。

[2]舫：船也。

[3]旖旎：婉轉柔順貌。

[4]鑑：照也。

【評】

〇一時山人曰："殘鐘暗曳"，通感手法。此句神奇。寫出一種人與時間暗暗拖曳較勁之力度。蟄庵之骨格氣力，往往從此種細節看出。

上片寫出時間維度下之個體一種無可奈何之無力與不甘。

"人在夜明地"一句信是别才，非學而能致者。此靜安所云"無我之境"者也，靜安此論，予欲進而言之："無我之境"非無我也，乃境中之"我"則物化，而詩中之境則我化，"我"即斯境，斯境即"我"矣。前《蘭陵王》（恨絲織）："繁華迢遞望去驛。有人在天北"亦是此境。"人在夜明地"，置幽冥之中，一束光聚焦為照，渺小之個體渾然赤裸暴露，"人間沒個安排處"[李後主《蝶戀花》（桃李依依春暗度）]，此乃無可藏逃匿之孤獨與無力也。（參見前《蘭陵王》《靖節桃花源記》二首之一時山人評說）

浣溪沙

漠漠吹花盪曉陰，是誰抛彈落空林。樓高不見殢[1]春心。　　幾日垂楊分翠綬[2]，一雙客燕怨紅襟。芳時幽恨若相尋。

【注】

[1]殢：滯也。

[2]翠綬：翠帶。

解連環

車塵漠漠。嗟羈情遊蕩，怨懷無託。念海水，流到天涯，正津鼓[1]曉沈，參旗[2]秋邈。燕子孤飛，傍煙柳，畫闌[3]如昨。想風風雨雨，盡是客途，亂絮黏著。　　花時微聞酒惡[4]。甚春歸迤邐，塵夢消鑠。記駐馬，曾宿河橋[5]。漸葵麥青青[6]，候館[7]蕭索。京國歡遊，料後日，相思紅藥[8]。漫徘徊，翠尊[9]易別，夕暉沈閣。

【注】

[1]津鼓：渡口所設信號鼓。

[2]參旗：星名。屬畢宿，共九星，在參星西。又名“天旗”“天弓”。

[3]畫闌：有畫飾之欄杆。

[4]酒惡：中酒。因過量飲酒身體不適。

[5]河橋：橋梁。宋・應法孫《賀新郎》：“想駐馬河橋分別。”周邦彥《掃花地・雙調》：“駐馬河橋避雨。”

[6]姜夔《揚州慢》：“過春風十里，盡薺麥青青。”

[7]候館：供瞭望之小樓。

[8]紅藥：即芍藥花。

[9]翠尊：飾以綠玉之酒器。姜夔《暗香》：“翠尊易泣，红萼無言耿相憶。”

憶王孫

暗憐桃葉復桃根，不定秦淮怯怯魂。熱搵[1]珍珠夜未溫。憶王孫，猶是西樓別後雲。

【注】

[1]搵：溫去聲。拭淚也。

念奴嬌

中年哀樂[1]，甚愁腸得酒，酒都成淚。耿耿[2]秋堂明月色，誰信淒涼如此。

敗葉吟風，枯蟬[3]蜕影，別有傷心事。瓊樓[4]今夜，素娥[5]應是無睡。　況復鐵笛關山[6]，銅弦湖海，不盡飄鉛水[7]。回首春燈[8]零亂處，一換一番人世。四坐[9]無言，孤尊易泣，但有相憐意。先生扶醉，明朝無柰憔悴。

【注】

[1]《世說新語·言語》："謝太傅語王右軍曰："中年傷於哀樂，與親友別，輒作數日惡。"

[2]耿耿：明亮貌。

[3]枯蟬：蟬蜕。

[4]瓊樓：指月宮。

[5]素娥：嫦娥。

[6]鐵笛：鐵質笛管。相傳隱者、高士善吹此笛，笛音響亮，穿雲裂石。關山：關隘山嶺。

[7]鉛水：喻晶瑩之淚水。李賀《金銅仙人辭漢歌》："憶君清淚如鉛水。"

[8]春燈：春夜之燈。

[9]四坐：四座。

【評】

○渺之曰：黍離麥秀，人間何世。低徊掩抑，不忍卒讀。上下二結，以素娥無睡與先生憔悴對照，正堪品味。

洞仙歌

醉頭寒怯，望月華[1]如水。縹緲孤鴻照憔悴[2]。甚年來、夢遠無柰窺人，深深處，人在瑤臺[3]未睡。　天涯今夕見，依約聞香，花底團圞[4]暗垂淚。料素娥無恨，秦鏡[5]年年，怎便識、錦瑟[6]人間滋味。待訴與相思卻高寒，又不道西風，夢中迢遞。

【注】

[1]月華：月光。

[2]蘇軾《卜算子》："誰見幽人獨往來，縹緲孤鴻影。"

[3]瑤臺：見《清平樂》（桐花么鳳）注。

[4]團圞：團欒，環繞；團聚。此句化王沂孫《眉嫵》："依約破初暝，便有團圞意。"

[5]秦鏡：東漢秦嘉贈婦之鏡。《北堂書鈔》云：“秦嘉《與婦徐淑書》曰：‘頃得此鏡，既明且好。形觀文藻，世所希有。意甚愛之，故以相與也。’淑答書曰：‘今君征未旋，鏡將何施？明鏡鑒形，當待君至。’”周邦彥《風流子》：“寄將秦鏡，偷換韓香。”

[6]錦瑟：漆有織錦紋之瑟。

【評】

○渺之曰：“料素娥無恨，秦鏡年年，怎便識、錦瑟人間滋味”，反用玉谿“嫦娥應悔偷靈藥，碧海青天夜夜心”（《嫦娥》）之意。《念奴嬌》（中年哀樂）之“瓊樓今夜，素娥應是無睡”則是正用。變化之妙，存乎一心。

蝶戀花

昨夜香階[1]初試步，月暗花明，不道春將暮。滿院楊花留不住，天涯誰放春歸去。　　蝶倦鶯慵空一度，燕子來時，待訴呢喃語。撩亂春愁[2]無意緒，斜陽又在闌珊處。

【注】

[1]香階：臺階。

[2]馮延巳《鵲踏枝》：“撩亂春愁如柳絮，悠悠夢裏無尋處。”

【評】

○一時山人曰：《蝶戀花》一格填得入味出神。

應天長

簾波[1]微動開妝鏡，墮馬[2]愁鬟慵未整。重樓靜，回闌[3]迴，零落海棠香不定。　　斷腸紅糝[4]徑，誰動轆轤金井。一枕屏山夢醒，殢人還酒病。

【注】

[1]簾波：搖曳如波之簾影。

[2]墮馬：墮馬髻也，古代一種女子髮型。

[3]回闌：曲折之欄杆。

[4]紅糝：形容落花碎瓣散落狀。

【評】

○渺之曰："零落海棠香不定"，置一片淒美於無常之中，令人觸目驚心。

一斛珠

殘雲香過，春陰卻惱人些個[1]。清歌微綻櫻桃顆[2]，玉樹[3]新聲，又奏家山破。　長記年時人意可，簾深不放芳塵涴[4]。懨懨春困真無那[5]，慵掃宮花，拾得殘茸唾[6]。

【注】

[1]些個：幾許，多少。

[2]櫻桃顆：指女子紅潤小口。

[3]玉樹：即《玉樹後庭花》，陈後主所作之歌。

[4]涴：污也。

[5]無那：無奈。"那"平聲，音"挪"。

[6]李煜《一斛珠·曉妝初過》："爛嚼紅茸，笑向檀郎唾。"宋·仇遠《瑣窗寒》："小袖啼紅，殘茸唾碧。"

蝶戀花

芍藥梢頭風欲落，夢雨愁煙，都把春耽閣[1]。海燕雙棲珠絡索[2]，昨宵酒醒羅衣薄。　憶共橫樓聞笑謔，小袖輕襟，有個人人約。腸斷春叢春未覺，年年虛負東君[3]諾。

【注】

[1]耽閣：耽擱。

[2]珠絡索：以珠串成之網索。

[3]東君：司春之神。

清平樂

舞衣歌扇，除向津亭見。春色深深人近遠，夢裏微聞低喚。　珠簾雙燕還家，銀屏昨夜天涯。說與一春幽恨，東風漂泊楊花[1]。

【注】

[1]王安國《清平樂》："不肯畫堂朱户，春風自在楊花。"

【評】

〇渺之曰：直入小山堂奥。

望江南

悽惋事，無柰是桃根。雙槳來時風不定，去年春水渡江人。腸斷更無因。

悽惋事，無奈是回波。玉簟[1]香殘縈小夢，水紅花減似秋河[2]。魂斷更無多。

【注】

[1]玉簟：竹席。

[2]秋河：銀河。

桂枝香　庚子[1]閏中秋

晚雲紺[2]碧。悵不語依前，蟬嫣[3]何極。幾度凝妝[4]，愁鎖暗塵羅額。重來恰喜逢秋慣，問瓊宫[5]、幾時將息？良宵暗展，鉛華[6]淨洗，鏡鞶相憶。　賸幾處、笙歌瑤席？似今夜寒些，桂陰狼藉。小影山河[7]，應也徘徊陳跡[8]。墜歡零夢輕輕記，儘憐伊，攧愁鈿笛[9]。情懷積疊，平分不盡，半樓斜白[10]。

【注】

[1]庚子：光緒二十六年（一九〇〇年）。

[2]紺：《韻會》：古暗切。深青透紅之色。
[3]蟬嫣：連續不絕。
[4]凝妝：盛裝。
[5]瓊宫：月宫。
[6]鉛華：鉛粉胭脂等之妝扮也。周邦彦《花犯》："疑淨洗鉛華，無限佳麗。"
[7]《淮南子》："月中有物者，山河影也。"
[8]陳跡：舊跡。
[9]擫：同"擪"，压、抑。鈿笛：以金銀玉貝等裝飾之笛。
[10]李賀《夢天》："雲樓半開壁斜白。"

【評】
○葉公綽曰：變雅之音。

尉遲杯 題半塘老人[1]《春明感舊圖》詞

長安路，漸歲晚，哀樂傷如許。深深徑草人稀，愁送流光飛羽[2]。凝塵畫壁，誰記省、清時[3]共歡聚？黯情懷，淚墨空淹，小窗還展緗素[4]。　因念九陌[5]生塵，幾題葉吹花，勝事如故。最苦山陽聞夜笛[6]，仍慣見、河梁[7]客去。如今向天涯海角，迥遙夜[8]、商歌[9]獨自語。便相思、斷袂零襟，夢魂空恁凝佇[10]。

【注】
[1]半塘老人：王鵬運（一八四九年至一九〇四年），字幼遐，號半塘老人，晚號鶩翁。廣西臨桂人，原籍浙江山陰。同治舉人。工詞，能畫。一九〇〇年八國聯軍侵入北京，王鵬運與朱祖謀、劉福姚相約填詞，成《庚子秋詞》二卷。
[2]流光：如水流逝之時光。飛羽：飛箭。
[3]清時：清平之時；太平盛世。
[4]緗素：淺黄色絹帛，古時多用以書寫。
[5]九陌：漢代長安城中九條大道。後泛指都城大道與繁華鬧市或京城。
[6]山陽夜笛：晉·向秀經山陽舊居，聞鄰人吹笛，不禁追念亡友嵇康、吕安，因作《思舊賦》。
[7]河梁：送別之地。漢·李陵《與蘇武》之三："攜手上河梁，遊子暮何之？……行人難久留，各言長相思。"

［8］遙夜：長夜。

［9］商歌：悲涼之歌，商聲淒涼悲切，故稱。

［10］凝佇：凝望佇立，停滯不動。

陳永正曰：“哀樂傷如許：語本《世說新語·言語》載，謝安語王羲之曰：‘中年傷於哀樂，與親友別，輒作數日惡。’……畫壁：用王之渙‘旗亭畫壁’事。……九陌，漢長安城中有八街、九陌。此指北京城的大路。……山陽聞夜笛：《晉書·向秀傳》載，向秀與嵇康、呂安友善。二人被司馬昭殺害。秀經其山陽舊居，聞鄰人笛聲，發音清亮，感懷亡友，遂作《思舊賦》。這裏懷念在戊戌政變中被殺害的友人。……河梁客去：舊題李陵《與蘇武》詩之三：‘攜手河梁去，遊子暮何之？’”（《嶺南歷代詞選》）

【評】

〇王鵬運曰：河梁生別之詞，山陽死友之痛，不過是也。

天香 鹿港香[1]

麝粉成塵[2]，龍荒[3]墜夢，餘熏夜爇孤館[4]。荀袖[5]分溫，賈簾窺俊[6]。記得暗聞清遠[7]。人閑別久，空泠落秋痕一綫。只恐遊絲[8]不定，還愁夜風吹斷。　　幾回故人寄遠，撥殘灰、寸心[9]先亂。更恨鬱金[10]消盡，舊家池苑，芳思年來頓減。便羅薦[11]宵寒有誰管，寂寞南沈，春燈獨翦。

【注】

［1］鹿港香：一種臺灣鹿港所產之香。鹿港，在臺灣本島西岸、彰化西南。臺灣早期與大陸聯繫主要港口之一。

［2］溫庭筠《達摩支曲》：“擣麝成塵香未滅。”

［3］龍荒：漠北。龍，指匈奴祭天處龍城；荒，謂荒服。

［4］爇：燃點。孤館：孤寂之客舍。

［5］荀袖：《太平御覽》卷七〇三引晉·習鑿齒《襄陽記》：“荀令君至人家，坐處三日香。”按，荀令君即荀彧，字文若，為尚書令。傳說他曾得異香，用以薰衣，餘香三日不散。後以“荀令香”指奇香異芳。

［6］劉義慶《世說新語·惑溺》：“韓壽美姿容，賈充辟以為掾。充每聚會，賈女於青璅中看，見壽，說之。”

［7］清遠：清美幽遠。

［8］遊絲：空中飛舞之蟲絲。

[9]寸心：心也。古以心為方寸大小。

[10]鬱金：用鬱金花染出之黄色。

[11]羅薦：絲織牀褥。

【評】

○葉恭綽曰：寓物興懷，義兼比興。

水龍吟 唐花[1]

是他生長溫柔，年年三九[2]忺梳洗。縴幃不捲，熏篝[3]餘潤，騰騰[4]春思。宮燭催妝，麝煤[5]索暖，逡巡[6]濃睡。悵嫣然欲語，故山歲晚。更誰把，江梅寄。　別有南唐[7]嬌稚，漏春光、艷情初試。羅屏[8]真色，銅槃膩蠟，餘花怎比。舊事商量，歲朝畫本[9]，冬郎[10]詞意。恨年華暗換，東風夢遠，有盈盈淚。

【注】

[1]唐花：堂花，溫室培養之花。

[2]三九：三九天也。冬至起，每九日為一九，至九九為止。冬至後第十九日至第二十七日為三九天，是一年最冷之時。

[3]熏篝：熏籠。

[4]騰騰：猶冉冉。

[5]麝煤：麝墨也，加有麝香，因名。

[6]逡巡：滯貌。

[7]南唐：五代十國之一。九三七年李昪代吳稱帝，建都金陵（今江蘇南京），國號唐，史稱南唐。九七五年為北宋所滅。共历三主，三十九年。

[8]羅屏：以羅為製之屏風。

[9]歲朝：正月初一。畫本：作畫範本。

[10]冬郎：唐·韓偓小名。

摸魚子 冬筍[1]

怪霜林，夜來遺蜕，雛龍[2]潛蟄幽户。寒鋤斸[3]玉殷勤寄，又見歲華尊俎[4]。君記否，甚歸夢年年，卻把秋蓴[5]負。蔬香暗數。正玉版[6]參禪，泥鑪[7]索火，鄉思向誰語[8]。　情何許，為問嬌雷未度。春纖[9]曾是相誤。何年竹上斑斑淚[10]，欲補白華詩譜[11]。休更妒，看臘酒[12]新嘗，饞守胸千畝[13]。明年杜宇[14]。記一半櫻桃，新詞句好，猛憶飣槃[15]處。

【注】

[1]冬筍：冬季毛竹之筍，生而未露於地，需掘土鑿得。其嫩美勝於夏筍。

[2]雛龍：竹有龍孫之稱，故稱筍為雛龍。

[3]斸：掘也。

[4]尊俎：古代盛酒食之器皿。"尊"同"樽"。樽以盛酒，俎以盛肉。

[5]秋蓴：《晉書·文苑傳·張翰》："翰因見秋風起，乃思吳中菰菜、蒓羹、鱸魚膾，曰：'人生貴得適志，何能羈宦數千里以要名爵乎！'遂命駕而歸。"蓴：同"蒓"，蒓菜也。

[6]玉版：用玉版和尚典。宋·惠洪《冷齋夜話》："（東坡）嘗要劉器之同參玉版和尚……至廉泉寺燒筍而食，器之覺筍味勝，問此筍何名，東坡曰：'即玉版也。此老師善說法，要能令人得禪悅之味。'於是器之乃悟其戲。"

[7]鑪：同"爐"。

[8]語：去聲。訴也。

[9]春纖：形容女子纖手。

[10]張華《博物志》卷八："堯之二女，舜之二妃，曰湘夫人，帝崩，二妃啼，以涕揮竹，竹盡斑。"

[11]《詩》有《白華》之篇，已亡佚。

[12]臘酒：臘月所釀之酒。

[13]蘇軾《和文與可洋川園池三十首·篔簹谷》："料得清貧饞太守，渭濱千畝在胸中。"

[14]杜宇：杜鵑。

[15]飣槃：以蔬果纍疊盤中。

齊天樂 鴉

綠楊凋盡隋隄[1]路。思量舊棲荒宛。野水彎環，斜陽身世，誰信曾題宮怨[2]。孤煙弄晚，正林葉低飛，陣雲[3]空斷。畫角[4]城頭，數聲催向客愁滿。

當時無限舊事。記荊江[5]暝宿，羈旅看慣。古木移柯，叢祠接翅[6]，消得吟魂悽惋。星星[7]鬢換。念金雀雙鬟[8]，玉顏私願[9]。過羽西風，歲華愁一箭[10]。

【注】

[1]隋隄：隋煬帝時沿通濟渠、邗溝河岸修築之御道，道旁植楊柳，後人謂

之隋堤。隄同“堤”。

[2]宫怨：帝王宫中婦女之愁苦哀怨。參見唐·王昌齡《長信秋詞》之三：“玉顔不及寒鴉色，猶帶昭陽日影來。”

[3]陣雲：濃重厚積形似戰陣之雲。古人以為戰爭之兆。

[4]畫角：古管樂器。傳自西羌。形如竹筒，本細末大，以竹木或皮革等製成，因表面有彩繪，故稱。發聲哀厲高亢，古時軍中多用以警昏曉，振士氣，肅軍容。

[5]荊江：長江自湖北枝江至湖南岳陽陵磯段稱荊江。

[6]叢祠：林木中之祠廟。接翅：翅膀互碰。形容禽鳥多。

[7]星星：鬓花白貌。

[8]金雀：釵名。古代女子首飾。雙鬟：古代年輕女子兩個鬟形髮髻。

[9]私願：個人願望。

[10]周邦彦《六醜·薔薇謝後作》：“春歸如過翼，一去無跡。”周邦彦《蘭陵王·柳》：“愁一箭風快，半篙波暖。”

桂枝香 銀魚[1]

津沽[2]雪悄，正暗水流澌，銀燭驚照。清絕霜槃燕喜[3]，玉纖[4]烹早，戚家[5]繡服。垂垂佩翦春燈夜，深歡笑、舊情錦水[6]。（按：此處缺一四字句）秋風甓社[7]，客懷悽懊[8]。 更腸斷、鱸鄉歸棹[9]。念盈盈河漢，素書[10]難到。眼底尊前，隱約冰肌清峭[11]。乘潮或有明璫隊[12]，問年年、遺簪多少。莫教拋棄，絲絲餘膾，又隨波渺。

【注】

[1]銀魚：魚體細長，光滑，無鱗或具細鱗，白色，微透明。頭平扁，口大。棲息於近海、河口或淡水湖泊。味美。

[2]津沽：天津。

[3]霜槃：即霜盤。燕喜：宴飲喜樂。

[4]玉纖：形容女子細且白滑之手。

[5]戚家：貴戚之家。

[6]錦水：錦江。岷江分支之一，在今四川成都平原。

[7]甓社：甓社湖。湖名。在江蘇高郵縣西北。湖東西长七十里，南北寬五十里。

[8]悽懊：悲傷悔恨。

[9]歸棹：歸舟。

[10]素書：古人以白絹作書，故以稱書信。蔡邕《飲馬長城窟行》："呼兒烹鯉魚，中有尺素書。長跪讀素書，書中竟何如?"

[11]清峭：清瘦秀麗。

[12]明璫：用珠玉串成之耳飾。隊：同"墜"。

高陽臺

虛閣蛩[1]淒，重雲[2]雁渺，秋霖一片潺潺[3]。茂苑[4]人歸，誰憐酒病闌珊[5]。豆花紅落愁燈燼，待不眠、特地[6]清寒。甚[7]心情，明日黃花[8]、殘雨闌干。　謝孃[9]別後閑瓊瑟，只丁東細漏，夢也都難。地老天荒，知他何處關山。故家歌舞沈沈[10]去，點羅衣、清淚斕斑。最無聊，扶醉今年，瘦盡愁顏。

【注】

[1]蛩：蟋蟀，此指其鳴聲。

[2]重雲：重重疊疊之雲層。

[3]秋霖：秋日淫雨。庾信《周大將軍司马裔碑》："北風吹旐，秋霖泣軍。"潺潺：形容雨聲。

[4]茂苑：花木茂美之苑圃。

[5]闌珊：將盡。

[6]特地：特别。

[7]甚：何也。

[8]蘇軾《九日次韻王鞏》："相逢不用忙歸去，明日黃花蝶也愁。"又《南鄉子・重九涵輝樓呈徐君猷》："萬事到頭都是夢，休休，明日黃花蝶也愁。"

[9]謝孃：原指東晉才女謝道韞。後泛指才女。孃：同"娘"。

[10]沈沈：悠遠隱約貌。

【評】

○葉公綽曰：詞中溫李，上溯浣花。

眼兒媚

西風吹葉下庭心[1]，人去戍雲[2]深。金微[3]殘夢，玉關[4]新恨，昨夜霜砧[5]。　　愁煙夢雨飄零盡，斜照見孤臨。傷秋苦語，感時清淚，簌簌空林。

【注】

[1]西風：秋風。庭心：庭中。

[2]戍雲：邊防城堡營壘之雲。

[3]金微：古西域山名。即今新疆阿爾泰山。

[4]玉關：玉門關。出玉門關即為西域。

[5]霜砧：寒秋時搗衣之砧聲。

倦尋芳

露房[1]凝曉，煙臉酣春，芳意深淺。幾度凝妝[2]，猶有未申嬌怨。彈鵲[3]池臺初破悶，舞鸞鏡匣重勻面[4]。正消凝，甚扶頭[5]酒怯，畫眉春遠。　似迤邐，愁年堪緩，滴粉搓酥[6]，雲潤香暖。心字羅衣，依約小蘋初見。[7]坊巷絲楊勝綰結[8]，斜橋籠馬遊應倦。緩歸休[9]，莫因循[10]、夢闌[11]鶯囀。

【注】

[1]露房：帶露之花蕊。

[2]凝妝：盛妝。

[3]彈鵲：以彈弓彈鵲。

[4]舞鸞鏡匣：指妝鏡。《太平御覽》卷九一六引南朝·宋·范泰《鸞鳥詩》序："昔罽賓王結罝峻祁之山，獲一鸞鳥，王甚愛之，欲其鳴而不致也。乃飾以金樊，饗以珍羞。對之逾戚，三年不鳴。夫人曰：'聞鳥見其類而後鳴，何不縣鏡以映之！'王從言。鸞睹影感契，慨焉悲鳴，哀響中霄，一奮而絕。"勻面：謂化妝時用手搓臉使脂粉勻淨。勻：同"勻"。

[5]扶頭：形容醉態。

[6]滴粉搓酥：形容婦女打扮豔麗。

[7]晏幾道《臨江仙》："記得小蘋初見，兩重心字羅衣。"

[8]明·楊慎《折楊柳》："垂楊垂柳綰芳年。"

[9]歸休：回家休息；又辭官歸隱。

[10]因循：流連。

[11]夢闌：夢盡。

掃花遊 崇效寺[1]牡丹

暗黃著柳，漸巷陌嬉遊，馬聲初斷。冶春[2]近遠。似纔過穀雨[3]，枕屏鶯喚。信步郊坰[4]，隱約嬌雷乍轉。艷驚見，問幾日怨顰，眉黛忺[5]展。　芳緒愁未遣。賸賦筆燕臺[6]，絮繁絲亂。夜香驟暖。倩[7]雲衣緊護，露光猶泫。拚老溫柔，一朵釵頭欲顫[8]。醉歸嬾。索餘熏，舊時羅薦。

【注】

[1]崇效寺：北京名刹之一。在現宣武區西南部。唐代幽州節度使劉濟建造。寺中牡丹、芍藥等花卉極著名。

[2]冶春：遊春。

[3]穀雨：二十四節氣之一。在陽曆四月十九、二十或二十一日。穀雨則雨量漸增。

[4]坰：同“坰”。郊外。

[5]忺：欣然。

[6]燕臺：指戰國時燕昭王所築黃金臺。故址在今河北省易縣東南。相傳燕昭王築臺以招納天下賢士，故亦稱賢士臺、招賢臺。見任昉《述異記》卷下。

[7]倩：請也。

[8]柳永《木蘭花·海棠》：“美人纖手摘芳枝，插在釵頭和鳳顫。”朶同“朵”。

南歌子

蘭露如啼眼[1]，楊風似舞腰[2]。凌晨相送赤闌橋[3]，又是一番桃李雨中消。

【注】

[1]李賀《蘇小小墓》：“幽蘭露，如啼眼。”

[2]白居易《〈不能忘情吟〉序》：“櫻桃樊素口，楊柳小蠻腰。”

[3]赤闌橋：紅漆欄杆之橋。唐·顧況《葉道士山房》：“水邊垂柳赤闌橋，洞裏仙人碧玉簫。”

浣溪沙

風皺吳綾[1]雪水光，綺窗深靜緩年芳。閑挑花朵繡笙囊[2]。　斗帳垂珠初宛約[3]，苔枝綴玉費端相[4]。嚲肩特放翠條長[5]。

【注】

[1]吳綾：江蘇吳江所產絲織品。薄而細，紋如冰凌。

[2]笙囊：裝笙之囊。

[3]宛約：形容步態柔美。

[4]端相：細看。

[5]嚲肩：垂肩。翠條：此喻纖腰。白居易《戲題盧秘書新移薔薇》："風動翠條腰嫋娜，露垂紅萼淚闌干。"

附　錄

度支部右丞曾府君行狀

曾靖聖

府君諱習經，字剛甫，號蟄庵。先世自閩之莆田遷揭陽棉湖。曾大父諱宗唯，妣鄭氏。父諱中孚，妣李氏。三代皆以府君貴贈資政大夫，妣皆封夫人。府君兄弟四人，次三，生而敦篤，至性過人。幼時，與諸昆習禮於庭，揖讓升降，皆中矩度。從長兄謨甫公學，天資穎異，而刻苦逾於恒人。弱冠，補縣學生。光緒戊子，南皮張文襄公督粵，闢廣雅書院，延番禺梁文忠主講席，選郡縣高材生肄業其中，府君與謨甫公並與選。己丑，同頒鄉薦；庚寅，聯捷進士；壬辰廷試，授户部主事。居京曹廿年，常熟翁文恭公長户部，雅重府君，迭莞機要。補官後，尋遷員外郎，會改官制，擢度支部左參謀，晉右丞。歷兼水務處提調，清理財政處提調，印刷局總辦，憲政編查館學部諮議官。是時，籌辦新政，改定稅務、幣制，百端待舉。府君綜理精密，主計重臣，咸待取決，負一時重望。辛亥國變，先一日隱退，或詰之，則曰："吾行吾心所安而已。"鼎革之始，袁氏思羅致人才，其左右要人多府君舊交。府君蟄居京師，一切謝絕。嘗巽詞自免，而凜然不可降辱。於風塵雜處中，葆其貞潔，人尤以為難。其後與順德梁左丞用弧買田於直隸寧河，從事墾闢。躬耕隴畝間，嘯歌自樂。每乘農隙歸省李太夫人與謨甫公，盡孝盡敬。於宗族戚友，貧者周恤之；病者撫慰之。每言佛家捨身救人，自愧不能如佛。旋復北行，往來京津，治田功不輟，田下苦潦，歲屢不登。晚漸窘。斥所藏圖籍、書畫、陶瓦以易米，無所悔，如是者十五年。嘗告家人曰："余受朝廷厚恩，兼任數職，能於國變之先引去，無虧大節，差可自慰，節操二字不可不慎也。"嗚呼！此可見府君之心矣。戊午，謨甫公終里第。府君聞耗，風雪中奔赴，悲不自勝。又遭李太夫人之喪。抑鬱之餘，益以哀痛積久，遂成疽疾。

府君平生於學無所不窺，而尤肆力於詩。肄業廣雅時，已為梁文忠公所賞異。既通籍，趁公之暇，嗜詩如性命。然不苟作。作必備於錘煉而後出，故所存不多，精光炯炯，得之若瑰寶。論者謂府君早年近體宗玉谿、古體宗大謝；中歲取徑宛陵、後山，而非貌襲西江者比；晚年所詣，往往入陶、柳聖處，詩境凡三變。讀其詩，可見其人，然後益見其詩，有清一代之際第一完人也。詩一卷，手自寫定曰"蟄庵詩存"。其《蟄庵詞》，見彊邨侍郎《滄海遺音》中。

府君生同治丁卯五月十八日，以丙寅九月十八日卒於宣南郡館。年六十。配陳夫人，女一，適吳文獻。男殤，以長兄子靖聖為嗣。靖聖於府君行誼，不能窺見萬一，謹述其崖略，為天下後世告焉。

（錄自《清代碑傳全集》卷八）

曾習經進士像讚

梁啓超

卓犖之才而示物以無競，介直之操而予人以可親。其施於政事者，文理密察而不失其器宇之俊偉；其發爲文辭者，幽怨悱惻而愈顯其懷抱之清新。既不能手援天下之溺，則歸潔其身。年四十四全節以去，六十而返其真。嗚呼！此揭陽曾剛甫右丞，有清易代之際第一完人。

重刊《蟄庵詩存》序

韓穗軒

嘉、隆以還，言詩家尊唐黜宋，宋人集覆瓿糊壁，棄之若不克盡。詩風遞嬗，以迄康、乾。雖神韻、格律、性靈之說，各有所執，要以唐為歸，仍或不免於浮響，求其稍涉宋賢藩籬者鮮矣。同光間，程春海名重海內，倡為宋詩，然後歐、梅、王、蘇，與江西諸子之詩，迺復為時尚，逮其末流，競尚江西，佶骨聱牙，支離粗莽，是何異取送人之膾炙，三朝三暮，數進不變，猶以為珍美者歟。番禺梁節庵之於詩也，喜王、蘇，亦喜歐陽，遂及於韓、杜，門户甚廣，各極其致，然後唐宋人之神奇，蔚為大觀。

揭陽曾剛父晚出，嘗游於梁氏之門，其於詩也，初宗玉谿，其後取徑宛陵，摩壘後山，而終歸於介甫，並得少陵、三謝之意，《田間雜詩》五七言諸篇，均其著者。後山謂荆公詩暮年益工，用意益苦。余於剛父詩亦謂然，豈不學者所用見哉。剛父詩傳本甚少，取其手自訂本《蟄庵詩存》重刊之，集名從梁任公元序也。癸巳孟冬後學韓穗軒謹序。

（錄自《曾剛甫詩集》）

重刊《蟄庵詩存》跋

饒宗頤

晚清粵中梁節庵、曾蟄庵師弟。梁詩溫麗悲遠，世所共識。曾詩任公推許備至，稱其腴思中含，勁氣潛注，晚歲所得，每造陶柳聖處，可謂知言。公丁易代之交，撫己深懷，履運增慨，其遭際正與陶公同符；及躬耕楊澧，不啻歸園田居矣。夙耽禪悅，故能因情而盡性。今讀《靜中偶述》《花下》《納涼》諸作，一歸性境之真。其論《桃花源記》，謂直是性境現量。其詩云："相逢便問今何世，始覺陶潛是恨人。"實前賢所未道，足見其於陶公所得者深。鍾記室品陶言："每觀其文，想其人德。"竊謂讀公詩亦當以此求之。夫其敻出塵表，若清飈厲翮，勁氣生襟，造境之高，又豈並時才俊所企及耶？公詩向有手寫定本，沒後，遐庵丈為印行，惜印本不多。比者韓君穗軒斥資重刊，以廣其傳，有足多者。以余與公誼屬同州，囑為一言。予生亦晚，未獲奉手，然每誦公詩，如接謦欬，往往中夜徊徨不能自已。重感韓君之意，爰為推論如此，以諗世之讀公詩者。抑公之志懸諸日月，昭在天壤，何勞後生妄讚一辭。其所不能已於言者，亦以區區私淑之心，而識小之旨，想為賢者之所樂許云。

癸巳嘉平後學饒宗頤敬跋。

（錄自《曾剛甫詩集》）

題《蟄庵詩存》卷首

汪辟疆

剛甫、晦聞二家詩向所嗜誦，二家皆於玉谿致力甚深，而參以後山孤往之境，亦韶令，亦堅範，異乎明清間之親溫、李者也。陳仁先從李出，但以寢饋杜、韓、王、蘇，詩境益拓，視二家為大。梁節庵亦悽婉疏秀，別成一隊，亦平生服膺也。此本於戊子開歲得之蘇州護龍街市肆，車廂展誦，遂為題記於此。戊子正月，方湖汪辟疆。

（錄自《汪辟疆文集》）

天祐星金槍手徐甯　曾習經

汪辟疆

解道情兼雅怨工，交親義重涕何從。偶然咳唾諸天上，未信風人不可宗。

由玉谿入手而能上窮明遠、宣城，下揖黃陳者，惟蟄庵一人。世人不能知，則以為異乎吾所聞。蟄庵詩工力最深，由後山而上溯少陵、玉谿、鮑、謝（宣城）。近體綿麗清剛，自然意遠，非貌襲玉谿者可擬也。

（輯自《光宣詩壇點將錄》）

地勇星病尉遲孫立　曾習經

錢仲聯

蟄庵詩筆瑰麗，嶺表名家。其詞狄平子謂為“婉約善言情，直如萬縷晴絲，嫋空無盡”。

（輯自《近百年詞壇點將錄》）

跋

己丑之歲，渺之、革之夜飲于隔江草廬。酒酣，渺之手執一卷，示革之曰："此《蟄庵詩存》手稿影本也。蟄庵者，吾潮遜清名家。此卷當世遺珠也，然則未見理董，不亦惜哉！何不錄出，略作鄭箋?"革之欣然應之，遂取《詩存》與《蟄庵詞》一併碼錄。二子各執一半而為之箋焉。

夫手箋蟄庵詩詞，洵浮生一大樂事也。其醞釀之致、忠愛之懷、慧聖之境，誠為拜服仰止。披卷之際，難免技癢，贅為評説。二子説夫蟄庵詩詞，其所賞也如一，以性情為品味，以藝力為服膺，以風華為悦目，以氣度為賞心，以修養為欽敬，以骨格為擊節，以雅正為指歸。其所説也略異，渺之之説多靈光遝至，干戚狂舞，革之之説則求擘肌分理，取心析骨。二人所説多有共鳴，時相發明，頗盡瀹茗論道、煮酒談詩之歡也。所説淺陋，尚祈讀者諸君指而正之。

二〇一二年壬辰之秋陳革之於曼谷

《潮汕文库》大型丛书第一辑书目

系列名	書名	作者
潮汕文庫·研究系列（第一輯）	潮汕史簡編	黄挺著
	潮汕方言歌謡研究	林朝虹、林倫倫著
	潮汕華僑史	李宏新著
	選堂詩詞集通注	饒宗頤著，梅大聖注
	饒宗頤辭賦駢文箋注	饒宗頤著，陳偉注
	饒宗頤絶句選注	饒宗頤著，陳偉注
	汕頭影踪	陳嘉順著
	汕頭埠老報館	曾旭波著
	潮人舊書	黄樹雄著
潮汕文庫·文獻系列（第一輯）	潮州耆舊集	（清）馮奉初輯，吴二持點校
	郭子章涉潮詩文輯録	（明）郭子章撰，周修東輯校
	潮汕女性口述歷史：潮州歌冊	劉文菊、陳俊華、李堅誠、吳榕青、劉秋梅編著
	人隱廬集	（清）吳汝霖、吳沛霖撰，吳曉峰輯校
	做“缶”與賣“缶”：近現代楓溪潮州窯陶瓷業訪談録	韓山師範學院圖書館、頤陶軒潮州窯博物館主編，李炳炎、陳俊華、陳秀娜編
	瞻六堂集	（明）羅萬杰撰，黄樹雄、王纓纓、林小山整理
	四如堂詩集	（清）陳錦漢著，陳偉導讀
	醉經樓集	（明）唐伯元撰，黄樹雄、王纓纓、陳佳瑜整理
	百懷詩集、龍泉巖遊集	（清）陳龍慶撰，陳琳藩整理
	重刻靈山正宏集	（清）釋本果撰，郭思恩、陳琳藩整理
	立雪山房文集	（清）黄蟾桂撰，陳景熙、陳孝徹整理
	汕頭福音醫院年度報告編譯（1866—1948）	（英）吳威凜（William Gauld）等著，朱文平編譯